JULIA ZIESCHANG

Feuer
PHÖNIX

im.press

Feuerphönix (Die Phönix-Saga 1)

Im.press
Ein Imprint der CARLSEN Verlag GmbH
März 2017

Lektorat: Ricarda Saul
Umschlagbild: shutterstock.com / © nizas / © Chevnenko / © Misao NOYA / © Anastasiia Gevko
Vignetten: © duni.cheri
Umschlaggestaltung: formlabor
Schrift: Alegreya, gestaltet von Juan Pablo del Peral
Satz und Umsetzung: readbox publishing, Dortmund
Druck und Bindung: BoD, Hamburg
ISBN 978-3-551-30077-5
Printed in Germany
www.carlsen.de/impress

Alle Bücher im Internet: www.carlsen.de

Für meine beste Freundin, die immer für mich da ist.
Du machst mein Leben schöner!

1. Kapitel

Ich versank in dem Anblick des Flammenspiels und machte unwillkürlich ein paar Schritte in seine Richtung. Fast meinte ich spüren zu können, wie die Spitzen der Feuerzungen meine Haut sanft kitzelten. Irritiert wandte ich den Blick von dem Feuer. Was war nur los mit mir? So durfte ich nicht denken. Feuer war schmerzhaft und grausam. Es vernichtete Leben und fraß alles auf, was sich ihm in den Weg stellte, nur um selbst leben zu können. Aber was, wenn das in der Natur der Dinge lag? Waren nicht immer die aufregendsten und faszinierendsten Kreaturen auch die gefährlichsten?

Ich saß in der U-Bahn und starrte durch das Fenster in die Finsternis. Die Wände des Tunnels rauschten an mir vorbei. Die laute Musik aus den Kopfhörern meines Smartphones ließ die Gespräche der Menschen um mich herum zu einem angenehmen Gemurmel verstummen. Ich lehnte mich entspannt zurück und konzentrierte mich ganz auf die harten Beats meiner Lieblingsrockband. Die U-Bahn hielt mit einem Rucken an der nächsten Station. Ich beobachtete die anderen Fahrgäste, die sich eilig zur Tür hinausdrängten. Ich hasste die Enge der unterirdischen Tunnel. Sie lösten ein beklemmendes Gefühl in mir aus, als wäre ich eingesperrt. Zum Glück war es nicht mehr weit bis zu meiner Station. Bald würde ich wieder Tageslicht sehen. Der schwere Geruch nach fettigem Essen weckte meine Aufmerksamkeit. Ich hatte die Quelle schnell ausgemacht: ein etwa zwölfjähriger Junge, der soeben die U-Bahn mit einem Burger in der Hand betreten hatte. Ich bemühte mich um einen gleichgültigen Blick, obwohl mich der Fleischgeruch anekelte. Der Junge machte ein paar Schritte in meine Richtung. Der Platz neben mir war noch frei. Etwas in meinem Blick musste ihn abgeschreckt haben, denn er zögerte kaum merklich und setzte sich dann auf die andere Seite. Die U-Bahn fuhr an und ich drehte meinen Kopf wieder zur Scheibe. Mein Spiegelbild grinste mir zufrieden zu.

Meine Gedanken schweiften zu den heutigen Vorlesungen. Wir hatten ziemlich viel Stoff durchgenommen, was bedeutete, dass ich heute Nachmittag noch einiges zum Durchlesen haben würde. Ich seufzte bei der Vorstellung, schon wieder nur in meinem Zimmer rumzusitzen. Vielleicht sollte ich lieber erst eine Runde joggen gehen. Seit ich vor ziemlich genau einem Jahr angefangen hatte, Jura an der Ludwig-Maximilians-Universität in München zu studieren, war von meiner Freizeit nicht mehr viel übrig. Zeitweise war es äußerst mühsam, sich durch die umständlich formulierten Gesetzestexte zu kämpfen, und ich musste mir wieder in Erinnerung rufen, warum ich mir das antat.

Der Zug wurde langsamer. Ich hob meine schwere Tasche vom Boden auf und ging in Richtung der Türen. Eine weitere lästige Angelegenheit am Jurastudium war, dass man ständig eine mit Gesetzbüchern vollgestopfte Tasche mit sich rumschleppte. Ein Wunder, dass mein Rücken noch nicht aussah wie der von Quasimodo. Die U-Bahn hielt. Ich drängte mich vorbei an den mir viel zu langsam gehenden Leuten und lief die Treppenstufen hinauf in die Freiheit. Noch bevor ich ganz oben angelangt war, erreichten mich die ersten Regentropfen. Sie klatschten auf mein Gesicht und ich hörte, wie eine Frau hinter mir über das »Mistwetter« schimpfte. Mich störte es nicht weiter. Ich hatte mich längst an den ständigen Regen gewöhnt. Nichts Außergewöhnliches für einen Oktober in München. Dennoch hätte ich nichts gegen ein bisschen Sonnenschein einzuwenden gehabt. Wann hatte es den eigentlich zuletzt gegeben? Ich konnte mich gar nicht mehr daran erinnern. Ich zog mir die Kapuze meiner Jacke tief in die Stirn und beschleunigte meine Schritte. Den Regenschirm hatte ich aus Bequemlichkeit in meinem Zimmer liegenlassen. Eigentlich war es total unlogisch, denn durch den kleinen Regenschirm würde meine Tasche nur unwesentlich voller und schwerer werden, als sie es ohnehin schon war. Konzentriert starrte ich auf den geteerten Gehweg vor mir, um mit meinen Stoffturnschuhen nicht in eine Pfütze zu treten. Ich war froh, als ich vor unserem Haus angelangt war. Ein kurzer Blick auf meine Armbanduhr bestätigte mir, was ich bereits vermutet hatte: Ich hatte den Weg von der Uni bis hierher mal wieder in unter dreißig Minuten geschafft. Schnell kramte ich den Haustürschlüssel aus meiner Tasche und schloss auf. Endlich im Trockenen zog ich mir die Kapuze vom Kopf, dann lief ich die vielen Stufen hinauf bis in den dritten Stock. Im Wohnungsflur brannte Licht. Ein sicheres Zeichen dafür, dass eine meiner beiden Mitbewohnerinnen schon zu Hause war. Da heute Mittwoch war, tippte ich auf Doro.

»Hey, Caro«, hörte ich ihre Stimme durch die geschlossene Zimmertür.

Ich hatte Recht gehabt. Nachdem ich meine Schuhe ausgezogen und die Jacke zum Trocknen auf einen Bügel gehängt hatte, klopfte ich kurz an ihre Zimmertür und drückte die Türklinke nach unten.

»Hi, na, was machst du gerade?«

Sie stöhnte: »Ich muss noch die blöde Hausarbeit in Kunstgeschichte fertig schreiben.«

»Ach stimmt ja, das hattest du schon mal gesagt. Was war noch gleich das Thema?«

Sie schüttelte sich. »Botticelli.« Sie sagte es, als wäre es ein Schimpfwort.

Den Namen hatte ich schon einmal gehört, konnte ihn aber nur grob mit Madonnen-Gemälden und einer Venus in Verbindung bringen.

»Sisley, van Gogh oder meinetwegen auch Picasso – über die hätte ich alle liebend gern zwanzig Seiten geschrieben. Aber nein, ausgerechnet ich kriege einen Maler aus der Renaissance.«

»Aber die Renaissance ist doch auch nicht so schlecht. Da gab es lauter Gemälde mit hübschen pausbäckigen Engelskindern.«

Sie warf mir einen bitterbösen Blick zu.

»Engel? Pah! Das ist nicht dein Ernst.«

Ich konnte mir ein Grinsen nur schwer verkneifen. Doro und Engel – das passte wirklich nicht zusammen. Sie wäre wohl eher die Andy-Warhol-Fraktion, was schon ein Blick auf ihre Kleidung bestätigte. So bunt, wie sie rumlief, war sie beinahe selbst Pop Art.

»Stimmt, war es nicht. Aber du kriegst das trotzdem hin. Bis wann muss die Hausarbeit denn fertig sein?«

»Bis morgen.« Sie vergrub ihr Gesicht in ihren Händen. Ihre kinnlangen schwarzen Haare standen in alle Richtungen ab. »Und ich hab keine Ahnung, wie ich das noch schaffen soll.«

»Na ja, du hast ja noch gute sechzehn Stunden Zeit. Vorausgesetzt, du verzichtest heute Nacht gänzlich auf Schlaf.«

»Kommt gar nicht in Frage!« Empört sah sie mich an und ihre grünen Augen blitzten.

»Schon klar, du brauchst deinen Schönheitsschlaf«, neckte ich sie.

»Sag mal, Caro, willst du mich verarschen?«, fuhr sie mich an.

»Wieso?« Ich machte eine Unschuldsmiene. Ihre heftige Reaktion verwirrte mich. Für gewöhnlich reagierte sie nicht so sensibel auf meine kleinen Sticheleien.

»Dir ist schon klar, was heute für ein Tag ist?«

Diese Frage verwirrte mich nur noch mehr. »Natürlich weiß ich das. Heute ist Mittwoch. Wäre ich etwa heute mit dem Einkaufen dran gewesen?«

»Nein.« Sie verdrehte genervt die Augen. »Du kannst unmöglich vergessen haben, dass heute der 12. Oktober ist.«

Ich zuckte zusammen. Heute war schon der Zwölfte? Scheiße, das bedeutete ...

»Ganz genau.« Sie betrachtete meine vor Schreck erstarrte Miene mit einer gewissen Genugtuung. Sie kostete den Moment aus, in dem mir das volle Ausmaß ihrer Worte bewusst wurde. »Du wirst in weniger als acht Stunden zwanzig. Und das werden wir gebührend feiern.«

Ich verzog gequält das Gesicht. »Ich dachte, wir hätten uns darauf geeinigt, meinen Geburtstag zu ignorieren?«

»*Wir* haben uns auf gar nichts geeinigt. *Du* hast das so bestimmt und Mara und ich haben beschlossen, deinen Wunsch zu ignorieren.« Doro verschränkte die Arme vor der Brust. Ein zufriedenes Lächeln umspielte ihre Lippen.

Mara war die Dritte im Bunde. Ihr Vater hatte ihr diese Wohnung gekauft und sie hatte in einer Anzeige nach zwei Mitbewohnerinnen gesucht. Durch Zufall hatten Doro und ich uns als Erste gemeldet und nach einem kurzen Kennenlernen mit Wohnungsbesichtigung auch beide ein Zimmer bekommen. Wir waren alle im dritten Semester, aber jede von uns studierte etwas anderes. Mara hatte Pädagogik und Bildungswissenschaft gewählt, Doro Kunstgeschichte und ich Jura.

»Aber es ist mein Geburtstag! Habe ich da denn gar nicht mitzureden?«, beschwerte ich mich.

»Nein, hast du nicht.« Sie grinste mich frech an. Dann fügte sie versöhnlicher hinzu: »Es wird dir bestimmt gefallen, was wir uns überlegt haben.«

Das bezweifelte ich stark – ich hatte meine Geburtstage noch nie gemocht –, aber da ich keinen Streit wollte, nickte ich ergeben. Ich würde die paar Stunden bis Mitternacht schon irgendwie hinter mich bringen.

»Von mir aus. Und was machen wir dann heute? Damit ich mich schon mal seelisch und moralisch darauf einstellen kann.«

»Das werde ich dir ganz bestimmt nicht verraten. Nur so viel: Um halb acht fahren wir los. Ach, und, Caro, könntest du bitte nicht deinen ausgeleierten Kapuzenpulli anziehen? Irgendetwas Schickes wird sich bei dir im Schrank bestimmt finden, hm?« Sie blickte mich aus großen grünen Augen fast bittend an.

Ich schnaubte. Sie hatte gut reden! Noch nie hatte ich einen so vollen Kleiderschrank wie ihren gesehen. Allerdings musste ich ihr zugutehalten, dass sie ihre Klamotten hauptsächlich in Secondhandläden und auf Flohmärkten aufstöberte. Ihr spezieller Geschmack zeigte sich auch jetzt in einer schrillen Farbkombination aus türkisfarbenen Leggins und lilafarbenem Shirt.

»Tss«, empört verschränkte ich die Arme, »als ob ich nur diesen einen Pulli tragen würde. Er ist eben bequem.«

»Jaja, schon gut«, lachte Doro. »Ich muss jetzt wirklich zusehen, dass ich mit Botticelli fertig werde. Und dafür habe ich noch genau«, sie warf einen kurzen Blick auf ihr Handy, »achtundfünfzig Minuten.«

Sie drehte mir den Rücken zu und richtete ihre volle Aufmerksamkeit wieder auf ihren Laptopbildschirm.

Ich verließ mit einem mulmigen Gefühl im Bauch ihr Zimmer und ließ mich auf mein Bett fallen. Was sie wohl für heute Abend geplant hatten? Ich konnte mir beim besten Willen nicht vorstellen, dass es mir Spaß bereiten würde. Ich hatte schon immer eine negative Grundeinstellung meinem Geburtstag gegenüber gehabt und es war mir völlig schleierhaft, wie ich die Tatsache hatte verdrängen können, dass morgen der 13. Oktober war. Vermutlich eine Art Schutzmechanismus, denn ich hatte diese geheuchelte Aufmerksamkeit und das »Heute ist dein großer Tag«-Gehabe schon als Kind gehasst. Und ich wusste auch genau, woran das lag. Nichts hatte ich schlimmer gefunden, als an diesem Tag im Mittelpunkt zu stehen und daran erinnert zu werden, dass ich keine liebevolle Umarmung von meinem Vater oder einen Kuss von meiner Mutter bekommen würde. In der Grundschule grenzte es schon an Grausamkeit, wenn mich die anderen Kinder fragten, ob ich denn auch eine Geburtstagsfeier bei mir zu Hause veranstalten würde oder ob es so etwas bei uns im Waisenhaus nicht gebe. Ich hatte durchaus eine Vorstellung davon, wie solche Partys unter normalen Umständen abliefen. Ich war oft genug von Schulkameraden eingeladen worden. Die Eltern verteilten Zuckerwatte, Popcorn und Eis, liefen mit einem Fotoapparat vor den aufgeregten Gesichtern rum und knipsten wild drauflos. Das Lieblingswort von Lola, meiner damaligen Banknachbarin, war »Ameisenscheiße« gewesen. Das hatte sie vor jedem Foto gesagt. Außerdem gab es haufenweise Geschenke, Wasserpistolen und Wasserbomben. Sicher, so ein Geburtstag hätte mir auch gefallen, aber eigentlich fand ich das alles immer nur künstlich und affektiert. Eine Zurschaustellung davon, wer die lustigste Party, die tollsten Geschenke und die coolsten Eltern hatte. Nichts davon hatte ich gehabt und dabei war mein sehnlichster Wunsch ganz simpel: Ich wollte einfach nur nach der Schule nach Hause kommen und von liebenden Eltern begrüßt werden. Sie mussten noch nicht einmal cool sein. Ich würde auch ganz uncoole, spießige Eltern nehmen, Hauptsache Eltern. Und mein Geburtstag erinnerte mich immer an meinen Verlust. Daran, dass sie mich nicht gewollt hatten. Zumindest nahm ich das an, sonst hätten sie mich wohl kaum weggegeben. Über meine Vergangenheit wusste ich fast nichts. Nur, dass ich erst wenige Tage alt gewesen war, als man mich im Waisenhaus abgegeben hatte. Ich hatte noch nicht einmal ein Foto von meinen Eltern. Ich hatte überhaupt nichts. Nicht die winzigste Erinnerung. Wenn der Kalender wieder einmal den 13. Oktober anzeigte, waren die Betreuerinnen stets bemüht gewesen, mich glücklich zu machen. Carmen – meine liebste Betreuerin – ging immer mit mir in den Spielzeugladen und ich durfte mir dort etwas aussuchen. Trotzdem hatte ich abends heimlich unter der Bettdecke geweint. Später, als ich bereits aufs Gymnasium ging, versuchte ich den Tag wie jeden anderen zu sehen und ließ ihn klaglos über mich ergehen, in der Aussicht, die nächsten 364 Tage lang Ruhe zu haben.

Um den Geburtstag letztes Jahr hatte ich mich erfolgreich drücken können, worauf ich besonders stolz war. Es war die zweite Uniwoche gewesen und wir drei hatten uns quasi gerade erst kennengelernt. Da war es ein Leichtes gewesen, einfach zu schweigen und den 13. Oktober still und leise an mir vorüberziehen zu lassen. Erst an Doros Geburtstag, drei Monate später, kam die Frage auf, wann denn überhaupt meiner war. Die beiden hatten sich furchtbar darüber aufgeregt, dass ich es ihnen verschwiegen hatte, und wollten ihn mit mir nachfeiern, aber ich konnte sie zum Glück davon überzeugen, dass wir das an meinem zwanzigsten Geburtstag mit einer viel größeren Party nachholen konnten. Und wie es aussah, hatten Doro und Mara mich beim Wort genommen. So ein Mist! Das würde eine lange Nacht werden.

***

Gegen achtzehn Uhr hörte ich Mara die Wohnung betreten. »Mädels, Essen ist da«, rief sie.

Als ich unsere Küche betrat, stieg mir gleich der Duft von Pizza in die Nase. Auf dem Tisch standen zwei große Pappschachteln, die den köstlichen Geruch verströmten.

»Wie kommt's, dass du Pizza besorgt hast? Bist du nicht immer gegen ungesundes Essen? Und ist heute nicht eigentlich unser Kochabend?«, wunderte ich mich.

»Der muss diesmal leider ausfallen.« Sie zwinkerte mir verschwörerisch zu. »Außerdem fand ich, wir könnten eine ordentliche Grundlage für heute Abend gebrauchen.« Als sie meinen grimmigen Blick bemerkte, sahen mich ihre haselnussbraunen Augen entschuldigend an.

»Oh, es gibt Pizza!« Doro lief freudestrahlend zum Esstisch und lüftete die Deckel der Pizzakartons. Sie sog den Geruch tief ein, dann ging sie den Pizzaroller holen.

»Die kommen genau richtig«, meinte sie, während sie die Pizzen in Stücke schnitt. »Ich kann mich schon gar nicht mehr richtig konzentrieren. Ich brauche unbedingt ein paar Kohlenhydrate.«

»Das dachte ich mir«, lachte Mara. »Wie kommst du voran?«

»Na ja, ich habe noch dreißig Minuten Zeit. Lang genug, um drei Word-Seiten zu schreiben, was meinst du? Braucht ihr Teller oder essen wir sie aus den Kartons?«

»Kartons«, riefen Mara und ich gleichzeitig und dann lachten wir alle drei, weil die Frage so überflüssig war. Da wir keine Spülmaschine hatten, versuchten wir Geschirr zu sparen, wo es nur ging. Schließlich mochte niemand gerne den Abwasch erledigen.

»Du musst noch drei Seiten schreiben? Oje, das klingt sehr nach *copy and paste*.«

»Pst«, machte Doro. »Nicht, dass dich noch jemand hört. Aber wozu gibt es schließlich dieses Monstrum von Internet.«

Mara sah nicht sehr überzeugt aus. »Aber du schreibst hoffentlich nicht von Wikipedia ab, oder?«

»Für wie blöd hältst du mich denn? Keine Sorge, ich hab da schon meine Quellen.«

»Also ich könnte das nicht. Ich würde mich dabei so unwohl fühlen und hätte vermutlich ein so schlechtes Gewissen, dass ich schon allein deshalb auffliegen würde, weil man es mir aus zehn Metern Entfernung ansehen würde.«

Ich setzte mich neben Doro und sah mir die Auswahl an. Mara hatte eine Pizza Margherita und eine Funghi gekauft. Da sie wusste, dass ich Vegetarierin war, und sie selbst ebenfalls kaum Fleisch aß, gab es bei Gemeinschaftsessen immer etwas Vegetarisches. Doro hatte bereits das erste Stück zur Hälfte verschlungen und ich schnappte mir eines von der Pizza Funghi. Mara, die sich noch schnell ein Glas mit Wasser gefüllt hatte, setzte sich mir gegenüber, biss in ihre Pizza und zog dabei lange Käsefäden.

»Ist ja auch besser so. Wie sagt man doch gleich? Ehrlich währt am längsten. Und wenn heute nicht so ein bedeutender Abend wäre, würde ich mir sicherlich mehr Mühe geben«, sagte Doro kauend.

»Tobi müsste auch jeden Moment da sein.« Vorfreude spiegelte sich auf Maras Gesicht. Ich war nicht sonderlich überrascht darüber, dass ihr Freund uns begleiten würde. Sie und Tobi waren unzertrennlich und gaben ein wirklich süßes Paar ab.

»Wir sollten uns auch langsam mal ranhalten, Caro. Ich komme mir schon vor wie eine dieser alten Katzen-Ladies«, stichelte Doro.

Sie hatte gut reden, sie hatte zumindest schon ein paar Freunde gehabt. Nur bei mir wollte es nicht klappen. Außer ein paar unbedeutenden Partyknutschereien hatte ich nichts vorzuweisen. Und die waren mehr dem Alkohol als natürlicher Attraktivität zu verdanken gewesen.

»Ein paar schwarze Katzen würden wirklich gut zu dir passen«, meinte ich.

»Die schaffe ich mir vielleicht auch wirklich an, wenn das mit den Jungs nicht bald mal klappt«, entgegnete Doro.

Ich lachte: »Du kannst dich doch wirklich nicht beschweren. Auf jeder zweiten Party schleppst du einen ab.«

»Schon, aber das ist doch nichts Dauerhaftes. Das dient lediglich dem kurzen Vergnügen.« Sie zwinkerte mir bedeutungsvoll zu.

»Ich könnte euch helfen, jemanden zu finden.« Mara klatschte, begeistert von der Vorstellung, Amor zu spielen, in die Hände. Ihre liebste Aufgabe war es, uns mit Typen bekannt zu machen, von denen wir – oder besser gesagt ich – nichts wollten. Wenn es ein Studienfach namens Beziehungswissenschaft gegeben hätte, ich wette, sie hätte es belegt.

Ich zog eine Grimasse. »Bitte nicht.«

»Warum denn nicht? Willst du etwa ewig allein bleiben?« Sie schürzte beleidigt die Lippen.

»Vielleicht verratet ihr mir mal, was wir heute Abend machen?«, versuchte ich sie abzulenken.

»Ach, wenn wir es dir sagen, wäre es ja keine Überraschung mehr«, entgegnete Mara.

»Außerdem wärst du vermutlich enttäuscht, weil wir bei weitem nicht so kreativ sind, wie du vielleicht befürchtest«, meinte Doro.

Immer diese Geheimniskrämerei. Aber so schnell gab ich nicht auf.

»Also kein Stripteaseclub?« Ich versuchte meiner Stimme einen enttäuschten Klang zu geben.

»Ich fürchte, heute Nacht wird sich niemand entkleiden. Es sei denn, dein Freund wäre bereit, für eine kurze Einlage die Hüllen fallen zu lassen?« Doro grinste Mara vielsagend an und schob sich den letzten Bissen ihres Pizzastückes in den Mund.

»Das sind leider ganz exklusive Vorstellungen, nur für exklusive Personen wie mich.« Mara zog in gespieltem Bedauern die Schultern hoch.

»Zu schade.« Doro schnappte sich ein weiteres Stück Pizza.

Ich kaute frustriert auf meinem herum. Mir war der Appetit vergangen und ich war immer noch keinen Deut schlauer.

2. Kapitel

Der Regen trommelte gegen mein Fenster. Meine hohen Schuhe brauchte ich bei dem Wetter gar nicht erst aus den Tiefen meines Kleiderschrankes zu kramen. Bei den vielen Pfützen würde das kein gutes Ende für sie nehmen. Daher entschied ich mich für schlichte graue Ankle Boots und eine enge schwarze Jeans. Hoffentlich war ich damit passend angezogen. Ich wusste ja immer noch nicht, wo es hingehen sollte. Ich wühlte ein paar schickere Oberteile aus dem Schrank und breitete sie auf dem Bett aus. Keine Ahnung, was Doro für ein Problem mit meinem Kleidungsstil hatte. Es konnte ja nicht jeder so schrill und bunt rumlaufen wie sie. Und wer bitteschön trug nicht gerne bequeme Sachen zu Hause? Seufzend zog ich meinen weiten Pulli aus und tauschte ihn gegen ein enges, figurbetontes graues Top mit silbernen Pailletten. Darüber zog ich meine schwarze Lederjacke. Fertig. Zufrieden betrachtete ich mich im Spiegel. Meine feinen Haare fielen mir glatt bis zum Schlüsselbein. Ein helles Blond, das bei Sonnenschein beinahe farblos wirkte. Genau wie mein alabasterfarbener Teint, der durch unzählige kleine Sommersprossen etwas Farbe abbekam. Da den kleinen Pünktchen die Fläche auf meinem Gesicht nicht gereicht hatte, waren sie über meine Schultern hinab bis zu meinen Handrücken gewandert. Ich mochte sie sehr, denn ihr Ton passte perfekt zur Farbe meiner Iris. Eine Art warmes Bernstein, das meine Augen förmlich zum Leuchten brachte und meinem kantigen Gesicht etwas Weiches verlieh.

»Kommst du, Caro? Wir müssen los«, rief Mara.

»Komme schon.« Ich löste mich vom Spiegel und eilte hinaus.

***

Als wir an der U-Bahn-Station Münchner Freiheit in die U3 umstiegen und nicht in die von mir erwartete Richtung ins Stadtzentrum weiterfuhren, dämmerte mir langsam, wo es hinging. Auf der Strecke lag nämlich nichts Besonderes – bis auf den Olympiapark.

»Wir fahren nicht wirklich in die Olympiahalle, oder?« Mein Magen kribbelte vor Aufregung.

Doro und Mara warfen sich einen schnellen Blick zu, ehe Mara mit einem breiten Grinsen antwortete: »Doch, genau dorthin geht es.«

Das konnte nur eines bedeuten: Wir waren auf dem Weg zu einem Konzert! Ich quietschte vor lauter Vorfreude. »Wer spielt denn heute?«

Tobias, der neben Mara saß und lässig einen Arm um ihre Schultern gelegt hatte, sah mich ungläubig an. »Du hast es tatsächlich nicht mitbekommen? Sogar im Radio haben sie es gebracht.«

Ich schüttelte ungeduldig den Kopf. »Also, wer ist es?«

Doro breitete ihre Arme aus, als wolle sie »Tadaaa« schreien und verkündete dann: »*The Script*.«

»Was? Ihr seid verrückt! Ihr habt mir nicht wirklich eine Karte für *The Script* besorgt?«

»Nicht nur eine«, meinte Doro, »das wollten wir uns alle nicht entgehen lassen.«

»Ich wusste, du würdest dich darüber freuen.« Mara strahlte mich stolz und zufrieden an. Vermutlich war es ihre Idee gewesen, mir die Konzertkarten zu schenken. Musik war meine große Leidenschaft. Wann immer es ging, stöpselte ich mir meine Kopfhörer in die Ohren. Ob auf dem Weg zur Uni, beim Joggen – sogar beim Shoppen hörte ich meine Lieblingsbands. Und *The Script* war definitiv eine davon.

»Jetzt verstehst du auch, warum ich mitkommen musste. Ich hoffe, es macht dir nichts aus.« Tobi sah mich entschuldigend an.

»Natürlich nicht. Ich bin schon so an den Anblick von euch beiden gewöhnt, dass es direkt komisch ist, Mara mal alleine zu sehen.«

Mara streckte mir die Zunge raus und Tobi hob amüsiert die Augenbrauen.

Vor dem Eingang hatte sich bereits eine lange Schlange gebildet, in die wir uns einreihten.

»Es macht dir also nichts aus, dass du dein Geschenk schon vorher bekommst?«, fragte mich Mara leise.

»Nein, das ist schon in Ordnung.«

»Gut.« Erleichterung spiegelte sich in ihrem Gesicht. »*The Script* ist leider nur heute Abend da, sonst wären wir natürlich erst morgen hingegangen.«

»Mach dir nicht immer so viele Gedanken. Das ist das beste Geschenk, das ich jemals bekommen habe.«

In einer spontanen Geste umarmte ich Mara und danach Doro und Tobi. »Danke euch allen. Oh, ich freu mich ja schon so!«

»So soll es sein«, meinte Doro.

Das Konzert war der Hammer. Laut, rockig, mit zuckenden Scheinwerferlichtern und voller kreischender Fans. Die Band hatte sich richtig ins Zeug gelegt und ich hatte fast alle Songs aus vollem Hals mitgesungen. Als wir wieder draußen waren, klingelten mir zwar meine Ohren und meine Stimme war ein wenig heiser, aber das war es wert gewesen.

Es war kurz vor halb zwölf und wir beschlossen, in die Innenstadt zu fahren, um in einem Club noch ein bisschen zu feiern.

Als unser fröhlicher Trupp den Club erreicht hatte, war es zehn Minuten vor zwölf und die anderen hatten beschlossen, die Zeit bis Mitternacht draußen abzuwarten. Ich war dagegen gewesen. Der Abend war bisher der Hammer, warum ihn dann mit Geburtstagsbeglückwünschungen ruinieren? Natürlich stand ich mit dieser Meinung mal wieder alleine da.

»Nichts da. Man wird schließlich nur einmal zwanzig«, hatte Doro gesagt.

»Die *Golden Twenties*«, schwärmte Mara und ich hörte Doro ächzen.

»Ich bin auch schon zwanzig und wie du siehst, geht es mir ganz gut«, versuchte Tobias mir Mut zu machen. Er hatte gut reden, er stand ja nicht im Mittelpunkt. Außerdem war mir die neue Zahl am Anfang herzlich egal. Hier ging es ums Prinzip!

Die Minuten schritten unbarmherzig in Richtung Mitternacht und als Mara den Countdown einleitete, zog sich mein Magen krampfhaft zusammen. Ich hasste es, auf diese Art im Mittelpunkt zu stehen. Nur weil auf einem lächerlichen Stück Papier ein Datum stand, musste man nicht so ein Tamtam deswegen veranstalten.

»Happy Birthday!«, kreischte Mara an meinem Ohr und brach mir beinahe den Hals bei ihrer stürmischen Umarmung.

Als Nächstes kam eine Umarmung samt Glückwünschen von Tobias.

»Das Beste zum Schluss«, meinte Doro mit einem breiten Grinsen. »Alles, alles Gute zum Geburtstag!« Sie fiel mir ebenfalls um den Hals.

»Wir haben noch was für dich.« Mara reichte mir ein kleines Päckchen, eingewickelt in buntem Papier.

»Aber ihr habt doch schon das Konzert bezahlt. Das ist viel zu viel. Das kann ich nicht annehmen«, protestierte ich.

»Quatsch, das ist nur eine Kleinigkeit.« Sie wedelte mit dem Päckchen vor meiner Nase rum.

»Das wäre wirklich nicht nötig gewesen.« Widerstrebend nahm ich es ihr aus der Hand.

»Nun pack es schon aus«, ermunterte mich Doro.

»Na gut.« Ich gab mir Mühe, das Papier ordentlich aufzureißen, aber als ich Doro und Tobi ungeduldig seufzen hörte, gab ich meine Anstrengungen auf und zerriss es.

In den Händen hielt ich eine flache, quadratische Pappverpackung, die aussah wie eine CD. Vorne war nichts draufgedruckt außer ein paar bunte Herzen.

»Öhm, danke.«

»Dreh es mal um«, schlug Mara vor.

Ich tat gehorsam, was sie sagte. *Fliegendes Wunschpapier* stand auf der Rückseite. Ich öffnete die Schachtel und zum Vorschein kamen ein kleiner Bleistift, ein quadratischer Block mit buntem Papier und eine schmale Schachtel mit Streichhölzern. Eine Anleitung dazu gab es nicht.

Doro hatte meinen ratlosen Blick bemerkt. »Du schreibst darauf deinen Wunsch, zündest den Zettel an und lässt ihn davonfliegen.«

»Wie kitschig«, hörte ich Tobi murmeln, der dafür Maras Ellenbogen zu spüren bekam.

»Das ist aber eine süße Idee. Danke!« Ich sah einem nach dem anderen in die Augen.

»Probier es ruhig aus«, sagte Mara.

»Okay, aber ihr müsst auch mitmachen.« Ich reichte Mara den Block, sie überlegte kurz und schrieb dann ihren Wunsch auf. Sie riss das Blatt ab und gab den Block samt Bleistift an ihren Freund weiter. So machte das Wunschpapier die Runde, bis ich es zum Schluss wieder in den Händen hielt. In der Zwischenzeit hatte ich genügend Zeit gehabt, mir meinen Wunsch zu überlegen.

Ich wünsche mir eine Spur zu meinen Eltern, kritzelte ich auf den Block. In den letzten zwei Jahrzehnten meines Lebens hatte ich nicht den kleinsten Hinweis auf den Verbleib meiner Eltern gefunden. Dennoch war es immer derselbe Wunsch, schon seit ich denken konnte: der Wunsch zu verstehen, warum sie mich weggegeben hatten. Und vielleicht, ganz vielleicht konnte ich eine Beziehung zu ihnen aufbauen, wenn ich sie je wiedersehen würde. Nichts hatte ich mir als Kind mehr gewünscht, als eine Familie zu haben, die einen liebte und immer für einen da war. Ich wollte nicht mehr alleine sein. Mir würde auch ein einziges Gespräch mit ihnen genügen. Nur einmal die Menschen kennenlernen, von denen ich abstammte, nur einmal mit ihnen reden. Es war ein äußerst unrealistischer Wunsch, aber dafür waren Wünsche schließlich da. Sie bedeuteten Hoffnung, die einen immer weitermachen ließ, egal wie aussichtslos die Situation auch sein mochte – in der festen Überzeugung, dass sie sich irgendwann erfüllten. Auch wenn ihre Erfüllung eigentlich eher an ein Wunder grenzte, schob ich in Gedanken hinterher. Ich riss den Zettel ab, rollte ihn zusammen, stellte ihn auf den Boden und zündete ein Streichholz an. Ich hielt die kleine Flamme an das Papier und als es brannte, wartete ich gespannt. Wie von Geisterhand schwebte das Papier im letzten Moment in die Höhe. Die anderen taten es mir gleich und über unseren Köpfen schwebten unsere Wünsche als glühende Punkte davon.

Als wir den Club betraten, herrschte gähnende Leere. »Sag mal, kann es sein, dass die Partys immer später losgehen? Als ich jung war, da war es schon um halb zwölf brechend voll.«

»Als du *jung warst*. Wie sich das anhört«, lachte Doro. »Aber ich weiß, was du meinst. Ich habe auch den Eindruck, dass sich das immer mehr nach hinten verschiebt.«

Wir sahen uns etwas ratlos in dem leeren Raum um.

»Mädels, wie sieht's aus? Wollt ihr etwas zu trinken haben?«

Doro und ich gaben unsere Bestellung auf und Mara und Tobi verschwanden an die Bar. Wir setzten uns auf zwei Hocker um einen kleinen quadratischen Tisch. Die Musik war laut und wir konnten uns nur schreiend verständigen. Als die beiden mit unseren Getränken zurückkamen, stießen wir gemeinsam an und ich stellte nach dem ersten Schluck überrascht fest, dass mir flau im Magen war.

Ich beschloss es langsam anzugehen und nippte daher nur vorsichtig an meinem Getränk. Trotzdem nahm die Übelkeit zu, bis mir regelrecht schlecht war. Ich wollte den anderen nicht den Abend ruinieren und bemühte mich um einen neutralen Gesichtsausdruck. Inzwischen war der Raum deutlich voller geworden. Es musste auf ein Uhr zugehen. Ich fragte mich, was es für einen Sinn hatte, dass die Leute alle erst so spät kamen. Der Club machte ja schon um drei Uhr wieder zu. Da lohnte sich das Kommen fast nicht mehr. Unter anderen Umständen würde ich nichts lieber machen, als zu den lauten Klängen des Dubsteps zu tanzen, und da würden mir zwei Stunden nicht ausreichen.

»Gehen wir tanzen?«, fragte Mara in die Runde.

Mein Magen fühlte sich an, als wäre er im Waschprogramm auf höchster Stufe durchgeschleudert worden. »Geht doch schon mal vor. Ich schaue euch zu.«

Mara warf Tobi einen unsicheren Blick zu.

»Ich leiste Caro Gesellschaft.« Doro nippte gelassen an ihrem Drink.

»In Ordnung.« Mara ergriff Tobis Hand und zog ihn hinter sich her durch die dichte Menschenmenge.

Ich beobachtete Mara und Tobi, wie sie eng umschlungen tanzten. Doro sah ihnen wehmütig hinterher.

»Geh doch auch tanzen«, schlug ich vor.

»Und dich hier alleine sitzen lassen? Kommt gar nicht in Frage.« Entschlossen schüttelte sie ihren Kopf.

»Es macht mir nichts aus, hier alleine zu sitzen.«

»Caro, was ist denn los? Geht es dir nicht gut? Du tanzt doch sonst so gerne …«

Mist! Ich hatte mich doch extra bemüht, mir nichts anmerken zu lassen.

»Alles bestens«, antwortete ich etwas zu schnell.

Sie schaute mich kritisch an, während sie einen weiteren Schluck aus ihrem Glas nahm.

»Hm, also ich weiß nicht. Irgendetwas hast du doch.«

Innerlich stöhnte ich auf. Ich kannte Doro gut genug, um zu wissen, dass sie keine Ruhe geben würde, bis sie den Grund für meine Weigerung herausgefunden hatte.

»Ich glaube, ich möchte jetzt doch tanzen«, sagte ich leicht genervt. Ich hüpfte von meinem Barhocker, nur um mich sogleich mit der Hand auf dem Tisch abzustützen. Mir war auf einmal furchtbar schwindelig und ich brauchte einen Moment, bis ich mein Gleichgewicht wiedergefunden hatte. Doro schien davon nichts bemerkt zu haben. Ihr Blick war in unbestimmte Ferne gerichtet und auf ihren Lippen lag ein seliges Lächeln. Den Gesichtsausdruck kannte ich nur zu gut. Das war Doros Flirt-Miene. Ich suchte nach dem Objekt ihrer Begierde, konnte es aber unter den vielen Menschen nicht ausmachen.

»Was ist? Kommst du nun?«, fragte ich ungeduldig.

Manchmal nervte es mich, dass man mit Doro nirgendwo hingehen konnte, ohne dass sie einen Kerl abschleppte. Aber so war sie nun mal. Gegen etwas Spaß hatte sie noch nie etwas einzuwenden gehabt.

»Ja, sofort«, sagte sie, ohne ihren Blick zu lösen.

Ich ging vorsichtig in Richtung Mara und Tobi, darauf bedacht, nicht zu schwanken. Das kostete mich eine gehörige Portion Selbstdisziplin und Konzentration. Ständig wurde ich von der Seite angerempelt und die vielen bunten Lichter machten es nicht gerade einfacher. Irgendwie kämpfte ich mich durch die Massen, ohne zu stolpern. Doro war mir gefolgt und drängte sich dicht hinter mir durch eine Gruppe tanzender Teenager. Endlich waren wir bei Mara und Tobi angelangt, die sich ein paar Schritte zur Seite bewegten, um uns Platz zu machen. Ich wippte langsam im Takt zur Musik. Schnelle Bewegungen traute ich mir nicht zu. Wovon war mir nur so schlecht und schwindelig? Alles drehte sich, einschließlich meines Magens. Es wurde immer schlimmer.

»Du siehst blass aus«, schrie mir Mara über die Musik hinweg ins Ohr. »Fühlst du dich nicht gut?«

»Ein wenig schwindelig«, gab ich zu. »Ich glaube, ich werde krank.«

»O nein! Und das ausgerechnet an deinem Geburtstag! So was kommt echt immer zum ungünstigsten Zeitpunkt.«

Wem sagte sie das? Ich hatte erst vor zwei Wochen eine Erkältung gehabt und wollte nicht erneut krank werden. Von hinten taumelte ein Mädchen gegen mich und ich stolperte einen Schritt nach vorne. Unschlüssig blieb ich stehen. Ich gab es auf, mich im richtigen Rhythmus zu bewegen. Viel zu anstrengend. Kleine Schweißperlen hatten sich auf meiner Stirn gebildet und ich wischte sie mit dem Handrücken weg.

Mara warf einen Blick auf ihre Uhr. »Du siehst wirklich nicht gut aus und es ist ohnehin schon spät. Wir gehen nach Hause.«

3. Kapitel

Am nächsten Morgen fühlte ich mich wie gerädert. Als wäre ich verkatert, mit Schwindel, flauem Magen und Kopfschmerzen. Das ganze Programm eben. Trotzdem ging es mir ein wenig besser als heute Nacht. Der Schlaf hatte mir gutgetan. Bestimmt hatte ich nur einen kleinen Schwächeanfall oder eine leichte Magenverstimmung gehabt. Ich tappte in die Küche, um mir einen Tee zu machen. Während ich darauf wartete, dass der Wasserkocher seine Arbeit verrichtete, erhaschte ich einen Blick auf die Uhr. Es war kurz nach halb elf. Um zwölf hatte ich eine Vorlesung in Strafrecht. Die wollte ich auf keinen Fall verpassen. Der Wasserkocher pfiff und ich goss das heiße Wasser in eine Tasse, in der schon ein Beutel Pfefferminztee hing. Carmen hatte immer behauptet, Pfefferminze sei gut für den Magen. Obwohl ich nur einen kleinen Schluck nahm, verbrannte ich mir die Zunge. Ich fluchte über meine eigene Ungeduld. Seufzend stellte ich die Tasse auf dem Esstisch ab und suchte nach etwas leicht Bekömmlichen zum Essen. Nach kurzem Durchwühlen des Vorratsschrankes fand ich eine bereits geöffnete Toastbrot-Packung. Perfekt. Ich warf eine Scheibe in den Toaster und lehnte mich gegen die Anrichte. Es war ungewohnt still in der Wohnung. Von Doro wusste ich, dass sie bereits in der Uni war. Ob Mara noch schlief? Ich glaubte mich zu erinnern, dass sie donnerstags immer ab zehn eine Vorlesung hatte. Aber ich war mir nicht ganz sicher. Es gab ein mechanisches Geräusch und ich zuckte zusammen, als der Toast in einem hohen Bogen aus dem Toaster sprang. Ich vergaß jedes Mal, wie schwungvoll das Gerät war. Ich schnappte mir meine warme, goldbraune Scheibe von der Anrichte und setzte mich zu meiner dampfenden Tasse. Obwohl es nicht viel war, musste ich mich zwingen, alles aufzuessen. Schnell spülte ich den letzten Bissen Toast mit lauwarmem Pfefferminztee runter. Ein weiterer Blick auf die Uhr zeigte mir, dass ich mich beeilen musste. Schnell lief ich ins Bad und putzte mir die Zähne.

Die dunklen Schatten unter meinen Augen brachten diese auf seltsame Weise zum Leuchten. Als würde man einen Bernstein vor ein Fenster halten und das Licht schien hindurch. Die Farbe meiner Iris war um eine Nuance heller als noch am Vortag. Ich schloss erschöpft die Augen. Das hatte bestimmt etwas mit meiner Krankheit zu tun. Bei Erkältungen bekam man ja auch glasige Augen. Kein Grund, sich Sorgen zu machen. Ich ahnte es schon. Der erste Tag, an dem ich kein Teenager mehr war – und es würde nicht meiner werden.

***

Strafrecht war eines meiner liebsten Rechtsgebiete. Ich mochte den Professor. Er brachte den Stoff anschaulich rüber und hatte, im Gegensatz zu manchen seiner Kollegen, keine monotone Stimme. Normalerweise hörte ich aufmerksam zu und machte mir reichlich Notizen in meinem Skript. Heute nahm ich nur am Rande wahr, was der Professor sagte. Dummerweise bekam ich nicht mit, worüber er monologisierte, was wirklich schade war, denn Wirtschaftsstrafrecht war ein interessantes Themengebiet. Leider wurde meine Konzentration anderweitig in Anspruch genommen: Ich versuchte verzweifelt die erneut aufkeimende Welle an Übelkeit hinunterzuschlucken. Mir konnte unmöglich schon wieder schlecht sein. Ich hatte doch fast nichts gegessen. Ich würgte leicht. Panisch sah ich in Richtung Ausgang und überschlug in Gedanken, wie lange ich wohl im Ernstfall bis auf die Toilette brauchen würde. Daniela, neben der ich in sämtlichen Vorlesungen saß, schien von meinem inneren Kampf gegen die Übelkeit nichts mitzubekommen. Eifrig machte sie sich Notizen zu etwas, das der Professor soeben gesagt hatte. Mein Magen zog sich schmerzhaft zusammen und ich spürte, wie die Magensäure meine Kehle hinaufstieg. Ich musste eine Entscheidung treffen. Entweder jetzt aufstehen und sämtliche Aufmerksamkeit auf mich ziehen oder sitzen bleiben und riskieren, noch mehr Aufmerksamkeit auf mich zu ziehen, wenn ich mich in meine Handtasche übergab. Die Wahl fiel mir nicht schwer.

Ich stupste Daniela an: »Du, ich werde nach Hause gehen. Irgendwie fühle ich mich nicht so gut.«

»Ehrlich? Was fehlt dir denn?«

»Mir ist ein wenig schlecht.«

»Echt blöd. Und ich dachte, wir gehen nachher noch in ein Café, um deinen Geburtstag zu feiern.«

»Ja, echt blöd«, wiederholte ich, während ich mechanisch Skript und Kugelschreiber in meine Handtasche packte.

»Na ja, dann gute Besserung.«

»Danke«, flüsterte ich. »Wir holen das auf jeden Fall nach.«

Daniela erhob sich und die anderen Studenten in dieser Reihe taten es ihr nach. Durch den Lärm der zusammenklappenden Tische drehten sich die Köpfe der Studenten in den unteren Reihen zu mir nach hinten. Ich fing einige mürrische Blicke auf von denen, die extra aufstehen mussten. Im Vorbeigehen murmelte ich ein paar entschuldigende Worte. Dann sprintete ich die Treppenstufen hinauf zum Ausgang. Endlich legte sich meine Hand um die kühle Metallklinke der schweren Holztür. Ich drückte sie nach unten, stemmte mich dagegen und stahl mich hinaus in den Gang. Hastig lief ich über den Boden, der aus vielen einzelnen flachen Steinen bestand, ähnlich einem Kopfsteinpflaster, in Richtung Ausgang. Für gewöhnlich schenkte ich der kunstvollen Umgebung mehr Beachtung, doch in meiner Eile, möglichst schnell an die frische Luft zu gelangen, fehlte mir die Zeit dafür.

***

Den Moment, als ich zum ersten Mal das Unigebäude betreten hatte, würde ich wohl nie vergessen. Damals war mein erster Gedanke gewesen, dass ich mich verlaufen haben musste. Hastig hatte ich die Adresse auf meinem Zettel mit der auf meiner Handynavigation verglichen. Sie hatten übereingestimmt. Es musste richtig sein. Obwohl ich schon mein Leben lang in München wohnte, hatte ich die LMU vorher noch nie bewusst wahrgenommen. Umso mehr erstaunte mich der Anblick, der sich mir bot. Alles in diesem Gebäude erinnerte an ein Museum. Ich trat durch die geschwungenen Bögen im Eingangsbereich hindurch und gelangte zu einer Treppe, die in den ersten Stock führte und an deren linker und rechter Seite je eine weiße Marmorskulptur thronte. Das Geländer bestand ebenfalls aus Marmorstreben, die mit einem aufwendigen Goldmuster verziert waren. Ich legte meinen Kopf in den Nacken. Die kuppelförmige Decke besaß ein wabenartiges Muster und war nicht minder beeindruckend. In ihrer Mitte war ein rundes Fenster eingebaut, durch das Tageslicht bis ins Erdgeschoss fiel. Mein Blick wanderte weiter zum Gang im ersten Stock. Dieser war abgegrenzt durch mehrere Säulen im Abstand von wenigen Metern, zwischen denen sich ein Geländer befand. Die Säulen mündeten in einer bogenförmigen Decke und bildeten mehrere Tore. Selbst nach über einem Jahr entdeckte ich noch neue Dinge, die mich ehrfürchtig staunen ließen. Jeder Winkel strahlte eine Autorität aus, die die hohe Stellung, die Universitäten als Bildungseinrichtung in früheren Jahrhunderten besessen hatten, erahnen ließ.

Der Wind zerrte an meinen Haaren und blies mir die kühle Luft ins Gesicht. Langsam trottete ich in Richtung der Bänke, die im Halbkreis mit Blick zur Ludwigstraße angeordnet waren. Zwischen jeder Bank wuchs ein hoher Baum und diente im Sommer als natürlicher Schattenspender. Die bunten Blätter am Boden ließen kaum noch den Rasen erahnen. Ein paar von ihnen wischte ich mit einer schnellen Handbewegung von der Bank, ehe ich mich hinsetzte. Der Sauerstoff tat mir gut und obwohl dicke Wolken am Himmel hingen, regnete es nicht. Erst jetzt wurde mir bewusst, wie stickig und abgestanden die Luft im Hörsaal gewesen war. Ich lehnte mich auf der Bank zurück und schloss die Augen.

4. Kapitel

Während ich die drei Stationen in der U-Bahn bis nach Hause fuhr, überkam mich eine Hitzewelle, gefolgt von Schüttelfrost. Wenn ich schon gedacht hatte, die Magenverstimmung sei unangenehm, dann war das nichts im Vergleich dazu. Ich fühlte mich geschwächt und so hundeelend wie schon lange nicht mehr. Eindeutig die Symptome einer fiesen Grippe.

Im Flur ließ ich alles an Ort und Stelle stehen, ohne groß etwas wegzuräumen. Dafür fehlte mir einfach die Kraft. Ich quälte mich aus meinen Turnschuhen und schlich gebeugt in mein Zimmer, wo ich mich sofort aufs Bett fallen ließ. Mein Schlaf war unruhig. Ständig wachte ich auf, abwechselnd geplagt von einer Hitze, die mir den Schweiß den Rücken hinabrinnen ließ, und einer Kälte, die meinen gesamten Körper mit Gänsehaut überzog. Ich wälzte mich von einer Seite auf die andere, mal mit Bettdecke bis unters Kinn gezogen und mal ohne. Ich wusste nicht, wie lange das so ging. Ich hatte keine Ahnung, wie viel Zeit bereits verstrichen war. Schlief ich seit einer Stunde oder waren es schon Tage?

Ein zaghaftes Klopfen bahnte sich seinen Weg in die Tiefen meines Bewusstseins und weckte mich. Meine Lider fühlten sich dick und verquollen an. Ich versuchte mich zu orientieren. Es klopfte erneut, diesmal ein wenig fester.

»Ja?«, krächzte ich.

Mara öffnete zögernd die Tür einen Spalt breit und spähte hinein.

»Hab ich dich aufgeweckt?«

»Ist schon gut, ich habe eh nicht richtig geschlafen.« Meine Stimme hörte sich furchtbar an. Trocken und rau.

»Wie geht es dir? Ist dir immer noch schwindlig?«

»Nein.« Zu meiner Erleichterung stellte ich fest, dass das stimmte. »Aber ich glaube, ich habe eine Grippe.«

»Hast du Gliederschmerzen? Fieber?« Sie kam näher, um meine Stirn zu berühren. »Heiß fühlst du dich nicht an. Ich koche dir eine Gemüsebrühe, ja?«

»Das musst du nicht.« Ich war es nicht gewohnt, dass man sich um mich kümmerte, und wiegelte automatisch sofort ab.

»Das mache ich doch gerne. Ich bin gleich wieder bei dir. Brauchst du sonst noch was?«

Von einer Sekunde auf die nächste war mir wieder furchtbar kalt.

»Vielleicht noch eine Wärmflasche«, sagte ich mit klappernden Zähnen.

»Kommt sofort.«

Mara schloss die Tür leise hinter sich. Erschöpft lehnte ich meinen Kopf gegen die Kissen und schloss die Augen. Ich versuchte die Kälte, die tief aus meinem Inneren zu kommen schien, so gut es ging zu ignorieren. Mara kam mit der Wärmflasche in der Hand zurück.

»Hier, bitte.« Sie reichte sie mir. »Von Doro soll ich dich fragen, ob sie dir einen ihrer Spezialtees kochen soll?«

»Nein danke. So schlecht geht es mir dann doch nicht.« Ich versuchte ein Lachen, aber heraus kam ein Hüsteln. Bevor ich noch einmal einen von Doros Tees, die nach aufgebrühten Schweißsocken schmeckten, trank, musste ich schon im Sterben liegen. Der Gedanke allein genügte, damit mein Magen rebellierte.

Mara zwinkerte mir zu: »Ich versteh schon. Ihre Tees sind wirklich sehr speziell.«

***

Ich hielt eine dampfende Schüssel Gemüsebrühe in meinen Händen und wärmte mich daran. Meine Lippen waren spröde, weil ich außer der Tasse Pfefferminztee den ganzen Tag über nichts getrunken hatte. Ich löffelte die Suppe so weit aus, wie es ging. Dann setzte ich die Schale an meine Lippen und trank auch noch den letzten Schluck, bis kein Tropfen Brühe mehr übrig war. Die leere Schüssel stellte ich auf mein Nachtschränkchen und drehte mich auf die Seite. Ich schlief weiterhin unruhig, gegen Mitternacht kamen die Hitze- und Kältewellen in immer kürzeren Abständen. Sie wechselten sich so rasend schnell ab, dass ich erst begriff, dass ich schwitzte, wenn mir schon wieder kalt war. Als es gegen Morgen langsam weniger wurde, übermannte mich die Erschöpfung. Dankbar empfing ich die bleierne Schwere des erlösenden Schlafes, die mich einhüllte und in eine tiefe, traumlose Sphäre zog.

Als ich das nächste Mal einen Blick auf die Uhr warf, zeigte sie 13:50 Uhr an. Ich hatte fast vierundzwanzig Stunden im Bett verbracht. Das war mir wohl das letzte Mal passiert, als ich noch ein Baby war. Ich streckte mich ausgiebig und stellte zufrieden fest, dass ich mich erholt und ausgeschlafen fühlte. Ich warf die Decke zurück, schwang die Beine über die Bettkante und stand auf. Dann schlüpfte ich in die erstbeste Jogginghose, die mir in die Hände geriet, und in meinen geliebten Kapuzenpulli. Im Badezimmerspiegel erinnerte mein Anblick an ein zerrupftes Huhn. Ich fuhr mir fahrig mit den Fingern durch die Haare, um die gröbsten Knoten zu lösen, und band sie zu einem hohen Pferdeschwanz zusammen. Danach spritzte ich mir kühles Wasser ins Gesicht. Meine Haut spannte noch mehr auf meinen spitzen Wangenknochen als gewöhnlich, wodurch mein Gesicht noch kantiger wirkte als sonst. Ich war aschfahl und brauchte dringend frische Luft. Nachdem ich einen ganzen Tag in meinem Zimmer eingesperrt gewesen war, sehnte ich mich nach der Freiheit und Weite der Welt draußen. Meine Muskeln fühlten sich hart und verspannt an von dem langen Liegen im Bett. Sie wollten bewegt werden und ich würde ihnen diesen Gefallen tun.

Ich zog mir gerade die Turnschuhe im Flur an, als Doro aus ihrem Zimmer kam und mir den Weg versperrte.

»Wo willst du hin?«, fragte sie argwöhnisch.

»Nur ein bisschen im Park spazieren gehen.«

»Hältst du das für eine gute Idee? Du bist doch gerade erst aufgewacht. Und wirklich gesund siehst du auch noch nicht aus.«

»Doro«, seufzte ich. »Was ist schon dabei? Ich geh nur ein bisschen frische Luft schnappen.«

»Entschuldige, dass wir uns Sorgen um dich machen«, erwiderte sie aufgebracht.

»Wir? Mara hat dich angewiesen, auf mich aufzupassen, stimmt's?«, sagte ich mit einem wissenden Lächeln.

»Nun ja.« Doro verzog das Gesicht. Es war ihr offensichtlich unangenehm, so schnell durchschaut worden zu sein. »Sie meinte, ich solle, solange sie mit Tobi unterwegs ist, ein Auge auf dich haben.«

Ich verkniff es mir, die Augen genervt zu verdrehen. Ich war es gewöhnt, mich um mich selbst zu kümmern und unabhängig zu sein. Deshalb verstörte mich Maras fürsorgliche Art manchmal ein wenig. Okay, oft sogar, und ich fühlte mich dann bevormundet, obwohl das natürlich vollkommener Blödsinn war. Natürlich war Doro ebenfalls ein herzensguter Mensch. Obwohl sie ohne Maras ausdrückliche Anweisung wohl nicht von selbst auf den Gedanken gekommen wäre, mich von einem Spaziergang abzuhalten.

»Doro«, ich lachte gezwungen, »mir geht es gut. Ehrlich. Kein Grund, sich Sorgen zu machen. Ich bin mir sicher, nachdem ich an der frischen Luft war, geht es mir sogar noch besser.«

»Na schön, dann komme ich aber mit.«

»Das ist wirklich nicht nötig.«

»Nein, nein. Keine Widerrede. Ich will mir nicht von Mara vorwerfen lassen müssen, wie schlecht ich meinen Job gemacht habe.«

Sie hatte sich schon ihre Jacke angezogen und sah mich nun erwartungsvoll an. »Was ist? Gehen wir nun in den Park oder schlägst du hier Wurzeln?«

Ich gab mich geschlagen, schnappte mir meinen Mantel und folgte ihr hinaus ins Treppenhaus.

Unsere Wohnung lag nur wenige hundert Meter vom Englischen Garten entfernt. Wir mussten lediglich der Straße folgen und schon standen wir mitten im Grünen. Da ich für mein Leben gern joggte, war die unmittelbare Nähe zum Park ideal. Ich war hier so oft, dass ich vermutlich jeden Stein kannte.

Schweigend gingen wir nebeneinander die Straße entlang. Ich hatte den Kragen meines Mantels aufgestellt, da ein eisiger Wind wehte. Die Regenwolken hingen dick und grau über der Stadt.

Wir erreichten den Park und ich stellte überrascht fest, dass fast keine Blätter mehr an den Bäumen hingen. Der Wind musste sie alle hinabgeweht haben.

»Wie ist eigentlich deine Hausarbeit geworden?« Ich hatte ganz vergessen, Doro danach zu fragen.

»Lass uns lieber nicht darüber reden. Ich sag nur: zu wenig Zeit und zu viel Stoff. Ob ich es jemals auf die Reihe kriegen werde, nicht auf dem letzten Drücker anzufangen? Bestimmt ein genetischer Fehler. Ich wusste schon drei Wochen im Voraus von der Hausarbeit und konnte mich trotzdem keine achtundvierzig Stunden davor aufraffen, endlich dieses blöde Geschichtsbuch aufzuschlagen.«

»Ich würde mir da keine Gedanken machen. Du brauchst halt den Druck des nahenden Abgabetermins.«

»Ja, schon möglich. Der Adrenalinkick zusammen mit dem Stress ist echt überwältigend. Solltest du auch mal ausprobieren«, witzelte Doro.

Eine Böe wirbelte die Blätter vor uns auf dem Weg auf.

»Ich werde es mir merken. Obwohl ich nicht glaube, dass wir jemals Hausarbeiten schreiben müssen.«

Wir gelangten zu einer Weggabelung.

»Puh. Es ist echt kalt. Macht's dir was aus, wenn wir langsam wieder zurückgehen?« Doro zog den Kopf ein, als eine erneute Windböe an unseren Kleidern zerrte.

»Nein, es ist wirklich ziemlich ungemütlich.«

Wir gingen nach links, wo der Weg in einem Halbkreis wieder zurück zu unserem Ausgangspunkt führte.

»Ich glaube, wir werden verfolgt.« Doro stupste mich mit ihrem Ellenbogen in die Rippen. Es war ihr anzusehen, dass sie es nur im Spaß sagte. »Der Typ läuft, schon seit wir aus dem Haus sind, hinter uns her.«

Ich warf einen Blick über meine Schulter. Ein Mann mit tief ins Gesicht gezogener Kapuze, die verhinderte, dass ich sein Gesicht erkennen konnte, schlenderte hinter uns her. Als er bemerkte, dass ich mich zu ihm umgedreht hatte, hob er den Kopf und ich blieb vor Schreck wie erstarrt stehen. Seine zusammengekniffenen Augen blickten mich feindselig an. Zorn stand darin und noch etwas anderes. Frustration?

Als Doro bemerkte, dass ich stehen geblieben war, und sich zu uns umdrehte, richtete er seinen Blick wieder zu Boden. Doch die kurze Zeit hatte gereicht, um meinen gesamten Körper mit einer Gänsehaut zu überziehen. Ich konnte es fühlen, irgendetwas war anders an ihm, ich wusste nur nicht genau, was. Dafür war ich mir sicher, ich würde den Anblick seiner wütenden Augen nie vergessen können, und das lag nicht nur an der Art, wie er mich angesehen hatte. Seine Augen leuchteten dunkel-golden. Und gefährlich.

Doro zog mich am Ellenbogen weiter. »Warum bleibst du denn stehen?« Sie bemerkte meine vor Schreck geweiteten Augen. »Was ist passiert?«

Ich schüttelte den Kopf. Wie sollte ich ihr erklären, dass mich der kurze Blick eines Fremden bis ins Mark erschüttert hatte? Ich konnte es mir ja nicht einmal selbst erklären. »Nichts. Komm, lass uns weitergehen.«

Doro blieb stur stehen und der Kapuzentyp tat so, als betrachte er die Bäume. »Erst wenn du mir sagst, was dich eben erschreckt hat.«

»Da war nichts. Ich glaube, mir geht es doch noch nicht so gut. Ich möchte mich wieder ausruhen.«

Ehe ich es verhindern konnte, befühlte sie mit der flachen Hand meine Stirn.

»Heiß fühlst du dich nicht an, aber das könnte auch an den eisigen Temperaturen hier draußen liegen. Für Mitte Oktober ist es wirklich verdammt kalt.«

Dass sie sich Sorgen um mich machte, ärgerte mich. Es war beinahe wie ein Reflex. Kaum wurde ich ein bisschen bemuttert, schon regte es mich auf. Total irrational.

»Du solltest daheim lieber Fieber messen.«

»Doro, hör jetzt bitte damit auf«, presste ich mit mühsam beherrschter Stimme hervor.

Ich stapfte aufgebracht an ihr vorbei. Das Laub raschelte unter meinen kräftigen Schritten und einzelne Blätter wirbelten vom Boden auf. Doro folgte mir, holte mich ein und tat, als sei nichts gewesen. Und das war mir nur recht, denn sämtliche meiner Sensoren waren auf die Person hinter mir gerichtet, die uns mit einigem Abstand nach Hause folgte. Ich hatte das Gefühl, seine stechenden Blicke im Rücken zu fühlen.

5. Kapitel

Mara kam mit Tobi im Schlepptau gerade zur Haustür rein, als der Wasserkocher pfiff.

»Wollt ihr auch einen Tee?«, rief Doro aus der Küche.

»Ja«, kam die knappe Antwort aus dem Flur.

Ich stand neben Doro und holte noch zwei weitere Tassen aus dem Schrank. Doro hängte je einen Beutel Früchtetee hinein und übergoss sie mit heißem Wasser. Ich schnappte mir zwei Tassen und platzierte sie vor Mara und Tobi, die sich schon an den Tisch gesetzt hatten.

»Du siehst ja wieder ziemlich fit aus«, stellte Mara nach einem prüfenden Blick auf mich fest.

»Ja, ich fühle mich auch ganz gut.«

»Das ist schön. Und jetzt rate mal, was mir vorhin beim Shoppen passiert ist.«

»Ähm, keine Ahnung. Du wurdest von einer Taube vollgekackt.«

»Caro!« Sie versuchte ein empörtes Gesicht zu machen. Kurz darauf brach sie in schallendes Gelächter aus. »Schön wär's. Ich wünschte, es wäre nur das gewesen.«

»Was bitteschön kann schlimmer sein, als von einem Vogel vollgeschissen zu werden?« Ich machte ein möglichst entsetztes Gesicht.

»Zwei Vögel?«, riet Doro.

Tobi kicherte.

»Es war so peinlich.« Mara vergrub ihr Gesicht in ihren Handflächen.

»Nun spuck's schon aus«, forderte Doro ungeduldig.

»Na gut.« Sie legte ihre Hände auf den Tisch. »Ich stand an der Kasse in einer richtig langen Schlange und als ich dran war mit Bezahlen, musste ich feststellen, dass ich mein Portemonnaie daheim vergessen hatte. In meiner anderen Handtasche. Und da stehe ich nun. Hinter mir eine ewig lange

Schlange, ich krame hektisch in meiner Handtasche und kann natürlich nichts finden. Nicht einmal einen Glückscent. Und das Schlimmste war, dass es alle mitbekommen haben.«

»Und ich konnte ihr auch nicht helfen«, erzählte Tobi weiter, »weil ich schon ins nächste Geschäft vorgegangen bin, als ich die lange Schlange gesehen habe.«

»Und hast du es an der Kasse zurücklegen lassen und bist dann noch mal hingegangen?«, fragte Doro.

»Nein. Das war mir alles viel zu peinlich. Ich setze bestimmt nie wieder einen Fuß in diesen Laden«, jammerte Mara.

Tobi legte ihr einen Arm um die Schultern und gab ihr einen Kuss auf ihren Kopf. »In ein paar Tagen kannst du da schon wieder rein. Den Vorfall haben die bis dahin längst vergessen.«

»Hoffentlich.« Sie hielt ihre Tasse in beiden Händen und pustete auf die Oberfläche. »Und jetzt seid ihr dran. Raus mit den peinlichen Storys. Ich will alles hören.«

***

Nach unserem Schwätzchen setzte ich mich an den Schreibtisch und versuchte Verwaltungsrecht zu lernen. Allerdings schweiften meine Gedanken immer wieder ab. Sobald ich einen halben Satz gelesen hatte, verschwammen die Buchstaben vor meinen Augen und stattdessen tauchten andere Bilder davor auf. Es konnte doch nicht so schwer sein, sich für eine halbe Stunde zu konzentrieren! Verdammt, irgendwann musste ich schließlich mit Lernen anfangen! Ich konnte das unmöglich bis kurz vor die Prüfungen aufschieben. Ich wagte einen erneuten Versuch. Der wievielte war das jetzt? Der zwölfte? Ich fing bei dem Absatz an zu lesen und schwor mir, nicht vom Schreibtisch aufzustehen, ehe ich nicht mit dem gesamten Skript durch war. Leider erwischte ich mich kurze Zeit später bei dem Gedanken, was ich denn am Wochenende alles machen könnte. Manchmal nervte ich mich selbst. Warum konnte ich mich nicht einfach mal fünf Minuten lang konzentrieren? Zornig pfefferte ich das Skript mit einer Handbewegung vom Schreibtisch. Es landete mit einem dumpfen Geräusch neben meinem Papierkorb. Verwaltungsrecht war eines dieser staubtrockenen Fächer, mit denen ich nicht viel anfangen konnte. Jedes Büffeln und Einbläuen von stumpfer Theorie war für mich ein Graus. Ich war ein Logikmensch und Auswendiglernen hatte mir noch nie gelegen. Wozu sollte das überhaupt gut sein? Was für einen Sinn hatte es, in Klausuren stumpfsinnige, auswendig gelernte Antworten niederzuschreiben? Man sollte uns lieber zu selbstständigem Denken animieren, aber nein – Hauptsache, man konnte das Skript eins zu eins wiedergeben! Ich merkte, wie ich mich da in etwas hineinsteigerte, konnte aber nicht verhindern, dass meine Unzufriedenheit die Oberhand gewann. Plötzlich wurde mir heiß, sehr heiß und meine Atmung beschleunigte sich. Bekam ich zu allem Überfluss jetzt auch noch eine Panikattacke? Na toll! Wütend schlug ich mit der Faust auf den Schreibtisch und verdammt, tat das weh! Der Schmerz lenkte mich so weit ab, dass sich meine Atmung wieder beruhigte und meine Panikattacke abklang. Ein merkwürdiger Geruch stieg mir in die Nase. Er erinnerte mich an früher, wenn wir im Sommer ein Lagerfeuer bereitet hatten. Das war für mich immer eines der Highlights gewesen. Marshmallows auf Holzspießen in die offenen Flammen halten, bis sie von außen schön knusprig karamellisiert und innen zart schmelzend waren. Plötzlich wurde aus dem leicht holzigen Rauch beißender Qualm und ich schaute mich panisch nach der Quelle des Gestanks um. Ungläubig starrte ich unter meinen Schreibtisch. Aus meinem Papierkorb stiegen kleine Rauchwolken auf. Ach du Scheiße, mein Papierkorb brannte! Wie konnte denn das passieren? Mir blieb keine Zeit, länger über die Feuerursache nachzudenken. Hektisch griff ich mir den Korb und sprintete damit ins Bad. Ich stellte ihn in die Duschkabine, griff nach der Duschbrause und drehte den Wasserhahn bis zum Anschlag auf. Das Feuer war in Sekundenschnelle gelöscht und übrig blieb ein völlig durchweichter Klumpen verkohltes Papier. Der Matsch schwamm im Wasser und ich überlegte, wie ich das jetzt entsorgen sollte. Ich konnte das ganze Wasser schlecht ins Klo schütten. Am Ende verstopfte ich es noch. Ich entschied mich dafür, das Zeug in die Dusche zu kippen, damit das überflüssige Wasser erst mal ablaufen konnte. Dann schob ich die Überreste, eine

Art gräulicher Schleim, mit beiden Händen zu einem Haufen zusammen und entsorgte ihn im Hausmüll. So viel zur Mülltrennung. Den leeren Papierkorb stellte ich zum Trocknen wieder an seinen altangestammten Platz, wo ich ihn noch eine ganze Weile ratlos anstarrte. Kopfschüttelnd wandte ich mich ab. Ich beschloss erst mal eine entspannende Dusche zu nehmen, denn durch die Hektik war ich ins Schwitzen gekommen. Außerdem kamen einem ja unter der Dusche angeblich die besten Ideen. Einen Geistesblitz, der mir erklärte, woher die Flammen in meinem Papierkorb kamen, konnte ich jetzt gut gebrauchen.

Das warme Duschwasser massierte meinen Nacken und löste die Verspannungen darin. Ich fühlte mich wieder ruhig und ausgeglichen, nur der geniale Einfall blieb aus. Mir wollte keine logische Erklärung für den Brand einfallen. Dass Mülleimer anfingen zu brennen, wenn man noch heiße Streichhölzer hineinwarf, konnte ich durchaus nachvollziehen. Aber das hatte ich ja nicht getan. Ein Funke verursacht durch einen Kurzschluss war ebenfalls auszuschließen, denn in diesem Fall wäre das entsprechende Gerät auch kaputtgegangen. Ob der Papierkorb zu nah an der Heizung gestanden und sich dadurch zu stark erwärmt hatte? Das erschien mir noch die plausibelste aller Erklärungen. Die Heizung verlief direkt vor meinem Schreibtisch, den ich absichtlich so platziert hatte, damit es immer schön warm war, wenn ich lernte. Der Papierkorb stand vielleicht zwanzig Zentimeter davon entfernt. In Zukunft würde ich ihn an einer anderen Stelle platzieren, damit so etwas nicht noch einmal vorkam.

Zufrieden damit, eine Erklärung gefunden zu haben, schäumte ich mir die Haare mit meinem Lieblingsshampoo ein. Der Duft von Zitrone und Olivenöl stieg mir in die Nase. Ich schloss die Augen und spülte mir die Haare gründlich aus und alle Sorgen gleich mit.

6. Kapitel

Als ich mir in der Küche etwas zu essen machte, stieß Doro zu mir.

»Ich geh nachher noch mit ein paar Leuten aus der Uni ins Kino. Magst du mitkommen?«

»Danke. Aber ich bleibe lieber daheim und ruhe mich noch ein bisschen aus.« Ich täuschte ein Gähnen vor.

»Ja, ist wahrscheinlich besser, wenn du es erst mal langsamer angehen lässt.« Ihre grünen Augen blickten mich verständnisvoll an.

Es versetzte mir einen kleinen Stich, sie anzulügen, aber den wahren Grund konnte ich ihr nicht verraten, denn ich kannte ihn ja nicht einmal selbst. Ich hatte nur ein vages Gefühl, dass sich etwas verändert hatte. Das Feuer, der Kerl im Park. Ich hatte eine leise Ahnung, dass irgendetwas im Busch war, und ich wollte diesen Dingen auf den Grund gehen.

»Was seht ihr euch an?«, fragte ich, um nicht unhöflich zu wirken.

Doro trug eine schwarze Leggins, darüber einen kurzen grauen Rock und ein neongelbes Oberteil. Ihr kurzes Haar hatte sie mit etwas Gel gestylt, so dass es wild in alle Richtungen abstand.

»Das steht noch nicht fest. Wir wollten das spontan entscheiden. Wobei ich ja mal wieder für einen schönen gruseligen Horrorfilm wäre.« Sie grinste mich an.

»Na, dann viel Glück beim Durchsetzen.«

Sie lachte. »Ich fürchte, die Mehrheit wird wahrscheinlich irgend so ein *Mainstream*-Zeugs sehen wollen. Aber man darf ja noch hoffen.«

»Igitt, *Mainstream*. Das ist schon ein grausames Schicksal.« Ich tat, als schüttelte es mich bei der bloßen Vorstellung.

»Ich schätze, ich werde es überleben. Hey, sag mal, hättest du nicht vielleicht Lust auf ...«

»Schlag dir das ganz schnell aus dem Kopf. Mir reicht schon der Horror in meinem eigenen Leben.«

Horror war vielleicht etwas übertrieben. Ich dachte an meine Kindheit im Waisenhaus und sehr schlimm war sie nie gewesen. Nur hatte eben immer etwas gefehlt. Die natürliche Liebe der Eltern, mit der sie ihre Kinder umsorgten, hatte ich nie erfahren dürfen. Doro schien zu wissen, welche Richtung meine Gedanken eingeschlagen hatten, denn plötzlich fand ich mich in einer innigen Umarmung wieder.

»Ach Caro. Was machen wir bloß mit dir?«

»Ich weiß nicht.«

»Jetzt hab ich ein richtig schlechtes Gewissen, weil ich dich heute Abend alleine lasse.«

Ich öffnete meinen Mund, um einzuwenden, dass Mara noch da wäre, aber Doro war schneller.

»Mara ist auch nicht da. Sie machen irgendwas bei Tobias daheim. Aber morgen könnten wir etwas zusammen machen?«

»Morgen klingt toll. Und jetzt ab mit dir. Mach dir 'nen schönen Abend mit deinen Kommilitonen.«

Ich scheuchte sie regelrecht aus der Küche. Dann schnappte ich mir meine Schnitten und pflanzte mich mit ihnen vor meinen PC, um *Wodurch entstehen Papierkorbbrände?* zu googeln.

***

Es war Samstag und ich hatte nichts vor. Den Vormittag hatte ich mit Wäschewaschen verbracht und danach war ich eine kleine Runde joggen gewesen. Jetzt saß ich ratlos im Schneidersitz auf meinem Bett und tippte eine SMS an Daniela. Ich fragte sie, ob wir uns heute treffen wollten. Immerhin hatten wir das noch nachzuholen. Keine zwei Minuten später blinkte mein Handy auf und Daniela nannte die Uhrzeit, zu der wir uns in unserem Lieblingscafé treffen wollten. Ich eilte los.

Sie wartete vor unserem Stammcafé in der Nähe vom Viktualienmarkt. Zunächst sah ich nur ihren von dunklen Locken umwehten Hinterkopf, aber als ich näher kam, drehte sie sich in meine Richtung und ihre Augen leuchteten vor Freude auf, als sie mich sah. Wir umarmten uns zur Begrüßung.

»Das war ja eine ganz schön fiese Magenverstimmung. Bist du wieder fit?«

»Sicher. Mir geht's super.«

»Dann lass uns reingehen.«

Daniela ging voraus und hielt mir die Tür auf. Ich folgte ihr ins Innere. Meine Augen brauchten einen Moment, bis sie sich an das schummrige Licht im Café gewöhnt hatten. Die Tische waren aus dunklem Holz und die Bänke und Stühle mit schwarzem Leder bezogen. Die Wände schmückten wenige, dafür sehr große schwarz-weiße Landschaftsaufnahmen. Wir setzten uns an einen Fensterplatz am Rand. Auf den Tischen standen silberne Kerzengläser, die ein flackerndes Licht verbreiteten. Ich studierte die Getränkekarte, nur um dann wie üblich einen Vanille Macchiato zu bestellen. Der war hier einfach am besten.

»Hier, ich hab noch das Skript für dich dabei.« Sie kramte kurz in ihrer Tasche und reichte mir die Unterlagen zum Strafrecht über den Tisch. »Du wolltest es doch abschreiben.«

»Oh, stimmt. Danke.« Das hatte ich schon wieder ganz vergessen. »Habe ich noch was Wichtiges verpasst?«

»Nein, eigentlich nicht.«

Die Bedienung kam mit unserer Bestellung. Daniela probierte von ihrem *Cheesecake* und ich nahm einen Schluck von meinem Getränk und verbrannte mir prompt die Zunge. Innerlich fluchte ich. Warum konnte ich nie warten, bis der Latte Macchiato ein wenig abgekühlt war?

Aus den Augenwinkeln nahm ich wahr, wie jemand zur Tür reinkam und sich an einen Tisch mit dem Rücken zur Wand setzte.

»Was hast du gestern gemacht?«, fragte Daniela, doch ich hörte ihr gar nicht richtig zu. Ungläubig starrte ich zu dem Tisch und kniff mich hart in den Unterarm. So weh wie das tat, war ich definitiv wach. Goldene Augen starrten beiläufig an mir vorbei, hinaus zu den Menschen auf der Straße. Konnte das ein Zufall sein? Obwohl ich gestern im Englischen Garten nur einen kurzen Blick auf sein Gesicht erhascht hatte, war ich mir sicher, dass es derselbe Mann war, der Doro und mich verfolgt hatte. Diese Augen und ganz besonders den zornigen Ausdruck, der in seinem Blick gelegen hatte, würde ich wohl nie vergessen können. Ich musterte unauffällig sein Gesicht. Er zeigte keine Regung. Er sah geradezu gelangweilt aus. Als die Bedienung zu ihm kam, bestellte er, ohne seinen Blick auf sie zu richten. Nun konnte ich mir auch den Rest seines Aussehens einprägen. Er hatte vom Wind zerzaustes rötliches Haar, ein kantiges Gesicht, das von Bartstoppeln umrandet wurde. Objektiv gesehen war er hübsch, keine Frage. Er hätte ein Model sein können mit seinen markanten Wangenknochen, der geraden Nase und den leuchtenden Augen. In diesem Licht kamen sie mir nicht mehr ganz so unnatürlich vor. Sie sahen dunkler aus, wie flüssiges Karamell. Als die Bedienung ihm seinen Espresso hinstellte, knetete er sich mit Daumen und Zeigefinger seine Nasenwurzel, als hätte er Kopfschmerzen. Er sah müde aus und tödlich gelangweilt. Ich fragte mich, ob er möglicherweise eine schizophrene Persönlichkeit besaß? Aber das wäre wohl ein etwas voreiliger Schluss gewesen. Plötzlich kickte mir Daniela unter dem Tisch gegen das Schienbein. Unwirsch wandte ich ihr meinen Kopf wieder zu.

»Ähm, Caro. Beantwortest du noch meine Frage?«

»Was?«

»Ich hab dich vor etwa fünf Minuten gefragt, was du gestern gemacht hast. Aber du hast ja nur Augen für den Typ da drüben.« Ich hörte den Vorwurf in ihrer Stimme und senkte schuldbewusst den Blick.

»Er sieht schon ganz gut aus«, meinte sie.

»Tatsächlich? Findest du?«

»Mhm.« Sie schob sich den letzten Bissen ihres *Cheesecakes* in den Mund.

»Und du? Was hast du eigentlich gemacht?«, fragte ich sie, um das Thema zu wechseln.

»Ich war mit meiner Familie in diversen Möbelhäusern. Weißt du, meine Eltern suchen doch schon seit einer Weile ein neues Sofa für ihr Wohnzimmer und es ist immer so schwierig eines zu finden, dass genau von der Größe passt und dann noch die Farbe …«

Daniela plapperte wie ein Wasserfall. Ich nutzte die Gelegenheit, um meinen Kopf unauffällig nach rechts zu drehen. Gelegentlich warf ich ein »Mhm« und »Ach, wirklich« ein, damit Daniela nicht aufhörte zu reden, aber ich hörte ihr nur mit halbem Ohr zu. Meine volle Aufmerksamkeit galt *ihm*. Als hätte er meinen forschenden Blick auf sich gespürt, wandte er seinen Kopf und sah mir direkt in die Augen. Ein Schauer lief meinen Rücken hinab. In seinem Blick lagen die gleiche Feindseligkeit und Ablehnung wie schon gestern im Park. Aber das konnte ich auch. Zornig blitzte ich ihn an. Er kniff die Augen zusammen und ich meinte, ein kleines Zucken um seine Mundwinkel zu erahnen. Machte er sich auch noch lustig über mich? Wut keimte in mir auf. Ich spürte, wie mir die Hitze ins Gesicht kroch. In meinem Magen brodelte es verdächtig. Er lehnte sich zurück und sah mich abwartend an. Der Ausdruck in seinen Augen veränderte sich. Belustigung spiegelte sich darin. Er amüsierte sich tatsächlich über mich. Was war das für ein kranker, perverser Mensch, der Freude daran fand, andere zu verfolgen und zu beobachten? Meine Wangen glühten, aber nicht vor Scham, sondern vor Wut. Ich funkelte ihn an, aber er zuckte nicht einmal mit der Wimper. Abschätzend musterte er mein Gesicht. Seine Haltung war entspannt und abwartend. Aber auf was wartete er? Fast schien es, als würde er umso gelassener, je ärgerlicher ich wurde. Als er schließlich die Espressotasse auf dem Tisch abstellte und mich frech angrinste, oder viel eher: mir seine Zähne zeigte, brachte es das Fass zum Überlaufen. Eine Hitzewelle bahnte sich ausgehend von meinem Magen ihren Weg durch meinen gesamten Körper. Meine Atmung beschleunigte sich. Meine Hände waren zu Fäusten geballt und meine Fingernägel gruben sich schmerzhaft in mein Fleisch. Ich war kurz davor aufzustehen, zu ihm hinüberzugehen und ihn zur Rede zu stellen, als ich das schrille Kreischen einer Frau vernahm.

»Feuer!«, rief sie.

Daniela und ich drehten gleichzeitig unsere Köpfe und da sah ich es. Am Nachbartisch, links neben dem unverschämten Kerl, brannte die Tischdecke. Eine kleine rote Flamme züngelte hell in der gedämpften Beleuchtung. Das Feuer schien ihn nicht im Geringsten zu stören. Er schenkte ihm keinerlei Beachtung. Er hatte sein Handy auf den Tisch gelegt und tippte seelenruhig eine SMS, während neben ihm die Bude abfackelte. Wenigstens die Bedienung bewahrte einen kühlen Kopf und kam mit einem Eimer Wasser angelaufen, den sie über das Tischtuch kippte. Augenblicklich war das Feuer gelöscht. Das Wasser floss in einem breiten Rinnsal zu Boden, wo es eine Pfütze bildete. Ein Loch hatte sich in die Tischdecke gefressen und dort, wo eben noch ein Feuer gewesen war, befand sich nun ein unschöner Fleck von verbranntem Holz.

»O Gott, so was habe ich auch noch nie erlebt.« Daniela griff sich an ihre linke Brust. »Mein Herz rast immer noch.«

»Das kannst du laut sagen.« Ich runzelte die Stirn. »Wie ist das denn passiert?«

»Keine Ahnung. Wahrscheinlich ist die Kerze umgefallen.«

»Aber es hat doch niemand an dem Tisch gesessen«, wandte ich zweifelnd ein.

Ein Schauder ließ Danielas Schultern erbeben. »Ein bisschen spooky ist das schon.«

»Ich versteh das nicht«, murmelte ich.

Ich sah noch einmal zu dem Typ, aber sein Platz war leer. Ich schüttelte den Kopf. Das alles war so verwirrend.

»Vielleicht hat jemand im Vorbeigehen die Kerze umgeschmissen«, mutmaßte sie.

»Wer weiß«, entgegnete ich unverbindlich.

Wohin war er nur verschwunden? Und was war das eben zwischen uns gewesen? Unser Blickwechsel hatte mich völlig durcheinandergebracht.

Daniela hingegen schien sich langsam zu beruhigen. »Aber ist ja eigentlich auch egal, oder? Es ist schließlich nichts passiert.«

»Ja, da hast du Recht.«

Und dann erzählte sie weiter von ihren Möbeleinkäufen und ich versuchte das ungute Gefühl, das an meinem Magen nagte, zu ignorieren und ihr stattdessen aufmerksam zuzuhören.

***

Während ich in der U-Bahn saß, grübelte ich über die bisherigen Geschehnisse nach. Schon wieder ein Brand. Es schien so, als würde ich neuerdings vom

Feuer verfolgt werden. Gestern der Papierkorb und heute die Tischdecke. Offenbar zog ich das Unglück nur so an. Was kam als Nächstes? Ein elektrischer Kurzschluss, bei dem die ganze WG abbrannte? Vielleicht sollten wir uns vorsorglich einen Feuerlöscher besorgen. Oder zumindest einen Rauchmelder. Ich würde das mal mit Mara und Doro besprechen. Ich stöpselte mir die Kopfhörer meines Smartphones in die Ohren und drehte die Musik extra laut auf. Ich musste meine zitternden Nerven beruhigen. Außerdem würden die schallenden Laute hoffentlich meine wilden Gedankengänge übertönen. Ich fühlte mich wie auf einer geistigen Achterbahnfahrt. Und ständig schlichen sich goldene Augen in meine Gedanken. Wer auch immer dieser Mann war, er faszinierte mich. Und gleichzeitig fürchtete ich mich vor ihm. Die Art, wie er mich angeschaut hatte, verursachte mir sogar im Nachhinein noch eine Gänsehaut. Konnte das noch Zufall sein? Verfolgte er mich? War er ein Stalker? Ober bildete ich mir das alles nur ein? Möglicherweise war ich auf dem besten Weg, den Verstand zu verlieren.

Der restliche Abend zog an mir vorbei, ohne dass ich viel davon mitbekommen hätte. Mit Doro sah ich mir irgendeine belanglose Castingshow im TV an. Doch ich konnte mich nicht auf den Inhalt der Sendung konzentrieren. Sobald sie vorbei war, verabschiedete ich mich aus Doros Zimmer und ging früh schlafen.

7. Kapitel

Am nächsten Morgen wurde ich von Sonnenstrahlen wach gekitzelt, die durch einen Spalt in der Jalousie auf mein Gesicht fielen. Als ich die Augen aufschlug, wurde ich vom Licht geblendet und musste ein paar Mal blinzeln, bis ich etwas erkannte. Überrascht lief ich zum Fenster und schaute hinaus in den strahlend blauen Himmel. Es waren tatsächlich keine Wolken am Himmel. Endlich wieder Sonnenschein. Ich verspürte augenblicklich ein großes Verlangen nach einer ausgiebigen Joggingrunde im Park. Wenn das Wetter schon einmal so schön war, musste ich das auch ausnutzen. Wer wusste schon, wie viele sonnige Tage wir im Oktober noch haben würden?

Da es bereits elf Uhr war, beschloss ich, das Frühstück auszulassen, joggen zu gehen und dann gleich beim Mittagessen einzusteigen. Schnell schlüpfte ich in meine Sportsachen, steckte mein Handy in die Jackentasche, zog das Kabel der Kopfhörer unter meiner Jacke hindurch, suchte meine aktuelle Playlist heraus und band mir die Schnürsenkel meiner Laufschuhe zu. Dann schloss ich auch schon die Wohnungstür auf und sprang in freudiger Erwartung und im Takt der Musik die Treppenstufen hinab. Ich öffnete schwungvoll die Haustür, wandte mich nach rechts und lief beinahe in einen Mann hinein, der direkt neben der Tür, lässig mit dem Rücken an die Hauswand gelehnt, dastand. Gerade noch rechtzeitig konnte ich ausweichen, bevor ich über seine Füße stolperte, die er ziemlich weit von sich weggestreckt mitten auf dem Fußweg platziert hatte.

Ich machte einen Ausfallschritt nach links und kam taumelnd zum Stehen. Außer der dunkelblauen Jacke und den schwarzen Lederschuhen hatte ich noch nicht viel gesehen, deshalb hob ich meinen Blick, um zu gucken, wer hier mitten im Weg stand, und wich vor Schreck einen großen Schritt zurück. Leider war der Fußweg nicht so breit, wie ich gedacht hatte, was dazu führte, dass mein Fuß ins Leere trat und ich rückwärts die Bordsteinkante hinabstolperte. Panisch griff ich hinter mich, suchte nach irgendetwas, an dem ich mich abstützen und mein Gleichgewicht wiederfinden konnte. Doch wie das so ist, wenn man vom Pech verfolgt wird, befand sich hinter mir kein Auto, das meinen suchenden Händen hätte Halt geben können. So fiel ich ungebremst und ziemlich hart rücklings auf den asphaltierten Boden.

Schmerz durchzuckte mein Steißbein. Wütend blickte ich nach oben, wo der Mann mit den rötlichen Haaren direkt an der Bordsteinkante stand und mir seine Hand entgegenstreckte. Seine Lippen waren zusammengepresst, als müsste er sich ein Grinsen verkneifen. Ich ignorierte seine Hand und stand mühsam auf. Mit einer Hand rieb ich mir über meinen schmerzenden Hintern und wischte mir den Staub der Straße von der Hose. Gleichzeitig wurde ich nicht müde, den Kerl weiterhin anzufunkeln. Um seine Mundwinkel zuckte es verräterisch und in seinen Augen stand der Schalk. Dieser offensichtliche Spott war zu viel für mich.

»Sag mal, findest du das witzig?«, fuhr ich ihn an.

»Ich muss mit dir reden«, entgegnete er knapp, ohne auf meinen Vorwurf einzugehen. Er wirkte immer noch amüsiert.

Was bitteschön sollte das denn bedeuten? Keine Entschuldigung, kein Hallo, nicht einmal seinen Namen nannte er mir. Nur diese fünf Worte.

»Wenn du mit jemandem reden willst, geh zu einem Psychologen«, entgegnete ich bissig.

»Es ist wirklich wichtig. Könntest du mir bitte fünf Minuten lang zuhören?«

Ach, auf einmal konnte der Herr höflich sein. Nur dass ich nicht die geringste Lust verspürte, ihm auch nur eine Sekunde länger zuzuhören.

»Ist mir egal. Such dir jemand anderen, den du belästigen kannst. Ich hab die Nase voll davon, dass du mir die ganze Zeit hinterherrennst! Und wenn du das nicht sein lässt, dann werde ich eine einstweilige Verfügung gegen dich beantragen!«

So! Sollte er das erst mal schlucken. Ein Jurastudium hatte durchaus seine Vorteile. Ich kannte meine Rechte ziemlich genau und gegen Stalking konnte man vor dem Familiengericht eine einstweilige Verfügung beantragen. Dafür musste ich nur nachweisen, dass ich verfolgt wurde, und das war's dann. Eine Gänsehaut ließ die Härchen an meinen Armen aufstellen. *Verfolgung*. Wie lange er wohl schon vor meiner Tür gestanden und darauf gewartet hatte, dass ich herauskam? Ob er mich in Ruhe lassen würde, wenn ich ihm zeigte, dass ich keine Angst vor ihm hatte? Ich straffte meine Schultern und versuchte eine selbstbewusste und unerschrockene Körperhaltung einzunehmen.

Er schmunzelte amüsiert über meine Drohung. »Du denkst, ich spioniere dir nach?«

»Nein, nicht spionieren, du belästigst und verfolgst mich. Ich weiß ja nicht, was in deiner kranken Fantasie vor sich geht, aber ich werde mir das nicht länger gefallen lassen!«

Um meine Aussage zu unterstreichen, verschränkte ich meine Arme in einer ablehnenden Geste unter der Brust. Während ich wartete, was er zu seiner Verteidigung zu sagen hatte, konnte ich ihn mir genauer ansehen. Er war groß – mindestens 1,90 Meter –, schlank und seine Haare hatten aus der Nähe betrachtet die Farbe von Zimt. Außerdem musste ich zugeben, dass er für einen Stalker unverschämt gut aussah. Seine Haut hatte einen warmen, bronzefarbenen Ton, der perfekt mit seiner Haarfarbe harmonierte. Allerdings fielen mir auch ein paar kleinere Makel auf, die ich auf den ersten Blick nicht bemerkt hatte. Seine Unterlippe war für meinen Geschmack im Verhältnis zur Oberlippe etwas zu dick und seine Nase ein Stück zu lang. Ein paar Strähnen fielen ihm in die Stirn und seine Augen leuchteten bei Tageslicht golden. Eine seltsame Farbe, die an Blütenhonig erinnerte. Ärgerlich runzelte er die Stirn und es versetzte mir einen freudigen Stich, ihm sein Lächeln aus dem Gesicht gewischt zu haben.

»Glaubst du etwa, es macht mir Spaß, dir die ganze Zeit hinterherzulaufen? Bilde dir bloß nichts darauf ein. Ich habe weit Besseres zu tun, als …«

Er stoppte sich und ich schnappte hörbar nach Luft. Das war ja wohl der Gipfel. »Wenn das so ist, dann kannst du ja damit aufhören«, zischte ich.

Er fuhr sich in einer bedauernden Geste über den Dreitagebart, der seine Männlichkeit leider verdammt gut unterstrich. »Ich wünschte, das könnte ich, aber leider ist es meine Aufgabe, dich vor dir selbst zu beschützen.«

Hä? Ich verstand nur Bahnhof. In meinem Kopf war ein einziges großes Fragezeichen, das sich offenbar in meinem Gesicht spiegelte, denn er fuhr ohne Umschweife fort zu erklären: »Dir sind in den letzten Tagen ein paar unerklärliche Dinge widerfahren. Ich kann dir dabei helfen, zu verstehen, was passiert ist.«

Wovon redete er da? Ich starrte ihn weiterhin verständnislos an. Er seufzte und schloss für einen Moment die Augen, als sei meine Begriffsstutzigkeit für ihn eine zu große Last und er könne meinen Anblick nicht länger ertragen. »Die Brände der letzten Tage«, fuhr er langsam fort, »fandest du die nicht merkwürdig? Hast du dich nicht gefragt, woher sie kamen?«

Doch, natürlich hatte ich mich das gefragt. Aber ich verstand nicht, was das mit mir zu tun hatte. Wo war da der Zusammenhang? Und er hatte Brände gesagt. Im Plural. Woher wusste er überhaupt von dem zweiten Feuer? »Was soll das? Wieso erzählst du mir das alles?«

»Du warst vor ein paar Tagen ziemlich krank, stimmt's? Hitzewellen, Übelkeit, Schwindel?«, fuhr er geschäftig fort, als handele es sich um eine Einkaufsliste und nicht um die exakte Beschreibung meiner Symptome. Er sah mich abwartend an und ich fühlte mich zunehmend unbehaglicher – und dieses Gefühl behagte mir erst recht nicht.

»Wüsste nicht, was dich das angeht.« Ich legte meine ganze Ablehnung in diesen einen Satz. Ich versuchte weiterhin möglichst unerschrocken zu wirken, obwohl mir seine genauen Informationen Angst machten. Er musste mich viel genauer beobachtet haben, als ich angenommen hatte.

Er nickte, als sei meine Antwort für ihn Eingeständnis genug. Ich wirkte anscheinend nicht so unerschrocken, wie ich dachte, denn plötzlich wurde sein Tonfall weicher. »Ich kann dich beruhigen. Das alles ist vollkommen normal. Das geht jedem von uns am Anfang so. Nun wird es Zeit, dass du lernst, deine Gefühle zu kontrollieren. Du darfst ...«

»Warte. Wovon zum Teufel redest du? Was meinst du mit uns? Es gibt kein *uns*. Nur dich und mich, und ich für meinen Teil habe mit dir ganz sicher nichts gemein.«

»Könntest du mal für einen Moment still sein und mich ausreden lassen? Ich möchte es dir ja gerne erklären, aber wenn du immer dazwischen...«

»Ja, schon klar, ich höre.«

Ich machte eine großzügige Geste mit dem Arm und er grinste kurz, was ihn sofort sympathischer wirken ließ.

»Mir ist klar, dass das Folgende nur schwer zu begreifen ist, aber das Feuer und die Brände – das warst du. Immer wenn du wütend wirst und deine Emotionen dich überwältigen, bricht deine Kraft aus dir heraus.«

Den letzten Teil hatte ich gar nicht mehr mitbekommen. Meine Gedanken waren bei seiner Behauptung, ich hätte die Feuer gelegt, hängengeblieben.

»Sag mal, spinnst du jetzt komplett? Ich bin doch kein Brandstifter. Das ist doch völlig verrückt. Wie bitteschön hätte ich denn das Feuer am Nachbartisch legen sollen, solange ich einen Kaffee getrunken habe?«

Mir wurde vor Aufregung ganz heiß und ich spürte ein Ziehen in meinem Magen. Ich hätte doch etwas frühstücken sollen.

»Beruhige dich.« Er machte einen Schritt auf mich zu und legte seine Hände auf meine Schultern. Ich wollte zurückweichen, um genug Abstand zwischen uns zu bringen, doch das ließ er nicht zu. Sein Griff war unerbittlich. Er sah mir tief in die Augen und seine schienen *tatsächlich* aus flüssigem Karamell zu bestehen. Seltsamerweise beruhigte mich sein Blick. Die Hitze verschwand und mit ihr auch mein Zorn. Er kam mit seinem Gesicht noch ein wenig näher und ich spürte ganz leicht seinen Atem auf meiner Haut. Er roch gut. Mein linkes Augenlid begann nervös zu zucken. Er rückte keinen Zentimeter von mir ab, stattdessen sagte er resigniert: »Ich merke schon, du bist noch nicht so weit. Es hat keinen Sinn, länger mit dir zu reden, wenn dein Verstand sich so gegen das Offensichtliche sperrt. Es wird wohl erst ein noch größeres Unglück geschehen müssen, ehe du die Wahrheit erkennst. Ich hoffe nur, du bereust dann nicht, so stur gewesen zu sein. Wenn du Fragen hast, weißt du ja, wo du mich findest.«

»Und wo?«, fragte ich in meiner Verwirrung.

Er blinzelte überrascht und sah mich dann an, als sei ich beschränkt. »Ich bin der Vorsitzende der Studierendenvertretung. Hast du mich wirklich noch nie gesehen?«

Ich schüttelte langsam den Kopf.

»Wie lange bist du jetzt schon an der Uni?« Er guckte mich ungläubig an.

»Na, das weißt du bestimmt besser als ich. Immerhin scheinst du ja bestens über mich informiert zu sein«, erwiderte ich mürrisch.

»Stimmt. Drittes Semester, wenn mich nicht alles täuscht.« Seine Mundwinkel hoben sich zu einem kleinen Lächeln.

Seine Stimmungsschwankungen waren ja schlimmer als bei jeder Schwangeren. Und er war immer noch so nah über mir, was es mir schwer machte, einen klaren Gedanken zu fassen.

»Gut. War's das dann?«

»Von meiner Seite aus schon.« Seine Miene verdüsterte sich wieder. Und mehr zu sich selbst hörte ich ihn murmeln: »Als hätte ich nicht schon genug um die Ohren, jetzt darf ich auch noch den Babysitter spielen.« Dann sagte er lauter: »Also, man sieht sich.«

Er wandte sich abrupt ab und ging in Richtung U-Bahn-Station davon. Ich blieb für ein paar Sekunden wie angewurzelt stehen und starrte ihm hinterher, bis er am Ende der Straße um die Ecke bog und verschwand.

Langsam drehte ich mich um und ging in Richtung Englischer Garten. Meine Gedanken waren ein einziger Klumpen Honig. Zäh und träge und ohne Chance auf Entwirrung. Was hatte er mir eigentlich mitteilen wollen? Irgendetwas über Brände, die ich gelegt haben sollte. Und meine Grippe. Ich kapierte es nicht. Schließlich erreichte ich den Eingang des Parks und schaltete einfach meine Gedanken ab. Das Rennen tat gut und die warmen Sonnenstrahlen auf meinem Gesicht zu spüren war einfach nur herrlich. Es war so ein schöner Tag, den würde ich mir nicht vermiesen lassen. Ich inhalierte die frische Luft tief in meine Lungen. Meine Sehnen und Muskeln spannten sich bei jedem Schritt an und ich erhöhte das Tempo, bis ich ein leichtes Brennen in den Oberschenkeln verspürte. Dieses Tempo würde ich die nächsten paar Kilometer beibehalten. Normalerweise hörte ich auf, sobald es anfing schmerzhaft zu werden. Heute jedoch lief ich bis zur völligen Erschöpfung. Ich konnte nicht anders. Ich lief so lange, bis ich meinte, Blut zu schmecken. Erst dann drosselte ich das Tempo und lief etwas gemächlicher, bis ich meinen Ausgangspunkt erreicht hatte. Dort blieb ich stehen, beugte mich nach vorne und stützte die Hände auf den Oberschenkeln ab. Mein Atem ging stoßweise und jeder Muskel brannte höllisch. Ich zwang mich dazu, noch ein paar Dehnübungen zu machen, ehe ich mich schweißgebadet auf den Rückweg begab. Als ich das Treppenhaus erreichte, hatte sich meine Atmung wieder normalisiert, aber ich spürte bei jeder Stufe meine erschöpften Oberschenkelmuskeln. Ich konnte die Beine kaum anheben, sie fühlten sich an, als fließe kein Blut, sondern Blei durch sie hindurch. Ich warf einen Blick auf meine Armbanduhr. Gute anderthalb Stunden war ich unterwegs gewesen. Eine neue Bestzeit – und das so kurz nach einer Krankheit. Als ich den Schlüssel im Schloss herumdrehte, grinste ich zufrieden.

8. Kapitel

Die nächsten Tage verliefen ziemlich normal, ohne besondere Vorkommnisse. Kein Feuer. Ha! Hatte ich es doch gewusst. Vincent Merkur – ich hatte ihn gegoogelt, es war ein Leichtes, seinen Namen herauszubekommen, nachdem ich wusste, dass er in der Studierendenvertretung war – war eindeutig verrückt. Und so jemand wurde auch noch Vorsitzender. Da musste bei der Wahl etwas schiefgelaufen sein, ganz bestimmt sogar. Vermutlich Bestechung. Ich konnte gar nicht aufhören, ungläubig den Kopf zu schütteln. Korrupte Systeme, wo man nur hinsah.

Ich war froh, dass ich Vincent an der Uni nicht über den Weg gelaufen war. Und auch sonst hatte ich ihn nicht mehr getroffen und das, obwohl bereits Mittwoch war. Das erinnerte mich daran, dass heute unser WG-Kochabend stattfand. Auf dem Heimweg kam ich an einem Supermarkt vorbei und besorgte noch schnell ein paar Zutaten. Das Thema lautete *Mexiko* und Mara hatte mir vorhin noch eine Liste mit Lebensmitteln, die ich mitbringen sollte, per SMS geschickt. Die Straßenlaternen erleuchteten mir den kurzen Weg zwischen U-Bahn und Supermarkt. Ich hasste es, wenn die Tage kürzer wurden und es um halb sieben schon dunkel war. Schaudernd betrat ich den Supermarkt und warf schnell Gemüse, Dips und Wraps in meinen Einkaufskorb. Keine zehn Minuten später stand ich am Ende einer langen Feierabendschlange an der Kasse. Als ich endlich dran war, musste ich mein Portemonnaie unter all den dicken Rechtsbüchern erst einmal hervorkramen. Es lag natürlich ganz unten. Wo auch sonst? Leise fluchend zerrte ich es heraus und begegnete dem ungeduldigen Blick der Kassiererin. Immer hatte es jeder eilig an der Kasse und nie hatte man genug Zeit, um sein ganzes Kleingeld herauszusuchen. Schnell zahlte ich mit einem Zwanzig-Euro-Schein, kassierte eine Handvoll Münzen und verließ mit zwei vollen Stoffbeuteln und einer schweren Handtasche den Laden. Ein Packesel war nichts gegen mich. Wenigstens hatte ich es nicht mehr weit. Nach fünf Minuten war ich im Treppenhaus angelangt und musste nur noch die Einkäufe geschlagene drei Stockwerke nach oben schleppen. Vor unserer Wohnungstür angekommen, stellte ich die Beutel keuchend auf den Boden. Der Schlüssel war in meiner Handtasche und die Sucherei ging von neuem los. Nachdem ich den halben Inhalt vor der Tür entleert hatte, fand ich ihn versteckt zwischen meiner Wasserflasche und dem BGB. Umständlich sperrte ich auf, in einer Hand die zwei Stofftüten und in der anderen meine Handtasche haltend. Sofort drangen zwei Begrüßungsrufe an mein Ohr. Ohne mich auszuziehen, begab ich mich mit meinen Einkäufen in die Küche, wo Mara und Doro auf mich warteten.

»Wir haben dich schon sehnsüchtig erwartet.« Mara kam mir entgegen und nahm mir eine Tüte ab. »Ich bin schon halb am Verhungern.« Sie fing an, die Lebensmittel auszupacken.

»Jetzt bin ich ja hier. Gott, mir fallen gleich die Arme ab. Nächste Woche ist dann aber jemand anderes dran.« Ich holte eine Dose Mais aus dem Stoffbeutel und stellte sie auf den Tisch. So machten wir weiter, bis alles ausgepackt war. Doro hatte in der Zwischenzeit ein Schneidebrett geholt und fing an, die Paprikas in Streifen zu schneiden.

»Ich kann nächste Woche gehen.« Mara tätschelte meinen linken Arm. »Nicht, dass der dir noch abfällt.«

»Soll ich schon mal den Ofen vorheizen? Damit wir die Wraps darin erwärmen können?«, fragte ich.

»Yep.«

»Wie war's an der Uni?«, fragte mich Doro, ohne von ihrem Schneidebrett aufzublicken.

»Ganz normal.« Nachdem ich den Backofen angeschaltet hatte, öffnete ich die Dose Mais und goss den Inhalt in ein Sieb.

»Also langweilig wie immer.« Bevor ich protestieren konnte, fuhr sie seufzend fort. »Wir müssen schon wieder eine Projektarbeit anfertigen. Ihr beide müsst nie irgendetwas für die Uni vorbereiten. Das ist so unfair«, jammerte sie.

»Ich muss dieses Semester auch eine Hausarbeit abgeben«, wandte Mara ein.

»Ja, toll, eine. Bei mir ist es jetzt schon die zweite und wir haben noch nicht einmal seit drei Wochen wieder Uni. Wenn das so weitergeht, kann ich mich nächsten Monat in die Burnout-Klinik einliefern lassen.«

»Doro, du Jammerlappen, so etwas gibt es doch gar nicht«, lachte Mara.

»Ach, was weiß ich«, murmelte Doro.

»Jetzt beneidet ihr mich doch um das Jurastudium, was?«

»Nein, so schlimm kann es gar nicht werden, bis ich dich darum beneiden würde, langweilige Paragraphenketten auswendig lernen zu müssen«, entgegnete Doro.

»Tss.« Ich schürzte beleidigt die Lippen, dann musste ich grinsen.

Nach dem Essen verdrückte sich Doro mit der Begründung, sie müsse mit ihrer Projektarbeit weitermachen. Mara entschuldigte sich ebenfalls: »Ich hab Tobi versprochen, dass wir noch zusammen lernen.«

»Jetzt noch?« Ich sah sie zweifelnd an. Ich hatte den schweren Verdacht, dass sich beide nur vor dem Abwasch drücken wollten.

»Ja. Er fährt morgen nach Hause und dann sehen wir uns das ganze Wochenende nicht mehr. Schaffst du den Abwasch alleine?« Es war ihr deutlich anzusehen, wie gerne sie zu Tobi wollte.

Ich seufzte ergeben. »Na gut.« Ließ ich mich eben mal wieder breitschlagen.

Missmutig machte ich mich über den Berg an Geschirr her. Nach einer Runde Spülen und Abtrocknen war ich wieder beim Spülen angelangt. Der Haufen schmutziger Teller wurde zusehends kleiner und es war ein Ende in Sicht. Beherzt griff ich in das Spülbecken, um etwas Wasser abzulassen, als etwas Scharfes in meine Handfläche schnitt. Ich zuckte vor Schmerz zusammen und zog blitzschnell die Hand aus dem Spülbecken. Ein dicker Schwall Blut quoll aus einem Schnitt quer über meiner Handfläche hervor. Ich hatte das lange Küchenmesser im Abwaschwasser vergessen. Fluchend rannte ich ins Bad zum Verbandskasten und hinterließ dabei eine Spur roter Blutstropfen auf dem Parkettboden. Ich riss sämtliche Schranktüren auf und suchte verzweifelt nach etwas, mit dem ich die Wunde verbinden konnte. Alles, was ich fand, war eine geöffnete Packung Pflaster. Es musste doch in diesem Haushalt etwas geben, das größer war als ein zwei Zentimeter breites Pflaster. Wieso hatten wir keine Verbände? Eigentlich war der Schnitt gar nicht so schlimm, es blutete sogar schon etwas weniger, aber der Anblick des Waschbeckens war dennoch ein Schock. Es war nicht mehr weiß, sondern rot. Ich sah hinunter und auch auf den Fliesen leuchtete mir Blut entgegen. Schön breit getreten in große, schmierige Linien. Ich stieß einen frustrierten Laut aus und knallte wütend eine Schranktür nach der anderen zu. Ganz toll, jetzt konnte ich den restlichen Abend mit Bodenwischen verbringen. Vor lauter Aufregung und Ärger war mir schon wieder ganz heiß. Ich drehte den Wasserhahn auf, um das Waschbecken zu reinigen und die Wunde mit klarem Wasser auszuspülen, als mir ein beißender Geruch in die Nase stieg. Ich machte keuchend einen Schritt nach hinten, als ich sah, woher der Gestank kam. Unsere Handtücher brannten. Wie angewurzelt stand ich da und beobachtete die Flammen, die langsam das Frottee auffraßen. Als ich mich aus meiner Schreckstarre gelöst hatte, sprintete ich in die Dusche, nahm den Duschkopf heraus, drehte den Hahn auf und zielte auf die Handtücher. Im Bruchteil einer Sekunde war das Feuer gelöscht und übrig blieben löchrige, verkohlte Fetzen. Langsam ließ ich mich an der Wand auf den Boden gleiten. Ich lehnte meinen Rücken an die kalten Fliesen und schloss die Augen. Die Erkenntnis, dass irgendetwas nicht mit mir stimmte, bohrte sich in meine Gedanken wie eine Made in einen Apfel. Ich konnte die Tatsache, dass es in letzter Zeit ständig in meiner Nähe brannte, nicht länger ignorieren. Nur woher kam das Feuer? Vincent hatte gesagt, es wäre mein Werk. Aber wie sollte das möglich sein? Was hatte ich schon getan, um einen Brand auszulösen? Leider fiel mir keine logische Erklärung ein, obwohl ich mir das Gehirn zermarterte. Keine Ahnung, wieso mir in genau diesem Moment ein Zitat aus *Sherlock Holmes* einfiel. *Wenn du das Unmögliche ausgeschlossen hast, dann ist das, was übrig bleibt, die Wahrheit, wie unwahrscheinlich sie auch ist.* Es war Ewigkeiten her, seit ich das letzte Mal *Sherlock Holmes* gelesen hatte. Aber in einem Punkt hatte er Recht. Das Unmögliche, nämlich dass ich für die Brände verantwortlich war, schien die einzig richtige Schlussfolgerung zu sein. Ich legte den Kopf auf meine Knie und dachte nach. Was, wenn Vincent die Wahrheit gesagt hatte und er wirklich wusste, was mit mir los war? Vielleicht sollte ich mir doch anhören, was er mir zu sagen hatte. Es konnte zumindest nicht schaden. Mit meiner gesunden Hand stützte ich mich am Boden ab und rappelte mich auf. Ich musste endlich die Wunde auswaschen und sie zumindest desinfizieren, wenn ich schon keinen Verband fand. Als ich die Hand unter den Wasserstrahl halten wollte, hielt ich kurz inne. War es wirklich die rechte Hand gewesen oder doch die andere, in die ich mich geschnitten hatte? Obwohl ich mir sicher war, mich nicht in die linke Hand geschnitten zu haben, überprüfte ich es. Natürlich war dort kein Schnitt zu finden. Ich drehte die rechte Hand vor meinen Augen hin und her. Wo zum Teufel war der Schnitt hin? Das ganze Blut hatte ich mir doch nicht etwa eingebildet? Vielleicht wurde ich langsam verrückt. Ich sah auf den Boden. Nein, da waren ganz deutlich die bräunlichen, getrockneten Blutflecken zu sehen. Aber wieso durchzog meine Handfläche nur eine blasse, rosafarbene Linie? Ich atmete tief durch, um nicht völlig durchzudrehen. Es gab genau zwei Möglichkeiten: Entweder war ich ein Fall für die Klapse oder hier ging etwas vor sich, das meine Vorstellungskraft bei weitem überstieg. Ich war mir nicht sicher, welche der beiden Alternativen mir besser gefiel.

***

Ich lief durch einen langen Gang mit Marmorfußboden. Ich hörte jeden meiner Schritte laut hallen und verfluchte mich innerlich dafür, die braunen Stiefel mit dem Kunststoffabsatz angezogen zu haben. Wie konnten drei Zentimeter Absätze nur so einen Lärm machen? Nun gut, dann würde mich Vincent eben schon aus hundert Metern Entfernung kommen hören. Obwohl ich ein schlechtes Gefühl dabei hatte und mir nicht sicher war, ob ich wirklich hören wollte, was Vincent mir zu sagen hatte, befand ich mich nun auf dem Weg zu ihm. Oder besser gesagt, auf dem Weg zur Studierendenvertretung. Ich war noch nie bis zu diesem Gebäude gekommen und studierte vorsichtshalber erst einmal den Lageplan, der sich im Eingangsbereich befand. Nachdem ich mir sicher war, dass ich mir den Weg genau eingeprägt hatte, riss ich mich von der Tafel los und marschierte mit klackernden Absätzen in die vorgegebene Richtung. Vereinzelt kamen mir ein paar Studenten entgegen, ansonsten war es hier relativ ruhig. Kein Vergleich zur juristischen Fakultät, wo es von Menschen nur so wimmelte. Ich las die Schilder neben den Türen, bis ich die richtige gefunden hatte. Inzwischen war ich ganz alleine in dem langen Gang. Ich holte einmal tief Luft, schluckte meinen Stolz herunter und klopfte an. Nach wenigen Sekunden wurde die Tür geöffnet und ein blonder Junge – ich schätzte ihn ein paar Jahre älter als mich – mit Hemd und Sakko sah mich abwartend an. Auf einmal fühlte ich mich schrecklich underdressed mit meinem schäbigen alten Parka. Als ich nichts sagte, fragte er freundlich: »Wie kann ich dir helfen?«

Am liebsten hätte ich auf dem Absatz kehrtgemacht, aber zu meinem Entsetzen hörte ich mich selbst sagen: »Äh, ist Vincent da?«

»Ja. Einen Moment bitte, ich schicke ihn zu dir raus.«

»Danke«, murmelte ich, aber da war er schon wieder verschwunden und die Tür fiel langsam hinter ihm ins Schloss. Was tat ich hier nur? Es war völlig abwegig, dass mir dieser Verrückte helfen konnte. Ich sollte schleunigst Land gewinnen und von hier verschwinden. Gerade als ich mich umdrehen wollte, wurde die Tür aufgerissen und Vincent trat zu mir hinaus in den Gang. Als er sah, wer da auf ihn wartete, wurde sein Blick sofort ein paar Stufen kühler. Um seinen Mund bildete sich ein spöttischer Zug, doch er sagte nichts.

Ich holte tief Luft, bevor ich anfing, ihn umständlich zu begrüßen. »Ähm, hallo. Ich glaube, wir haben uns noch gar nicht richtig vorgestellt. Ich bin übrigens Caroline.« Ich merkte selbst, wie blöd das klang.

Seine Mundwinkel zuckten, dann streckte er mir lässig die Hand hin. »Vincent. Aber ich nehme an, das weißt du bereits.«

Ich erwiderte seinen Händedruck, der fest und warm war.

»Du hast es dir anders überlegt?« Er lehnte sich an den Türrahmen und zog eine Augenbraue in die Höhe. Ich bemühte mich ebenfalls um eine gelassenere Körperhaltung.

»Können wir reden?«

»Sicher. Warte kurz, ich bin gleich wieder da.«

Er verschwand für einen Augenblick im Raum und ich nutzte die Zeit, um mich zu räuspern und meinen Herzschlag zu beruhigen. Es ist nur ein Gespräch, kein Grund zur Panik, mahnte ich mich. Warum nur glaubte ich mir das selbst nicht? Nervös strich ich mir die Haare glatt, als Vincent mit einer Jacke unter dem Arm zu mir hinaustrat. Er machte eine Geste, ihm zu folgen, und zog, während wir gingen, seine Jacke an. Er schwieg und auch ich sagte nichts. Vincent führte uns aus dem Gebäude, ein Stück die Straße entlang, bis wir den Eingang des Leopoldparks erreichten. Er lag ruhig und verlassen vor uns. Um diese Jahreszeit blieben die meisten Menschen lieber im Warmen. Es war immer noch feucht und kalt. Die morgendlichen Nebelschwaden verzogen sich nur langsam. Wir setzten uns auf eine Bank, obwohl ich mich lieber bewegt hätte. Mich fröstelte schon jetzt. Vincent sah mich aus seinen goldenen Augen forschend an.

»Was ist passiert, dass du deine Meinung geändert hat?« Er hatte eine angenehm tiefe Stimme, das bemerkte ich erst jetzt so richtig.

Innerlich wand ich mich, bevor ich damit herausrückte. »Du hast doch neulich etwas von Feuern gesagt und, nun ja, gestern haben meine Handtücher im Bad angefangen zu brennen. Und davor schon mein Papierkorb und ich verstehe nicht, wie ...«

Vincent wirkte amüsiert. »Im Badezimmer? Ist das dein Ernst? Hast du dich etwa über einen Pickel aufgeregt?«

Ich funkelte ihn wütend an. Da kostete es mich so viel Überwindung hierherzukommen und er machte sich über mich lustig. »Haha, sehr witzig. Kannst du mir jetzt helfen oder nicht? Sonst ist das hier reine Zeitverschwendung.«

Ich war schon halb am Aufstehen, als sein Gesichtsausdruck wieder ernst wurde. »Ja, das kann ich. Aber zuerst musst du mir versprechen, offen zu sein für das, was ich dir gleich erzählen werde, und dich nicht aufzuregen.«

Weswegen sollte ich mich aufregen? Ich nickte zögerlich. Ein einsamer Spaziergänger, der seinen Vierbeiner ausführte, kam an uns vorbei. Als er außer Hörweite war, fing Vincent an zu erklären: »Die Feuer entstehen, wenn du dich aufregst oder wütend bist, denn deine Kräfte werden durch deine Emotionen gesteuert. Denk bitte mal an die Situationen, in denen es gebrannt hat. Da waren immer heftige Gefühle im Spiel, habe ich Recht?«

Ich dachte darüber nach, wie ich mich gefühlt hatte, jedes Mal, kurz bevor es gebrannt hatte. Beim ersten Mal war ich wütend auf mich selbst gewesen. Im Café war ich sauer auf Vincent und gestern war ich ebenfalls frustriert und zornig gewesen. Als ich den Zusammenhang erkannte, musste ich schlucken. Was hatte das zu bedeuten?

»Ich habe die Brände verursacht?«, fragte ich mit belegter Stimme. »Aber das ist unmöglich.« Der letzte Teil war beinahe ein Flüstern. Mit schreckgeweiteten Augen starrte ich ihn an.

»Glaubst du an Gott? Oder daran, dass es mehr auf dieser Welt gibt als das, was wir uns vorstellen können?«

Die Antwort auf seine erste Frage kam wie aus der Pistole geschossen. »Nein.«

An Gott hatte ich nie geglaubt. Wenn es einen Gott gab, warum ließ er dann so viel Ungerechtigkeit, so viel Leid zu? Noch gestern hätte ich auf die zweite Frage ebenfalls mit Nein geantwortet. Allerdings war ich mir da plötzlich nicht mehr so sicher. »Das heißt, keine Ahnung.« Ich zuckte hilflos die Achseln.

Ich glaubte eine Spur Mitleid in Vincents Blick zu erkennen. »Ich kann mir vorstellen, wie schwer es für dich sein muss, wenn man davon zum ersten Mal hört. Und ich wünschte, es gäbe einen Weg, es dir schonender beizubringen.« Er machte eine Pause und meine Nerven waren zum Zerreißen gespannt. »Für das was du bist – was ich bin –, gibt es eine Bezeichnung.« Seine Augen leuchteten für einen Moment auf. »Phönix.«

Nur dieses eine Wort und es brachte mein ganzes bisheriges Weltbild zum Einstürzen. »Phönix?« Selbst in meinen Ohren klang meine Stimme hysterisch.

»Ja.« Er legte mir beruhigend eine Hand auf die Schulter, aber ich schüttelte sie ab. Mit betont gelassener Stimme fuhr er fort: »Du hast mit Sicherheit schon von uns gehört. Die Redewendung ›Wie ein Phönix aus der Asche‹ ist den meisten Menschen geläufig. Diese Wesen, von denen da die Rede ist, sind wir.«

Ich starrte ihn mit aufgeklapptem Mund an, sicher nicht mein schönster Gesichtsausdruck, aber ich war nicht in der Lage, ihn zu schließen. Seine Worte hatten mich völlig überrumpelt und ich versuchte angestrengt zu begreifen, was er mir eigentlich sagen wollte.

»Der Phönix ist in der Mythologie ein Feuervogel. Deshalb können wir Feuer entfachen. Am Anfang, wenn man seine Kräfte noch nicht kontrollieren kann, entstehen die meisten Brände durch überkochende Gefühle.«

»Du willst damit sagen, ich bin ein Vogel?« Keine besonders tolle Aussicht, ein Federvieh zu sein.

Wenn er nur nicht so überzeugt ausgesehen hätte, dann hätte ich mir einreden können, er wäre verrückt. So kam ich mir vor, als wäre ich die Verrückte.

»Natürlich nicht. Das gehört zum Mythos.« Er sah mich besorgt an. Meine entgleisten Gesichtszüge wollten mir immer noch nicht wieder gehorchen.

»Das ist doch völlig absurd. Ich bin ein Mensch und ... und kein Federvieh.«

»Ich kann mir vorstellen, wie verwirrend das für dich sein mag, aber hab ein wenig Vertrauen. Alles, was ich dir sage, ist die reine Wahrheit. Wir sind Menschen, zumindest bis zu unserem zwanzigsten Geburtstag. Dann wird die Verwandlung ausgelöst. Bei dir war es vor einer Woche, nicht wahr? Da hattest du Geburtstag.«

»Ja«, krächzte ich.

»Und du hattest Schwindel, Übelkeit, Hitzewellen«, fuhr er fort.

»Mhm.«

»Das sind die üblichen Symptome der Verwandlung. Da mussten wir alle durch. Nachdem die Symptome abklingen, ist die Verwandlung abgeschlossen und deine Kräfte machen sich bemerkbar. Wann war dein erster Brand?« Er sprach mit so einer Selbstverständlichkeit, als redeten wir über das Wetter. Ich brauchte eine Weile, bis ich begriff, dass er eine Antwort von mir erwartete.

»Einen Tag später. Am Freitag.«

»So schnell schon? Du musst ein hitziges Temperament haben«, entgegnete Vincent spöttisch. Er versuchte seine Besorgnis durch einen Witz zu überspielen, aber mir war der Schatten, der über sein Gesicht huschte, nicht entgangen.

Er hatte meinen Krankheitsverlauf so genau beschrieben, dass mir gar keine andere Wahl blieb, als ihm zu glauben. Woher hätte er es sonst wissen sollen? Und welchen Grund sollte er haben, mich anzulügen? So eine Geschichte dachte sich niemand einfach aus, weil er sich einen Scherz erlauben wollte. Aber was mich stutzig machte, eines der vielen Dinge, die keinen Sinn zu ergeben schienen, war, wie er auf mich aufmerksam geworden war.

»Wie hast du mich gefunden?«

»Was meinst du?« Seine Augenbrauen schoben sich ein klein wenig zusammen.

»Im Englischen Garten. Das warst du.«

»Ach so, das. Phönixe können sich untereinander spüren. Es war nicht sonderlich schwer, dich zu finden.«

»Du ... du kannst mich spüren?« Das klang irgendwie sehr intim.

Er wählte seine Worte mit Bedacht. »Nicht die ganze Zeit. Nur, wenn ich mich darauf konzentriere.«

Phönix. Spüren. Feuer. Mein Gedankenkarussell drehte sich so schnell, dass mir schwindelig wurde.

»Okay.« Ich schloss die Augen. »Angenommen, ich glaube dir und dieses Gespräch ist kein Traum.«

Ich öffnete langsam die Augen und sah ihn zweifelnd an. Der Nebel hatte sich inzwischen verzogen und die ersten zaghaften Sonnenstrahlen brachen sich ihren Weg zu uns durch. Vincents Haare wirkten in dem Licht, als stünden sie in Flammen. Wie passend. Die ganze Szene wirkte so unwirklich. Da saß ich mit dem attraktivsten Mann, den ich jemals gesehen hatte, auf einer Bank und er erzählte mir etwas von Mythologie und magischen Wesen. Wenn das kein Beweis dafür war, dass ich träumte, dann sollte ich mir um meine geistige Verfassung ernsthaft Sorgen machen.

Er runzelte die Stirn. »Wieso solltest du träumen?«

Ich hob meine Hand, um ihn zum Schweigen zu bringen. »Schhhht, ich muss nachdenken.«

»Ich könnte dich kneifen«, schlug er vor. »Vielleicht begreifst du dann, dass du wach bist.«

»Sehr witzig.« Meine Stimme triefte vor Sarkasmus. Dennoch verschränkte ich meine Arme vor der Brust und kniff mich unauffällig in den Unterarm. Mann, tat das weh. Aber nichts veränderte sich. Ich saß immer noch neben Vincent. Gut, dann war ich also wach und dieses Gespräch fand tatsächlich statt. Genauso, wie die Brände real waren. Und ich hatte sie verursacht. Blieb also noch eine Frage zu klären: »Wie kann ich lernen, meine Kräfte zu kontrollieren, bevor ich unsere gesamte Wohnung abfackele?«

Er nahm meine Hände. Bei der unerwarteten Berührung zuckte ich leicht zusammen, aber ich zwang mich, ihm meine Hände nicht gleich zu entziehen. Er tat, als hätte er es nicht bemerkt. »Schließ deine Augen«, forderte er.

Zögernd tat ich, was er von mir verlangte. »Fühlst du das Feuer? Ganz tief in dir drin? Immer wenn du deine Kräfte entfesselst, ist es dieses Feuer, das du freilässt.«

Ich glaubte zu wissen, wovon er sprach. Ich hatte es gespürt. Die Hitze, die sich von der Mitte meines Körpers ausgebreitet hatte, wenn ich wütend geworden war. Damals hatte ich angenommen, es wäre etwas mit meinem Magen, aber jetzt, wo ich mich nur darauf konzentrierte, spürte ich, dass es nicht mein Magen war, sondern etwas sehr viel tiefer in mir. Als wäre der Mittelpunkt meines Ichs, meiner Seele, eine kleine, lodernde Flamme.

»Ich spüre es«, flüsterte ich. »Es fühlt sich an wie ein winziges Feuer.« Ich blinzelte unter meinen Wimpern hindurch.

»Lass die Augen noch geschlossen.« Er hatte meine Hände nicht wieder losgelassen. Ich sah die hellen Flecken der Sonne durch meine geschlossenen Lider. »Erinnere dich daran, wie sich die Flamme anfühlt, wenn du dich das nächste Mal aufregst. Du darfst das Feuer in dir drin nicht die Überhand gewinnen lassen. Du musst es klein halten. Ich werde dir zeigen, wie du es kontrolliert entfesseln kannst, aber nicht hier. Das wäre zu gefährlich. Die Bäume könnten anfangen zu brennen.«

Mein Herz schlug schneller vor Aufregung. Die Vorstellung, ich könnte jederzeit Dinge in Brand setzen, war prickelnd und absurd zugleich. Ich öffnete meine Augen. Sein Gesicht war viel näher an meinem, als ich angenommen hatte. Seine von dichten schwarzen Wimpern eingerahmten Augen waren ganz nah. Ich konnte meinen Blick nicht von ihnen lösen. Der Karamellton seiner Iris passte perfekt zu dem rötlichen Schimmer seiner Augenbrauen. Alles an ihm wirkte warm und feurig. Selbst sein Dreitagebart hatte einen bronzefarbenen Ton. Eine leichte Brise wehte durch sein Haar und machte die Vorstellung von züngelnden Flammen vollkommen. Er war die Verkörperung eines Feuervogels durch und durch. Ein Feuergott. Eigentlich hätte ich es mir denken können. Alles an ihm wirkte fremd und nicht im Geringsten durchschnittlich. Noch immer war ich gefangen von seinem Anblick, von dem flüssigen Gold in seinen Augen. Kein normaler Mensch konnte so helle Augen haben.

»Deine Augen«, fing ich an.

»Haben denselben Farbton wie deine. Ich weiß. Das ist ein Merkmal von Phönixen.«

»Nein«, widersprach ich. Ich kannte meine Augen. Sie waren ungewöhnlich, das ja, aber bei weitem nicht so schön wie seine. Meine waren wesentlich dunkler. Die Farbe erinnerte an Bernstein.

Sein Lächeln war umwerfend und mein Herz schlug als Reaktion darauf einen Gang schneller. »Dir ist nicht aufgefallen, dass deine Augen heller geworden sind?«

»Meine Augen sind nicht heller geworden.«

Immer noch lächelnd, zog er sein Handy aus der Hosentasche und tippte darauf herum. Ehe mir klar wurde, was er damit vorhatte, hielt er es mir vors Gesicht. Er hatte die Kamera auf Selbstporträt umgestellt. Ich führte das Handy näher an meine Augen heran. Ein honiggoldenes Augenpaar blickte mich zweifelnd an. In der wilden Hoffnung, es läge vielleicht am Licht, hielt ich eine blonde Strähne zum Vergleich daneben. Meine Haare sahen aus wie immer, nur meine Augenfarbe war mir fremd. Ich erinnerte mich daran, was ich bei meinem Anblick im Spiegel nach der schlimmen Fiebernacht gedacht hatte …

»Wie ist das möglich? Sie waren eben noch viel dunkler. O nein …«

Ich biss mir zerknirscht auf die Unterlippe. Ich sah komisch aus.

»Ich finde, die Farbe steht dir ausgezeichnet. Sie ist außergewöhnlich, so wie du.« Das Gespräch entwickelte sich in eine Richtung, bei der ich mir nicht sicher war, ob ich sie wollte.

Vincent bemerkte es ebenfalls und sein Gesicht nahm einen neutralen Ausdruck an. »Ich muss wieder zurück, aber hättest du morgen Abend Zeit? Damit wir die weiteren Fragen klären können.«

Ich dachte kurz darüber nach. Morgen war Freitag und ich hatte nichts vor. Ein wenig traurig war das schon, für einen Freitagabend keinerlei Pläne zu haben.

»Ja, das müsste klappen.«

»Gut, du kommst zu mir. Sagen wir so gegen acht?«

»Mhm.«

»Gibst du mir deine Handynummer? Dann kann ich dir meine Adresse schicken.«

»Äh, ja klar.« Ich kramte mein Smartphone aus meiner Handtasche hervor. Telefonnummern hatte ich mir noch nie besonders gut merken können. Ganz besonders nicht meine eigene. Ich entsperrte den Bildschirm und suchte meine Nummer im Kontaktverzeichnis unter »Ich« heraus. Ich wollte sie ihm vorlesen, aber er nahm mir einfach das Handy aus der Hand. Schnell tippte er sie auf seinem Gerät ein. Keine zwei Sekunden später reichte er es mir zurück. Dann stand er auf und wir gingen gemeinsam zum Unigebäude zurück.

»Da vorne ist eine U-Bahn-Station.« Er deutete mit dem Arm schräg nach vorne.

»Ich weiß. Ich bin von dort gekommen.«

Am Eingang blieb er kurz stehen. »Also bis morgen.«

»Bis dann.«

Er drehte sich um und verschwand im Inneren des Gebäudes. Langsam setzte ich mich in Bewegung. Ich achtete nicht darauf, wo ich hinlief. Wie in Trance bewegte ich mich nach Hause. Ohne die Menschen und Autos um mich herum wahrzunehmen. Ein Radfahrer schimpfte, weil ich ihn nicht bemerkt und ihm die Vorfahrt genommen hatte. Aber auch das bekam ich nur am Rande mit.

9. Kapitel

Ich saß zwar in der Strafrechtvorlesung, allerdings bekam ich, wie schon letzte Woche, überhaupt nichts mit. Zum Glück stellte mir Daniela keine Fragen. Meine Gedanken kreisten um das, was Vincent mir erzählt hatte. Es kam mir völlig absurd vor, dass ich ein Phönix – ich musste mich zwingen, das Wort zu denken – sein sollte. Ein Wesen mit magischen Kräften. Ich erschauderte. Wie war so etwas überhaupt möglich? Noch vor einer Woche war ich ein stinknormales Mädchen gewesen. Vincent hatte mein gesamtes Weltbild auf den Kopf gestellt. Nie hätte ich mir auch nur ansatzweise träumen lassen, dass es mehr gab als das, was ich sah, als das, was ich für selbstverständlich hielt. Ich war eine Pragmatikerin. Ich glaubte weder an Gott noch an Übernatürliches und wie sich herausstellte, lag ich mit Letzterem schon einmal daneben. Bedeutete das, es gab doch ein göttliches Wesen, das Leben erschuf und über die Menschen richtete? Wenn ich noch länger darüber nachgrübelte, würde ich Kopfschmerzen bekommen. Meine Schläfen pulsierten schon jetzt heftig. Es kam mir vor, als wäre alles verschoben, als hätte jemand die Welt ein Stück zur Seite geschoben. Ich spähte zu Daniela. Sie saß aufmerksam da und machte sich Notizen. Ich blickte mich um, sah mir meine Kommilitonen an. Die meisten tippten auf ihren Handys herum und schenkten dem Professor nicht die Aufmerksamkeit, die er verdient hatte. Also alles beim Alten. Nicht die Welt hatte sich verändert, sondern ich. Seit exakt einer Woche war ich ein Vogel. Kein Vogel, ein *Phönix*, verbesserte ich mich automatisch. Und Vincent ist gar nicht so übel. Ups. Wo kam denn der Gedanke plötzlich her? Ich biss mir auf die Lippe. So durfte ich nicht über ihn denken. Immerhin war er mir gegenüber ganz schön herablassend gewesen. Nicht gerade die feine englische Art. Bevor ich fortfahren konnte, Vincents schlechte Seiten aufzuzählen, hörte ich das laute Klopfen von Fäusten auf Holztische. Die Vorlesung war zu Ende und um mich herum erhoben sich

Stimmen. Daniela packte ihre Sachen ein und auch ich griff zu meiner Tasche. Eigentlich hatte ich noch einen Kurs, aber den konnte ich mir heute wohl schenken.

Ich hatte beschlossen, das Thema Phönix vorerst zu verdrängen. Denn jedes Mal, wenn ich allzu intensiv darüber nachdachte, bekam ich Panik und ich war mir nicht sicher, ob das förderlich für die Sache war. Was, wenn ich vor lauter Panik Dinge zum Brennen brachte? War das möglich? Dieser Gedanke machte mich noch panischer, was mich wiederum in meiner Panik bestärkte. Ein Teufelskreis. Daher tat ich so, als wäre alles beim Alten.

Mara merkte natürlich trotzdem, dass etwas nicht stimmte. Immerhin war ich viel zu früh aus der Uni zurückgekommen, nur um fünf Minuten später völlig überstürzt die Wohnung zu verlassen. Um den Kopf frei zu kriegen, war ich joggen gewesen. Leider hatte dieser Zustand nur so lange angehalten, bis ich wieder zu Hause war. Dann überschlugen sich meine Gedanken erneut. Ich hatte gerade den Fernseher angeschaltet und sah mir irgendeine stumpfsinnige Talkshow an, als es an der Zimmertür klopfte.

»Ja«, rief ich.

Mara kam herein. In jeder Hand hielt sie eine Tasse mit Tee.

»Hier, für dich.« Sie reichte mir eine davon. »Ich dachte mir, Tee hilft immer. Wenn ich auch nicht genau weiß, wogegen er helfen soll.« Sie lächelte zaghaft. »Magst du mir sagen, was dich bedrückt, Caro?«

Ich hielt die dampfende Tasse in beiden Händen und starrte auf die dunkelpinke Oberfläche.

»Vor dir kann man nichts verheimlichen, was?«, fragte ich scherzhaft.

»Nicht, wenn ich jemanden so gut kenne. Immerhin leben wir schon seit über einem Jahr zusammen.«

»Auch wieder wahr. Wie schnell die Zeit doch vergangen ist«, sinnierte ich.

»Hm. Ich weiß noch genau, wie aufgeregt ich an meinem ersten Unitag war. Als wir noch die Neuen waren. Und jetzt ist alles schon Routine.«

»Wie wahr. Und du hast Tobias kennengelernt.«

Ihr Blick verklärte sich. »Ach Caro, ich wünschte, ich könnte mein Glück mit dir teilen. Ich hoffe wirklich, du lernst auch bald jemanden kennen.«

»Bestimmt«, murmelte ich.

Sie musste ja nicht wissen, dass mir gerade überhaupt nicht nach einem Freund zumute war. Ich hatte schon genug eigene Probleme, da brauchte ich nicht noch die eines anderen.

Wir tranken unseren Tee und sahen uns zusammen auf Maras Drängen hin eine Folge *Shopping Queen* an. Was durch ihre Kommentare durchaus eine unterhaltsame Angelegenheit war.

***

Verzweifelt schaute ich auf den Stapel mit Kleidern, der vor mir auf dem Boden lag. Wütend pfefferte ich noch den schwarzen Minirock auf den Haufen. Nun baumelte der Kleiderbügel einsam im Schrank hin und her. Neben ihm herrschte gähnende Leere. Das Bild hatte etwas Tragisches. Die Aussicht, doch noch etwas Tragbares zu finden, war mit diesem letzten Kleidungsstück dahin. Der immer leichter schwingende Bügel war ein Sinnbild meiner schwindenden Hoffnung. Ich wollte etwas anziehen, das nicht so nullachtfünfzehn war, wenn ich gleich zu Vincent fuhr. Gleichzeitig ärgerte ich mich über mich selbst. Es konnte mir doch egal sein, was er von mir dachte. Und wenn er nur Designer-Klamotten trug, na und? Ich war noch nie so ein Modepüppchen gewesen, das meinte, sich über sein Aussehen definieren zu müssen. Seufzend bückte ich mich. Ich würde einfach das Erstbeste anziehen, das mir in die Finger kam. Ich zog ein neongelbes, löchriges T-Shirt hervor. Na gut, vielleicht das Zweitbeste. Die Zeiger der Uhr wanderten ungnädig in Richtung Viertel nach sieben. Frustriert griff ich ein weiteres Mal in den Stapel. Ein dunkelblauer Longsleeve. Ja, das war okay. Mit der schlichten Jeans sah es unauffällig normal aus. Meine Haare hatten beschlossen, heute ihren *Bad Hair Day* zu machen, daher band ich sie zu einem Knoten zusammen, den ich mit ein paar Haarnadeln an meinem Hinterkopf fixierte. Für ein Make-up blieb keine Zeit mehr. Schnell schlüpfte ich in Schuhe und Jacke und zog die Haustür hinter mir zu. Meinen Mitbewohnerinnen hatte ich gesagt, dass ich mich mit einem Kommilitonen zum Lernen traf, und hatte vorsorglich Vincents Adresse von meinem Handy auf einen Zettel abgeschrieben, den ich Mara in die Hand gedrückt hatte. Sie hatte ein wenig überrascht geschaut, ihn aber ohne einen Kommentar entgegengenommen. So wussten die beiden wenigstens, wo ich war. Denn ich war mir noch nicht sicher, was ich von Vincent halten sollte. Wollte er mir wirklich nur helfen oder war er doch gefährlich?

***

An der U-Bahn-Station Max-Weber-Platz stieg ich aus. In diesem Viertel Münchens war ich erst ein paar Mal gewesen, was die Orientierung in der Dunkelheit nicht unbedingt leichter machte. Bei Nacht wirkte die Stadt völlig anders als am Tag. Nicht mehr ganz so laut und hektisch, sondern ein wenig persönlicher und durch die vielen Lichter auch magischer. Ich sah mir gerne die leuchtende Silhouette Münchens an. Ich blieb am Straßenrand stehen und gab Vincents Adresse auf Google Maps ein. Seine Wohnung schien nicht weit weg zu sein und ich folgte der Wegbeschreibung auf meinem Handy. Obwohl ich im Licht der Straßenlaternen nicht alles in voller Pracht sehen konnte, war es unverkennbar, dass es sich hierbei um eine der nobleren Gegenden der Stadt handelte. Wenn ich ehrlich war, hatte ich von Vincent auch nichts anderes erwartet. Allein sein Auftreten war so selbstsicher, wie es nur das von Leuten war, denen es nie an Geld gemangelt hatte. Plötzlich klatschte mir etwas Nasses mitten auf die Nase. Und dann fiel noch ein weiterer Tropfen auf meine linke Wange und noch einer und plötzlich befand ich mich mitten in einem Wolkenbruch. Fluchend öffnete ich – ohne große Hoffnung – meine Handtasche, um nach meinem Regenschirm zu suchen. Selbstverständlich war da keiner. Ich seufzte und beschleunigte meine Schritte, bis ich halb rannte. Zum Glück war es nicht mehr weit und ich stand keine zwei Minuten später vor einer schicken Altbaufassade. Es gab nur drei Klingeln und genauso viele Stockwerke. Vincent bewohnte offenbar eine ganze Etage für sich allein. Wirklich überraschen konnte mich auch das nicht mehr. Ich drückte auf den Klingelknopf, auf dem der Name *Merkur* stand. Irgendwie passte er zu Vincent. Er kam mir vor wie von einem anderen Stern. Was, wenn er tatsächlich nicht von der Erde stammte? Vielleicht waren Phönixe eine überlegene, außerirdische Rasse. Aber Moment, das würde ja bedeuten, ich wäre selber nicht von dieser Welt. Bevor ich wieder Kopfschmerzen von meinem Gedankenkarussell bekam, unterbrach mich das Surren des Türöffners und ich stemmte mich gegen die schwere Holztür. Der Boden im Treppenhaus war aus Marmor und die Wände strahlten in schlichtem Weiß. Da sich die Wohnungstür im Erdgeschoss nicht geöffnet hatte, schlussfolgerte ich kleiner Sherlock Holmes, dass Vincent offenbar in einem der oberen Stockwerke wohnte.

Auch im ersten Stock tat sich nichts, also stieg ich weiter die Treppe hinauf, bis ich ganz oben angelangt war. Als ich um die Ecke bog, spürte ich meinen Herzschlag hart in meiner Brust. Und das kam nicht von den vielen Stufen. Vincent lehnte lässig im Türrahmen, einen Fuß achtlos über den anderen geschlagen. Das helle Licht, das aus seiner Wohnung drang, strahlte um seinen Kopf wie ein Heiligenschein.

»Hi«, sagte ich atemlos.

Er verzog seinen Mund zu einem winzigen Lächeln, dann machte er einen Schritt zur Seite, um mich eintreten zu lassen. Als ich mich so nah an ihm vorbeiquetschte, konnte ich seinen Duft einatmen. Er roch gut.

»Hast du gut hergefunden?«

»Ja, war gar nicht so schwer.«

Ich schälte mich aus meiner nassen Jacke.

»Es regnet«, stellte Vincent missbilligend fest.

»Offenbar.« Er nahm mir die Jacke ab und hängte sie auf. Die Zeit nutzte ich, um einen schnellen Blick in den Spiegel zu werfen, der direkt im Eingangsbereich an der Wand hing. Ich sah nicht aus wie ein Panda. Die wasserfeste Wimperntusche hatte gehalten, was sie versprochen hatte. Als ich wieder zu Vincent sah, musterte er mich amüsiert.

»Bist du fertig?«

Augenblicklich fühlte ich mich wie ein kleines Kind, das man beim Klauen von Süßigkeiten erwischt hatte. Ich errötete leicht, nickte aber nur. Er drehte sich um und ich folgte ihm ins Wohnzimmer. Beim Anblick des riesigen Raumes musste ich mich stark zusammenreißen, um keine großen Augen zu machen. Gegenüber von mir lag eine Glasfront, die die gesamte Längsseite des Raumes einnahm. Sie bot mit Sicherheit einen beeindruckenden Blick über die glitzernden Lichter der Stadt. Leider konnte ich nichts erkennen, da das Licht an war und sich somit nur die Einrichtung des Wohnzimmers in den Scheiben spiegelte. Doch die war nicht minder beeindruckend. Links neben der Tür befand sich ein langes Bücherregal aus dunklem Holz. In der Mitte des Raumes stand eine große schwarze Ledercouch in angemessenem Abstand vor einem gigantischen Fernseher mit Kinoausmaßen. Vor dem Sofa stand ein Glastisch, auf dem sich mehrere Kerzen befanden. Die dem Fernseher gegenüberliegende Wand zierte ein langes Gemälde, das für mich mehr wie Gekritzel aussah, aber mit Sicherheit sehr wertvoll war. So wie alles hier drin. In der freien Fläche zwischen Glasfront und Gemälde war ein Kamin in die Wand eingelassen, in dem Holzscheite brannten. Sie verbreiteten ein angenehm warmes, flackerndes Licht, welches sich seitlich in der Fensterscheibe spiegelte. Funken stoben in die Höhe, nur um wenige Augenblicke später zu erlöschen. Es war so leise in dem Raum, dass ich das Knistern der Scheite, die vom Feuer verschlungen wurden, hören konnte. Ich versank in dem Anblick des Flammenspiels und machte unwillkürlich ein paar Schritte in seine Richtung. Fast meinte ich spüren zu können, wie die Spitzen der Feuerzungen meine Haut sanft kitzelten. Irritiert wandte ich den Blick von dem Feuer. Was war nur los mit mir? So durfte ich nicht denken. Feuer war schmerzhaft und grausam. Es vernichtete Leben und fraß alles auf, was sich ihm in den Weg stellte, nur um selbst leben zu können. Aber was, wenn das in der Natur der Dinge lag? Waren nicht immer die aufregendsten und faszinierendsten Kreaturen auch die gefährlichsten? Mir drängte sich das Bild eines Jaguars bei der Jagd vor die Augen. Nur undeutlich war ich mir Vincents Aufmerksamkeit bewusst. Ich blinzelte, um mich von dem Bann zu lösen. Seine goldenen Augen waren wachsam und erinnerten mich an den Jaguar. War auch Vincents schönes Äußeres bloß Fassade? War er vielleicht sogar gefährlich?

»Gib mir Bescheid, wenn du vorhast, noch länger stehen zu bleiben. Ich für meinen Teil bevorzuge die Couch.« Er machte es sich auf dem Sofa bequem und ich tat es ihm gleich. Das Polster war unheimlich weich und bequem. Andächtig fuhr ich mit den Fingerspitzen über das glatte Leder. Vincent drehte sich in meine Richtung, einen Arm locker auf die Rückenlehne gelegt, die Beine ausgestreckt. Erst jetzt fiel mir auf, dass er ein Hemd trug, dessen oberste zwei Knöpfe offen waren, und dazu eine dunkle Hose. Beides betonte seine Figur vorzüglich. Da konnte ich mit meinem Longsleeve natürlich nicht mithalten. Er fuhr sich mit einer Hand nachdenklich über die Bartstoppeln an seinem Kinn. Nun hatte ich keinen Blick mehr für die Wohnungseinrichtung übrig.

»Hm«, machte er und musterte mich. »Ich frage mich gerade, wie wir die ganze Sache am besten angehen. Das heute ist auch für mich eine Premiere. Du bist der erste Phönix, dem ich beibringe, seine Kräfte zu kontrollieren. Ich denke, es wäre am besten, wenn ich dir erst einmal zeige, wie ich es mache.«

Sein Geständnis verblüffte mich. »Ich bin die Erste? Ich dachte, du wärst ein Profi?«

»Das bin ich auch, zumindest was den Umgang mit meinen eigenen Kräften betrifft.« Er bedachte mich mit einem missbilligenden Blick. »Eigentlich ist der ganze Vorgang recht simpel. Du konzentrierst dich auf die Flamme in deinem Inneren und lässt sie sich in deinem gesamten Körper ausbreiten. Du musst lediglich darauf achten, die Hitze in dir nicht zu groß werden zu lassen. Denn je heißer die Glut in dir ist, desto größer wird letztendlich die Flamme. Kurz bevor sie unkontrolliert aus dir herausbricht, steuerst du das Ziel des Feuers, indem du dich auf den Gegenstand konzentrierst.«

Noch während er das letzte Wort sagte, fingen die Kerzen vor mir auf dem Glastisch an zu brennen. Ich starrte ihn an, als hätte ich gerade den besten Kindergeburtstagstrick aller Zeiten gesehen.

»Wow. Das ist echt abgefahren.«

Er schmunzelte über meine Wortwahl und beugte sich vor, um die Kerzen auszublasen.

»Und jetzt du.«

»Bist du sicher? Nicht, dass ich die Wohnung abfackele.«

Ich sah mich zweifelnd im Raum um. Nicht auszudenken, was passieren würde, wenn das Sofa anfing zu brennen oder, noch schlimmer, das Gekritzel. Ich war mir sicher, meine gesamten Ersparnisse würde nicht einmal ansatzweise ausreichen, um den Schaden zu ersetzen.

»Keine Sorge, so mächtig bist du noch nicht, um eine Gefahr für meine Wohnung darzustellen. Und für den Fall, dass du etwas anderes als die Kerzen entzündest, haben wir noch den hier.« Er bückte sich nach hinten über die Lehne und zog einen Feuerlöscher hervor.

»Okay. Und wie mache ich das nun?« Zweifelnd blickte ich auf die Kerzen vor mir.

»Vielleicht fangen wir besser erst mal nur mit einer an.« Vincent stellte die anderen Kerzen aus meiner Sichtweite. Ich blickte konzentriert auf die einsame Kerze vor mir, aber nichts passierte. Rein gar nichts. Nicht mal ein winziger Funken. Nun kam ich mir albern vor, weil ich mir Sorgen wegen eines offenen Feuers gemacht hatte. Ich starrte den Docht zornig an und dachte angestrengt: *Brenn! Nun brenn schon, du blöde Kerze!*

»Okay, lassen wir das mal.« Vincents Stimme unterbrach meine verzweifelten Versuche.

Vielleicht hatte er sich doch geirrt und ich war gar kein Phönix. Ich spürte einen enttäuschten Stich in meinem Herzen und das irritierte mich noch mehr, als es Vincents amüsierter Gesichtsausdruck tat. Was fand er denn jetzt schon wieder so komisch? Ärgerlich suchte ich in seinen Augen nach dem Grund für den spöttischen Ausdruck. In diesem Licht wirkten sie wieder anders als gestern im Park. Ihr Ton glich nun mehr dem von Waldhonig und ließ mich meinen Ärger vollends vergessen. Wie eine Fliege, die in ein Glas Honig fällt und sich nicht von ihm lösen kann, fühlte es sich an – als klebten meine Augen an seinen. Unfähig, den Blick abzuwenden, starrte ich ihn nur weiterhin an und musste dabei wirken wie ein Schaf. Er blinzelte und brach damit den Bann.

»Schließ die Augen. Ich möchte etwas versuchen.«

»Was hast du vor?«, fragte ich misstrauisch.

Er seufzte: »Dir ist schon klar, dass ich versuche dir zu helfen und du ruhig ein wenig kooperativer sein könntest?«

Ich nahm an, dass das eine rhetorische Frage war, deshalb verzichtete ich auf eine Antwort und schloss stattdessen ergeben die Augen. Ich hörte, wie er aufstand und um die Couch herumging. Dann spürte ich plötzlich seine warmen Fingerspitzen an meiner Schläfe und erstarrte unter seiner Berührung. Was hatte er vor? Wollte er meinen Energiefluss anregen, indem er Akkupunkturpunkte massierte? Wenn er glaubte, das würde mir dabei helfen, mich besser konzentrieren zu können, dann irrte er sich gewaltig. Es kostete mich schon genug Kraft, wieder eine entspannte Körperhaltung einzunehmen. Ich nahm nur allzu deutlich mit jeder Faser meines Körpers die Stellen wahr, an denen Vincent mich berührte. Ein Prickeln breitete sich ausgehend von meinen Schläfen in meinem gesamten Körper aus.

»Probier es noch einmal«, ermunterte er mich. »Ich werde dir dabei helfen, dein inneres Feuer zu finden.«

Ich versuchte die Tatsache, dass er so dicht hinter mir stand, dass ich seinen Atem auf meiner Kopfhaut spüren konnte, weitestgehend zu ignorieren. Ich lenkte meine Aufmerksamkeit auf mein Innerstes, aber ich konnte nichts Außergewöhnliches entdecken. Keine Spur von einem Feuer und ich hatte nicht die geringste Ahnung, wie ich es finden sollte. Plötzlich fühlte ich eine angenehme Wärme an meinen Schläfen, so als würde einem jemand ein Wärmekissen an die Haut drücken. Diese Wärme breitete sich langsam in meinem Kopf aus und wanderte am Hals hinab zu meiner Brust, breitete sich in meinen Armen und Händen aus, um dann meinen gesamten Bauch zu erwärmen. Ich folgte dem warmen Gefühl und plötzlich sah ich es. Eine kleine bunte Flamme. Bunt war vielleicht der falsche Ausdruck, sie bestand genau genommen lediglich aus zwei Farben. Rot und Blau. Aber diese zwei Töne waren in allen nur denkbaren Farbnuancen vorhanden und ineinander verwoben, wie eine besonders aufwendige Spirale. Meine Flamme war wunderschön. Es sah aus, als würden die Farben miteinander verschmelzen wollen, nur um es sich dann im letzten Moment anders zu überlegen. Die Verflechtung von Rot und Blau war perfekt.

»Hast du es?«, flüsterte Vincent dicht an meinem Ohr.

»Ja«, hauchte ich, völlig fasziniert von dem Anblick in meinem Inneren.

»Nun konzentriere dich darauf, das Feuer zu vergrößern. Lass es von deinem gesamten Körper Besitz ergreifen.«

Nachdem ich die Flamme einmal in mir entdeckt hatte, war es erstaunlich einfach, seinen Anweisungen Folge zu leisten. Eine angenehme Wärme durchströmte mich. Ich fühlte mich so wohl wie in einem heißen Thermalbecken. Vom Kopf bis zu den Zehenspitzen war ich erfüllt von einer feurigen Glut.

»Und jetzt denkst du bewusst an die Stelle, an der du die Wärme aus dir herauslassen willst. Du leitest sie quasi von dir auf ein Objekt um.«

Ich versuchte mir in Erinnerung zu rufen, wo die Kerze gestanden hatte und wie sie aussah. Dann ließ ich die Hitze aus meinem Körper hinausströmen, wie Vincent gesagt hatte. Es fühlte sich gut an. Irgendwie befreiend.

Plötzlich zischte es laut und ich riss die Augen auf. Das Kissen vor mir war mit weißem Schaum bedeckt und Vincent hielt den Feuerlöscher in den Händen. Meine Befürchtungen, seine Einrichtung zu beschädigen, hatten sich bewahrheitet.

»O nein, Vincent, das tut mir so leid. Den Schaden ersetze ich dir natürlich. Sag mir einfach, wie viel ...«

»Mach dir keinen Kopf. Es ist ja nichts passiert. Für solche Zwecke habe ich schließlich den Feuerlöscher bereitgestellt.«

»Aber das Kissen ist ...«

»Wirklich. Das macht nichts«, unterbrach er mich erneut. Er nahm das Kissen vom Sofa und warf es auf den Boden. »Das war ein ziemlich beeindruckendes Feuer.«

»Ehrlich?« Ich spürte, wie meine Wangen sich röteten.

»Ja. Nicht schlecht. Das nächste Mal nimmst du nur bitte die Kerze.« Nun errötete ich vollends. Schnell schaute ich weg.

»Das nächste Mal?«, fragte ich, mein Blick starr auf den Boden gerichtet.

»Klar. Worauf wartest du? Probier es gleich noch einmal.«

»Machst du Witze? Ich habe gerade deine Couch angezündet und du forderst mich ernsthaft auf, es noch ein weiteres Mal zu versuchen?«

Er zuckte mit den Schultern. »Dass du nicht gleich so zielsicher bist, damit habe ich schon gerechnet. Nur die Größe deines Feuers war für den Anfang wirklich beachtlich.«

Ich zögerte noch immer. »Ehrlich, Caroline, wovor hast du Angst? Es macht mir nichts aus, falls du etwas beschädigen solltest.«

»Na gut.«

Widerstrebend schloss ich die Augen. Nachdem ich meine innere Flamme einmal entdeckt hatte, war es erstaunlich leicht, sie wiederzufinden. Auch beim zweiten Mal überwältigte mich der Anblick der ineinander verschlungenen rot-blauen Flammen. Ein wenig erinnerte es an ein Liebesspiel, als würden die Farben sich liebkosen.

Auf der Liste mit Schäden, die ich ihm ersetzen musste, landeten ein weiteres Kissen und mehrere Bücher. Ich entschuldigte mich gefühlte tausend Mal und obwohl Vincent nur gelangweilt abwinkte, plagte mich mein schlechtes Gewissen. Als ich kurz vorm Aufgeben war, gelang es mir endlich, die Kerze zum Brennen zu bringen.

»Sehr gut«, lobte mich Vincent.

Diese zwei kleinen Worte sollten mich nicht so sehr erfreuen, wie sie es taten. Ich war unglaublich stolz, die Aufgabe geschafft zu haben, und strahlte Vincent an. Es erstaunte mich, wie geduldig er mit mir umgegangen war. Ich hatte erwartet, herablassend von ihm behandelt zu werden oder zumindest, dass er an die Decke ging, als ich das erste Kissen verkohlte. Vincent jedoch nahm das alles mit einer Gelassenheit hin, die schon fast an Selbstverständlichkeit grenzte, wie es nur vermögende Menschen tun. Vermutlich war es ab einem gewissen Kontostand egal, was mit dem Eigentum passierte. Es wurde einfach durch etwas Neues ersetzt. Sofort schämte ich mich für diesen Gedanken. Selbst wenn Vincent oder seine Familie reich waren, stand es mir nicht zu, so über ihn zu denken.

»Bin ich froh, dass es diesmal die Kerze ist, die brennt.«

Er kicherte über die Erleichterung, die mir wohl ins Gesicht geschrieben stand. Mit einer geschmeidigen Bewegung begab er sich zum Glastisch und blies die kleine Flamme aus.

»Versuch es gleich noch einmal.«

Ich schloss die Augen und ein Glücksgefühl durchströmte mich, als ich sah, dass die Kerze erneut brannte.

»Ich glaube, ich hab's raus.«

»Hm, nicht schlecht. Aber schaffst du es auch mit offenen Augen und in kürzerer Zeit?«

Er beugte sich vor und pustete sie erneut aus. »In etwa so.« Ich hatte gerade genug Zeit gehabt, um einmal zu blinzeln, da brannte die Kerze auch schon wieder.

»Angeber«, murmelte ich.

Vincent grinste mich frech an.

»Ich hoffe, du hast genügend zu essen da, denn ich werde erst wieder gehen, wenn ich das genauso gut kann wie du. Und das könnte durchaus eine Frage von Tagen sein.«

Trotz meiner nicht ernst gemeinten Worte hatte mich der Ehrgeiz gepackt.

»Macht nichts, der Kühlschrank ist rappelvoll.« Seine Mundwinkel verzogen sich zu einem schiefen Grinsen.

Ob ihm bewusst war, wie verführerisch er dabei aussah? Tat er das möglicherweise mit voller Absicht, um mich durcheinanderzubringen? Falls ja, dann war es ihm gelungen. Vincent räusperte sich.

»Ja?«, fragte ich verwirrt.

»Die Kerze«, erinnerte er mich.

»Oh, ja, natürlich«, stammelte ich. Die hatte ich völlig vergessen.

Ich wandte meinen Blick mit einem leichten Widerwillen, der mich selbst erstaunte, von Vincent ab und auf den schwarzen Docht. Die Aufgabe war mit offenen Augen um einiges schwieriger, aber nach ein paar Minuten hatte ich es geschafft. Erschöpft lehnte ich den Kopf nach hinten auf das Sofa und starrte an die Decke. Die Stuckleisten waren mir bisher gar nicht aufgefallen. Sie passten nicht so recht zu der modernen Einrichtung, waren aber vermutlich ein Bestandteil des Altbaus.

»Vielleicht machen wir besser eine kleine Pause. Möchtest du etwas zu trinken haben? Oder zu essen?«

»Ein Glas Wasser wäre super.«

Vincent verschwand in Richtung Küche und ich nutzte die Zeit, um mich noch ein bisschen umzusehen. Ich ging zu dem Regal und las flüchtig ein paar

Buchrücken. Nur schwere Literatur. Vereinzelt ein paar Sachbücher. Belletristik suchte ich jedoch vergebens. Ein paar Autoren stachen mir ins Auge. Goethe, Schiller, Hemingway. Ich fragte mich, ob er die alle gelesen hatte oder ob es Requisiten waren. Quasi Bildungsdekoration. Als er zurückkam, stand ich immer noch vor dem Regal und strich mit einem Finger andächtig über eine alte Ausgabe von »Anna Karenina« von Leo Tolstoi. Er reichte mir ein Glas.

»Danke.« Ich nahm ein paar Schlucke.

»Du interessierst dich für Literatur?«, fragte er mich.

»Nein, nicht wirklich. Aber du offenbar.«

»Mein Großvater legt viel Wert auf Allgemeinbildung. Zu sämtlichen Anlässen verschenkt er eine antiquierte Ausgabe eines Werkes der Weltliteratur.« Er zuckte die Achseln. »Ein paar davon habe ich gelesen.«

In der Schule hatte man uns gezwungen »Die Verwandlung« von Kafka zu lesen, in dem sich die Hauptperson in einen Käfer verwandelt, nur um dann elendig als solcher zu sterben. Seitdem hatte ich nicht mehr das Bedürfnis verspürt, ein Buch aufzuschlagen.

»Darf ich dich etwas fragen?«

»Kommt darauf an. Was möchtest du denn wissen?«

»Immer wenn du etwas über die Phönixe erzählst, sprichst du im Plural. Heißt das, es gibt noch mehr von uns?«

»Ja. Es gibt weit mehr, als du denkst.«

»Und lerne ich die anderen auch mal kennen?«

»Später. Jetzt möchte ich dir aber auch gerne eine Frage stellen.«

»Nur zu.«

»Erzähl mir ein bisschen was über dich und deine Familie. Wie bist du aufgewachsen? Hast du Geschwister?«

»Da gibt es nicht viel zu erzählen.« Ich schluckte. Das war definitiv die falsche Frage. Ich ging von ihm weg und setzte mich wieder auf die Couch. »Ich bin im Waisenhaus aufgewachsen und habe nicht die leiseste Ahnung, wer meine Eltern sind. Reicht dir das als Antwort?«

Ich wartete auf den mitleidigen Blick, der immer kam, sobald ich erzählte, dass ich eine Waise war, doch er blieb aus. Stattdessen blitzte in Vincents

Augen Interesse auf. Gemächlich kam er zu mir herüber und kratzte sich am Bart.

»Hm. So etwas in der Art dachte ich mir schon. Hast du eine Ahnung, was mit deinen Eltern passiert ist?«

»Nein«, antwortete ich gepresst. Seine Frage war komisch. Wieso fing er jetzt davon an? Warum war das wichtig? Ich hatte erst vor ein paar Jahren akzeptiert, dass ich wohl nie herausfinden würde, wer meine Eltern waren, wieso sie mich weggegeben hatten und was aus ihnen geworden war, und Vincent riss diese alte Wunde einfach wieder auf. Erst jetzt fiel mir auf, was mich irritiert hatte: »Wie meinst du das? Wieso hast du dir so was in der Art schon gedacht?«

Er ließ sich neben mich in die Polster fallen. »Unsere Fähigkeiten fallen nicht einfach vom Himmel oder werden dir geschenkt. Ganz im Gegenteil. Es ist eine Art Gen, welches von Generation zu Generation weitervererbt wird. Nicht bei allen löst es sich am Tag des zwanzigsten Geburtstages aus, aber bei den meisten. Meine Familie hat mich bereits mein ganzes Leben lang darauf vorbereitet, was es bedeutet, ein Phönix zu sein. Du hingegen wusstest nicht, was mit dir geschieht.«

Sein Gesichtsausdruck war schwer zu deuten. Nachdenklich und gleichzeitig reserviert.

»Ein Gen? Wie ist das möglich?«

»Wir wissen es nicht genau. Die Geschichte des Phönix reicht bis in das antike Ägypten vor über fünftausend Jahren zurück. Es heißt, der Phönix, damals noch in Gestalt eines echten Vogels, war der Gott der Wiedergeburt. Ein Symbol für das ewige Leben. Die Menschen, allen voran die Pharaonen, strebten nach der Unsterblichkeit und wollten das ewige Leben des Phönix für sich selbst nutzen. Sie stahlen es, indem sie einen mächtigen Zauber sprachen, der den Phönix in einen menschlichen Körper einsperrte. Sie glaubten, so könnten sie seine Kräfte für sich haben. Doch der Zauber ging schief und der Zorn des Phönix war unbeschreiblich. In seiner Wut darüber, in einem sterblichen Körper eingesperrt zu sein, brachte er die Naturgewalten auf die Erde. Schreckliche Stürme, verheerende Fluten, sengende Hitze und zerstörerische Erdbeben. Die Menschen erkannten mit Schrecken, was sie da angerichtet hatten, doch es war bereits zu spät. Der Zauber ließ sich nicht rückgängig machen und der Phönix sich nicht besänftigen. Doch auch die Naturgewalten brachten ihm nicht die erwünschte Befriedigung. Schließlich entdeckte er einen Weg, sein Leid für kurze Zeit zu vergessen. Er fand, wie so viele Männer, Erlösung im Lustspiel. Der Legende nach vergnügte sich der Phönix mit tausenden Frauen und ein paar von ihnen schenkte er einen Teil von sich. Der Phönix starb, als für seine menschliche Hülle die Zeit abgelaufen war. Doch seine Magie lebte in den Kindern der Frauen weiter, denen er besonders zugetan war. Das ist die Entstehung unserer Linien, die bis heute mit Phönix-Magie angereichert sind.«

Während Vincent erzählte, spielte sich der Mythos vor meinem inneren Auge ab. Ich sah Pyramiden, Wüsten, Pharaonen, einen wütenden Phönix, Hitze und Staub. Nachdem er geendet hatte, musste ich blinzeln, damit das Bild verschwand.

»Das ist ja ... abgefahren.« Mir viel kein besseres Adjektiv ein.

»So könnte man es auch sagen.« Er grinste und seine Augen blitzten belustigt auf.

Ein Schlüssel wurde im Türschloss herumgedreht und im Flur erklangen fremde Stimmen. Erschrocken drehte ich mich in Richtung Tür.

»Das ist nur mein Bruder«, sagte er beruhigend. »Und seine Freundin«, fügte er etwas widerwillig hinzu. Offenbar hielt er nicht allzu viel von ihr.

»Du hast einen Bruder?«, fragte ich überrascht. Wieso hatte er ihn bis jetzt mit keiner Silbe erwähnt? Aber mich nach Geschwistern fragen.

»Du hast doch nicht geglaubt, ich würde diese große Wohnung ganz allein bewohnen?«, fragte er belustigt.

Ehrlich gesagt war ich schon davon ausgegangen, dass er hier allein lebte, aber das musste ich ihm ja nicht unbedingt unter die Nase reiben. Schon gar nicht, wenn er mich mit einer spöttisch in die Höhe gezogenen Augenbraue musterte.

»Ist er auch ein ...?«

»Ja.«

»Und sie ebenfalls?«

»Um Gottes willen, nein.« Er schnaubte verächtlich. Aus den Augenwinkeln bemerkte ich, wie jemand das Wohnzimmer betrat.

»Das ist also die berühmte Caroline. Ich muss sagen, ich bin enttäuscht, wie ordentlich es hier drin noch aussieht«, sagte eine tiefe Stimme hinter mir.

»Caro«, verbesserte ich automatisch. Der Mann, zu dem die Stimme gehörte, hatte die gleichen unverwechselbaren goldenen Augen und das rötlich schimmernde Haar wie sein Bruder. Allerdings war es bei ihm sehr kurz geschnitten. Aber da hörten die Ähnlichkeiten schon auf. Der Mann war kräftiger gebaut, hatte mehr Muskeln und einen lässigeren Kleidungsstil als Vincent. Er trug ein enganliegendes dunkelgrünes Poloshirt und eine Jeans.

»Maximilian, aber sag ruhig Max.« Er zwinkerte mir zu und streckte mir seine Hand entgegen. Der Händedruck war fest und das Lächeln wirkte ehrlich.

Hinter ihm tauchte eine hübsche Blondine in High Heels auf. Sie hatte beneidenswert lange Beine, die der Minirock, den sie trotz der nicht gerade dafür geeigneten Außentemperaturen trug, gut zur Geltung brachte. Plötzlich fühlte ich mich langweilig und unscheinbar. Lag es an dem tadellosen Äußeren von Maximilians Freundin oder viel mehr daran, dass Vincent uns beide sehen konnte? Ich mochte lieber nicht wissen, wie ich im direkten Vergleich mit einer lebendigen Barbie abschnitt. Früher hätte ich mich über so ein Püppchen lustig gemacht und jetzt bekam ich Komplexe deswegen. Manchmal verstand ich mich selbst nicht.

»Hi, ich bin Michelle.« Ihre Stimme klang so, wie ihr Aussehen es erwarten ließ: hoch und mit einem affektierten Unterton.

»Aber nenn mich ruhig *Muschi*«, sagte Vincent gerade so laut, dass nur ich ihn verstehen konnte.

Das brachte mich zum Prusten.

»Ich hoffe, wir haben euch nicht gerade bei irgendetwas unterbrochen?«, fragte Max mit einem vielsagenden Blick in die Runde. Vincent ging nicht auf seine Anspielung ein.

»Natürlich nicht. Ich bin immer noch dabei, Caro alles zu erklären.«

»In was gibt er dir denn Nachhilfe?«, fragte Michelle wenig interessiert.

Ich warf ihr einen empörten Blick zu, den sie allerdings nicht mitbekam, da ihre Fingernägel gerade ihre gesamte Aufmerksamkeit beanspruchten. Sah ich etwa aus wie jemand, der Nachhilfe nötig hatte? Ich meine, wir könnten schließlich auch ein Paar sein, aber anscheinend wirkte ich so unscheinbar, dass sie gar nicht auf diese Idee kam.

»In Mathe«, sagte Vincent, ohne mit der Wimper zu zucken.

»Ach so.« Gelangweilt blickte sie von ihren Fingernägeln auf. »Dann noch viel Spaß dabei.« Sie drehte sich zu Max und schlang ihm die Arme um den Nacken. »Ich könnte dir auch Nachhilfe geben. In deinem Schlafzimmer«, raunte sie anzüglich in sein Ohr.

»Ich würde zu gerne wissen, wie so eine Unterrichtseinheit bei dir aussieht.« Max gab ihr einen Klaps auf den Po und sie quietschte verzückt auf. Dann schob er sie aus der Tür.

Vincent verdrehte die Augen.

Ich kicherte. »Du kannst sie nicht leiden«, stellte ich fest.

»Nicht *ausstehen* trifft es besser. Ich verstehe wirklich nicht, was Max immer an diesen hohlen Tussis findet.«

»Ich kann dir sagen, was er an ihr nicht findet. Intelligenz, Sarkasmus, überflüssiges Körperfett …«

Er lachte. »Wohl wahr. Aber waren wir nicht gerade bei unserem Frage-Antwort-Spiel? Wenn ich mich recht erinnere, bin ich jetzt dran mit Fragenstellen.«

»Dann schieß los.«

»Wieso studierst du Jura?«

Diese Frage überraschte mich. »Warum willst du das wissen?«

Er zuckte die Achseln. »Es interessiert mich einfach.«

Ich dachte eine Weile darüber nach. Sollte ich ihm meine wahren Beweggründe erzählen? Ich kannte ihn ja kaum. Andererseits war es auch kein großes Geheimnis.

»Ich habe Jura gewählt, weil ich mich für mehr Gerechtigkeit in der Welt einsetzen will. Oder zumindest für mehr Gerechtigkeit für Kinder in

Deutschland. Ich habe so viele Kinder kennengelernt, die von ihren Eltern misshandelt wurden oder erleben mussten, wie ein Elternteil vom anderen misshandelt wurde. Ich habe das Unrecht am eigenen Leib erfahren. Meine Eltern haben mich einfach ausgesetzt. Ich verstehe nicht, warum solche Menschen überhaupt Kinder bekommen und wieso sie mich dann nicht wenigstens zur Adoption freigegeben haben. Na ja, das ist jetzt auch nicht weiter wichtig. Ich möchte halt einfach ein kleines bisschen dazu beitragen, dass unsere Gesellschaft mehr Gerechtigkeit erfährt. Ich möchte mich für Kinder und Jugendliche einsetzen, die sonst niemanden haben, der es für sie tut.«

Ich blinzelte ein paar Tränen weg. Bei dem Thema wurde ich, wie üblich, emotional. Als ich zu Vincent aufschaute, lag Bestürzung in seinem Blick.

»Du wurdest ausgesetzt?«

»Nicht der Rede wert, wirklich.« Ich rang mir ein schwaches Lächeln ab.

»Das tut mir leid.« Das Mitleid in seiner Stimme machte es nur noch schlimmer und mein Hals war wie zugeschnürt.

»Ich bin längst darüber hinweg.« Der Versuch, optimistisch zu klingen, misslang gründlich.

Er streckte einen Arm aus und berührte ganz vorsichtig meine Wange. Eine Träne glitzerte an seinem Finger. Ich hatte gar nicht gemerkt, dass ich weinte. Vor Scham wandte ich mein Gesicht von ihm ab und fuhr mir mit beiden Händen darüber, um alle Spuren meiner Tränen zu beseitigen.

»Es muss schwer gewesen sein, ganz ohne Eltern aufzuwachsen.«

Musste er immer weiter in die Wunde bohren? Hätte er sich diese Bemerkung nicht verkneifen können? Erinnerungen aus meiner Kindheit brachen über mich ein und ich schniefte vernehmlich.

»Entschuldige. Ich bin wohl etwas zu neugierig«, meinte er zerknirscht.

»Schon gut. Du konntest ja nicht wissen, dass es für mich immer noch so ein heikles Thema ist. Wieso interessiert dich das alles überhaupt?«

»Ich möchte dich nur gerne besser verstehen. Immerhin werden wir noch viel Zeit gemeinsam verbringen.«

Da hatte er wahrscheinlich Recht. Das Phönix-Gen verband uns beide und ich hegte den Verdacht, dass es noch einiges gab, von dem ich nichts wusste.

»Na schön. Ich kann es dir genauso gut jetzt schon erzählen. Du wirst es ohnehin irgendwann herausfinden.«

»Ich wollte dir nicht das Gefühl geben, irgendetwas tun zu müssen, was du gar nicht willst.«

Ich schüttelte den Kopf. Mara und Doro wussten es schließlich auch, warum sollte ich es Vincent dann verschweigen?

»Ohne Eltern aufzuwachsen, ist nicht so schlimm, wie viele immer meinen. Was man nicht hat, kann man nicht vermissen, richtig? Die Betreuerinnen im Waisenhaus waren alle ganz in Ordnung und es gab immer einen Haufen Kinder zum Spielen. Das, was mir schlaflose Nächte bereitet hat, war das Wissen, dass meine Eltern mich weggegeben hatten. Dass sie mich nicht gewollt hatten. Carmen – eine der Betreuerinnen – hat mir erzählt, es hätte mitten in der Nacht an der Tür geläutet und als sie sie geöffnet hat, hat sie mich gefunden. Ich lag eingewickelt in ein paar Decken auf der Fußmatte. Ein Neugeborenes, erst wenige Tage alt. Offensichtlich hatten meine Eltern mich so schnell wie möglich loswerden wollen. Niemand hat sie dabei gesehen. Zwischen den Decken fand Carmen einen Zettel, auf dem mein Name stand. Es wurden zwar Ermittlungen eingeleitet, um nach meinen Eltern zu fahnden, doch die verliefen im Sande.« Ich holte zitternd Luft. Die Frage, die mich seitdem quälte, die immer wieder laut in meinem Kopf aufschrie, lautete: Wieso? Wieso hatten sie mich nicht gewollt? Wieso wurde ich abgestellt wie ein lästiges Paket, das niemand haben wollte? Wieso hatten sie dafür gesorgt, dass niemand ihre Identität kannte? Nicht einmal die Adoptionsvermittlungsstellen?

Vincent sah mich aus ernsten Augen an, entgegnete aber nichts. Was hätte er auch sagen sollen, außer »Tut mir leid?« Und Mitleid war das Letzte, was ich wollte. Denn das machte alles nur noch schlimmer. Nachdem ich mich wieder gefasst hatte, hob ich den Blick, um ihm in die Augen zu schauen. Ich weiß nicht, was ich erwartet hatte, jedenfalls nicht diesen harten, unergründlichen Ausdruck, mit dem er meinem Blick begegnete.

»Was hast du?«

»Das Leben ist schrecklich ungerecht, findest du nicht?« Der zynische Ton erschreckte mich.

»Wie meinst du das?«

»Lass uns von etwas anderem reden.« Der harte Ausdruck verschwand aus seinem Gesicht.

»Erzähl du mir etwas über deine Familie. Hast du außer Max noch weitere Geschwister?«

»Nein, zum Glück nicht. Max ist wirklich genug.« Er lächelte sein schiefes Lächeln. Ich wurde aus Vincents Stimmungsschwankungen nicht schlau. Vor einer Minute noch hatte er mir beinahe Angst gemacht und nun war alles eitel Sonnenschein. Vielleicht war das einfach sein Charakter und ich musste lernen, damit umzugehen.

»Und deine Eltern sind auch beide Phönixe?«

»Nur mein Vater.«

»Das geht?« Diese Aussage überraschte mich. Aus irgendeinem Grund war ich bisher davon ausgegangen, dass beide Elternteile dieses Gen, oder was auch immer es war, besitzen mussten.

»Ja. Manchmal überspringt das Gen sogar eine Generation. Wir haben eine Theorie dazu entwickelt, aber sie ist ziemlich schwer zu erklären.«

»Hm.«

»Was bedeutet *hm*?«

»*Hm* bedeutet nichts, sonst würde man ja etwas sagen.«

Kleine Lachfältchen legten sich um seine Augen. Mit dem warmen Gold wirkten sie wie Sonnenstrahlen. »Aber an irgendetwas hast du gerade gedacht.«

»Nein, habe ich nicht.«

»Man kann nicht an nichts denken.«

»Hmpf. Ich habe mich nur eben gefragt, wenn nur dein Vater ein Phönix ist … Also weiß deine Mutter dann überhaupt, was ihr seid? Oder ist das ein Geheimnis? Gibt es da vielleicht eine Art Schweigepflicht, die es verbietet andere einzuweihen?«

»Meine Mutter ist sich natürlich schon bewusst, was wir sind. Aber es ist trotzdem ein Geheimnis. Du darfst unter keinen Umständen mit einem Außenstehenden darüber sprechen. Das ist dir hoffentlich klar?« Er sah mich scharf an.

»Natürlich«, sagte ich schnell. Richtig bewusst war mir das nicht gewesen. Aber es war nur logisch. Wenn es kein Geheimnis wäre, würde ja jeder wissen, dass es übernatürliche Wesen gab.

»Und du und dein Bruder seid in dem Wissen aufgewachsen, eines Tages ein Phönix zu werden?«

»Wir waren uns bewusst, dass das durchaus im Bereich des Möglichen lag. Unser Großvater hat uns schon früh auf unsere spätere Aufgabe vorbereitet und als wir unsere Kräfte entwickelten, hat er uns gezeigt, wie wir sie beherrschen können. Er brachte uns alles bei, was wir wissen mussten.«

Plötzlich kam mir ein erschreckender Gedanke. Hatte Vincent nicht gesagt, der Phönix stünde für Wiedergeburt und ewiges Leben? War Vincent vielleicht viel älter, als er aussah? Würde ich nie älter werden als zwanzig Jahre?

»Wie lange liegt diese Ausbildung schon zurück?«

»Ah, ich verstehe. Du fragst mich gerade, wie alt ich bin, stimmt's? Willst du wissen, ob du unsterblich bist?« Er grinste spöttisch.

Ich spürte, wie mir die Röte ins Gesicht stieg, weil er mich so leicht durchschaut hatte.

»Vielleicht.«

Seine Augen blitzten belustigt auf. »Tut mir leid, falls ich deine Illusionen zerstöre, aber ich bin nur unwesentlich älter als du. Bei mir ist die Verwandlung etwas über drei Jahre her. Und seitdem bin ich durchaus älter geworden.«

Ich rechnete schnell nach. Das hieß, Vincent war erst dreiundzwanzig. Das war gut. Das war nicht zu alt. Stopp. Ich verbot mir, den Satz weiterzudenken.

»Unsterbliches Leben gehört nicht zu den Vorzügen, die unser Dasein mit sich bringt. Aber vielleicht ist das ganz gut so. Bestimmt wird es nach ein paar Jahrhunderten schrecklich langweilig. Was will man dann auch noch großartig tun? Irgendwann hat man alle Länder dieser Welt bereist, alle Bücher gelesen und alle Filme gesehen. Und dann? Ich glaube, der Reiz des Endes macht das Leben erst interessant.«

Ich dachte über seine Worte nach. Ohne die Begrenztheit des eigenen Lebens würde man vielleicht schnell die wesentlichen Dinge aus dem Auge verlieren. Das, worauf es wirklich ankam. Freundschaft, Familie, Liebe, Vertrauen. Man würde anfangen, sich mit Belanglosigkeiten die Zeit zu vertreiben. Warum sollte man auch jeden einzelnen Tag genießen und versuchen, das Beste aus ihm herauszuholen, wenn man eine unendliche Anzahl an Tagen zur Verfügung hatte?

»Da ist durchaus was dran.«

Auf einmal fühlte ich mich müde und erschöpft. Ich warf einen Blick auf meine Armbanduhr. Es war beinahe ein Uhr. Ich hatte gar nicht bemerkt, wie schnell die Zeit verflogen war.

Etwas widerwillig erhob ich mich von der Couch. »Ich glaube, ich mache mich mal auf den Heimweg.«

»Ich kann dich gerne fahren«, bot er an. »Dann musst du nicht so spät noch die U-Bahn nehmen.« Er stand ebenfalls auf und wir gingen gemeinsam zum Flur, wo ich meine – inzwischen wieder trockene Jacke vom Ständer nahm.

»Nein. Ist schon gut. Aber danke für das Angebot.«

Vincent tat, als hätte ich nichts gesagt, und schlüpfte in seine schwarze Lederjacke. Die unverschämt gut an ihm aussah. Er schnappte sich seine Schlüssel und hielt mir die Wohnungstür auf.

»Du musst das wirklich nicht«, setzte ich noch einmal an.

»Es ist mir aber lieber, wenn ich weiß, dass du sicher zu Hause angekommen bist.«

Hört, hört. War Vincent etwa um meine Sicherheit besorgt? Wir liefen nebeneinander die Treppe hinunter.

»Was soll mir schon passieren? Wenn mich jemand belästigt, schlage ich ihn einfach mit meinen super coolen Phönixkräften in die Flucht.«

»Und wie stellst du das an? Bei deinem Glück entzündest du nur einen Müllcontainer.«

Inzwischen waren wir im Erdgeschoss angelangt und Vincent hielt mir erneut die Tür auf.

»Pff. Du hast selbst gesagt, ich stelle mich gar nicht so schlecht an.«

»Das bezog sich aber auf eine Kerze. Und selbst bei der hast du einige Anläufe benötigt.«

»Na schön.« Ich gab mich geschlagen. Nicht zuletzt weil wir bei seinem Auto angelangt waren und es ohnehin keinen Sinn gehabt hätte, sich jetzt noch zu widersetzen. Anhand des Kreises mit den sich gegenüberliegenden blau-weißen Flächen erkannte ich, dass es sich um einen BMW handelte. Der schwarze Lack glänzte selbst im Licht der Straßenlaterne und ließ seinen Top-Zustand erahnen. Es ungeschützt am Straßenrand stehen zu lassen, grenzte schon an ein Verbrechen. Hatte Vincent gar keine Angst, dass es jemand zerkratzte? Als ich jedoch die Straße hinunterblickte, sah ich noch mehr Luxusschlitten ungeschützt am Straßenrand parken. Die Lampen leuchteten kurz auf, als Vincent das Auto entsperrte. Es besaß zwei Türen. Das Wort Coupé schoss mir in diesem Zusammenhang durch den Kopf. Aber was wusste ich schon? Ich konnte gerade mal die verschiedenen Automarken anhand der Logos auseinanderhalten. Und darauf war ich schon reichlich stolz. Vincent umrundete das Heck und ging zur Fahrerseite. Ich stiefelte widerwillig zur Beifahrertür, öffnete sie und stieg ein. Auch hier waren die Sitze aus schwarzem Leder. Offensichtlich gefiel ihm das. Die Armaturen sahen edel aus und bestimmt hatte die Musikanlage einen ausgezeichneten Sound. Vincent startete den Wagen und ich war überrascht, wie leise der Motor war. Selbst als er Gas gab, hörte ich nur ein leises Surren im Hintergrund. Ob er mit dem BMW auch zur Uni fuhr? Ich konnte mir Vincent irgendwie nicht in der U-Bahn vorstellen. Dafür war er nicht durchschnittlich genug. Ich starrte aus dem Fenster auf die für Münchens Verhältnisse leeren Straßen. Ab und zu, wenn ich mir sicher war, dass er es nicht bemerken würde, warf ich ihm einen verstohlenen Blick zu und begutachtete sein schönes Profil mit der geraden Nase. In sehr viel kürzerer Zeit, als ich für den Hinweg mit der U-Bahn gebraucht hatte, waren wir bei mir angelangt. Vincent hielt direkt vor der Haustür. Ich schnallte mich ab.

»Also dann, danke fürs Fahren.«

Meine Hand umfasste den Türgriff.

»Keine Ursache.« Selbst in der Dunkelheit verloren seine Augen nicht ihre Wirkung. Ich konnte mich kaum von ihnen losreißen. Am liebsten wäre ich sitzen geblieben.

»Sehen wir uns am Sonntag?«

»Sonntag?«, fragte ich verwirrt und blinzelte.

»Mir ist es lieber, du übst unter meiner Aufsicht. Nicht, dass dir dein Feuer mal außer Kontrolle gerät.«

Ah. Jetzt verstand ich.

»Hm.« Ich ging im Kopf schnell meine Termine durch. »Ich glaube, da hab ich noch nichts vor.«

»Gut.« Er grinste. Ich sah seine Zähne in der Dunkelheit aufblitzen. In dem engen Raum war die Atmosphäre seltsam geladen. Er schien es auch zu spüren, denn als er den Blick von mir abwandte und aus der Windschutzscheibe starrte, hatte sich eine steile Falte auf seiner Stirn gebildet. Ich zwang mich die Tür zu öffnen und stieg mit zittrigen Knien und flatterndem Herzen aus.

»Schlaf gut«, rief er mir hinterher.

»Danke. Du auch.« Dann schlug ich die Tür zu und lief ins Haus. Vincent wartete, bis ich aufgesperrt hatte und im Treppenhaus verschwunden war, ehe er seinen Wagen wendete und davonfuhr.

10. Kapitel

»Du warst gestern ziemlich lange beim Lernen«, meinte Doro spitz.

Ich biss in meine Semmel, die ich zuvor dick mit Erdbeermarmelade bestrichen hatte, und ließ mir extra lange Zeit beim Kauen. Doro schnalzte genervt mit der Zunge. Sie wollte Details.

»Es war eben sehr viel, was Vincent mir erklären musste.«

»Und danach?«, bohrte sie weiter.

»Danach bin ich nach Hause gekommen und schlafen gegangen.«

»Aha.«

Ich trank einen Schluck Kaffee und beobachtete sie über den Tassenrand hinweg.

»Du willst mir ernsthaft weismachen, ihr habt bis nach Mitternacht gelernt?«

»Nein, wir haben zwischendrin auch noch geredet.«

»Schön, dann sag es mir halt nicht! Aber die ›Wir haben nur geredet‹-Geschichte kannst du jemand anderem erzählen. Ich kauf dir das jedenfalls nicht ab.«

»Sag mal, führst du Tagebuch darüber, wann ich wo hingehe, oder was?« Wütend biss ich in meine Semmel und etwas Marmelade lief an meinem Mundwinkel hinab. Ich wischte sie mit dem Handrücken weg.

»Ich war halt noch am Einschlafen und da hab ich eben gehört, wie du heimgekommen bist.« Sie zuckte gleichgültig die Schultern. »Jetzt sag schon, sieht er wenigstens gut aus? Wie hieß er noch gleich, Vincent, oder?«

»Ja.«

»Ja, er sieht gut aus, oder ja, er heißt Vincent?« Sie trommelte genervt mit den Fingernägeln auf die Tischplatte.

Ich biss mir von innen auf die Wange, um nicht zu grinsen. Dennoch zuckte es verräterisch um meine Mundwinkel.

»Du machst das mit Absicht, stimmt's?« Doro bewarf mich mit einem Stück von ihrem Toast.

»Hey, mit Essen spielt man nicht!« Ich warf den Toastfetzen zu ihr zurück.

»Mann, du bist echt fies.« Sie zog eine beleidigte Flunsch.

»Na gut«, stöhnte ich. »Aber nur, weil du es bist. Also ja, Vincent sieht ganz gut aus.«

»Ganz gut.« Sie zog anzüglich ihre Augenbrauen in die Höhe.

»Okay«, lachte ich, »sehr gut sogar.«

»Das klingt vielversprechend. Beschreib ihn mir mal.«

Ich stöhnte auf. »Weißt du, dass du echt nervig sein kannst?«

»Ja, weiß ich.« Sie grinste frech. Ihre kurzen Haare waren nach dem Aufstehen noch ungekämmt und standen an den Spitzen wirr ab. Vermutlich bot ich selbst einen ähnlichen Anblick.

Da sie nicht lockerlassen würde, ehe ich ihr Vincent beschrieben hatte, versuchte ich es auf möglichst objektive Weise.

»Zimtfarbenes Haar? Na, dich hat es ja ganz schön erwischt!«

Das war mir wohl nicht ganz gelungen.

»So ein Quatsch. Ich dachte, du wolltest wissen, wie er aussieht.«

»Ja, schon. Aber im Ernst? Du stehst auf Rothaarige?« Sie schüttelte sich, als fände sie diese Vorstellung grauenhaft.

»Erstaunliche Reaktion für jemanden, der selbst immer möglichst bunte und knallige Sachen trägt«, konterte ich.

»Stimmt. Aber vielleicht will ich ja gerade deshalb jemanden, der unscheinbarer ist. So was in der Art wie: Gegensätze ziehen sich an. Na, du weißt schon.«

»Aha. Jetzt wird es interessant. Das heißt, dein Traumtyp ist ein Spießer oder ein Nerd. Beides sehr unauffällige Wesen.«

»Pah. Als ob das Aussehen das Wichtigste wäre. Das ist wie bei Geschenken: Über eine schöne Verpackung freut man sich, aber letztendlich zählt nur das, was drin ist.« Sie sah mich mit einem überlegenen Gesichtsausdruck an.

»Du hast schon Recht. Der Charakter muss stimmen, das ist das Wichtigste.«

Ich dachte über Vincents veränderte Haltung mir gegenüber nach. Gestern war er regelrecht charmant und aufmerksam gewesen. Allerdings war ich mir nicht sicher, wie lange dieser Zustand anhalten würde. Ich befürchtete, er würde schon bald wieder in seinen »Ich weiß alles und bin besser als du«-Modus umschalten.

Aus traurigen Augen sah Doro mich an.

»Doro, was hast du denn?«

»Ach, nichts.«

»Mir kannst du es doch sagen.«

Mit Grabesstimme rückte sie damit heraus: »Mara hat einen Freund und jetzt auch noch du. Nur ich gerate immer an die Falschen.«

»Also, zunächst mal fürs Protokoll: Ich habe *keinen* Freund. Vincent gibt mir nur Nachhilfe.« Genau genommen war es keine richtige Nachhilfe, aber ich hielt mich an das Versprechen, das ich Vincent gegeben hatte, und würde das Geheimnis über unsere Existenz für mich behalten. Vorerst zumindest. Ich stellte mir vor, wie es wäre, es mit Mara oder Doro zu teilen. Vermutlich würden sie ausflippen – was eine ganz natürliche Reaktion darauf wäre. Ich würde ebenfalls durchdrehen, wenn mir jemand etwas von Phönixen und Feuer entstehen lassen erzählen würde. Was mich sogar jetzt noch zum Ausflippen bringen könnte, wenn ich zu genau darüber nachdachte. »Und du, Doro Lichtenberg, bist einer der tollsten Menschen, die ich kenne. Und wenn das die Kerle nicht genauso sehen, dann haben sie dich gar nicht verdient.«

»Findest du?«

Ich nickte entschieden. »Auf jeden Fall.«

»Danke.« Zufrieden mit meiner Antwort griff sie nach einer weiteren Scheibe Toast und tauchte ihr Messer in ein Nutellaglas.

Ich knabberte an der zweiten Hälfte meiner Semmel, die ich wieder mit Erdbeermarmelade bestrichen hatte.

»Mara hat also bei Tobi übernachtet?«, schnitt ich ein unverfänglicheres Thema an.

»Genau. Wie lange sind die beiden eigentlich schon zusammen? Über ein Jahr, oder? Und sie können einfach nicht die Finger voneinander lassen. Nicht mal für eine Nacht.« Sie verdrehte theatralisch die Augen. »Die kleben schlimmer aneinander als die Nutella an meinen Fingern.«

Bei diesem Vergleich musste ich kichern und Doro stimmte mit ein.

***

Zu meiner Erleichterung hatte Doro sofort zugestimmt, als ich vorgeschlagen hatte, den Nachmittag in der Innenstadt beim Shoppen zu verbringen. Ich wollte morgen nicht noch einmal die gleiche leidvolle Erfahrung wie gestern machen. Ich brauchte wirklich dringend ein paar neue Kleidungsstücke. Auch wenn Shoppen nicht unbedingt zu meinen Lieblingsbeschäftigungen gehörte – Zeitverschwendung, rief eine leise Stimme in meinem Kopf –, würden mich ein paar Stunden in Umkleidekabinen und überfüllten Kaufhäusern schon nicht umbringen. Leider hatte ich nicht bedacht, was es hieß, mit Doro zum Shoppen zu gehen. Sie schleifte mich von einem Secondhandladen zum nächsten. Freiwillig hätte ich diese Abstellkammern der abgetragenen Kleidung garantiert nie betreten. Dort versuchte sie mich begeistert zu Röcken und Kleidern zu überreden, die ja »so was von retro« waren. Im vierten Geschäft hatte ich bereits aufgegeben und ließ die Prozedur schweigend über mich ergehen.

»Guck mal, ist dieses Pünktchenkleid nicht reizend? Damit lässt du die Fünfziger wieder neu aufleben. Hier, probier es an.« Sie reichte mir ein dunkelblaues Kleid mit großen weißen Punkten.

»Doro, ernsthaft, ich will etwas Unauffälliges. Damit sehe ich doch aus wie eine Mickymaus.«

Sie verdrehte genervt die Augen. »Erstens meinst du Minnie Maus und zweitens ist Vintage gerade so was von angesagt. Das kannst du mir ruhig glauben.«

»Wenn es dir so gut gefällt, probier es doch selbst an«, schlug ich vor.

»Du bist wirklich moderesistent.« Sie entriss mir das Kleid und verschwand mit ihrem Berg an Kleidung in der Umkleidekabine. Ich ging zum Fenster und schaute hinaus auf die Straße. Als Doro endlich fertig war und zum Bezahlen an die Kasse ging, stellte ich mich neben sie. »Können wir dann mal in ein paar normale Läden gehen?« Ich betonte das Wort normal.

»Natürlich. Wenn du unbedingt die gleichen Klamotten tragen willst wie tausende andere Leute, bitte. Dann fahren wir jetzt zum Karlsplatz.«

Wir schlenderten die Kaufingerstraße entlang und waren schon bald am anderen Ende – am Marienplatz – angelangt. Und ich hatte immer noch keine einzige Einkaufstüte. Vielleicht wäre es besser gewesen auf Mara zu warten und mit ihr zum Shoppen zu gehen. Sie hatte definitiv einen alltagstauglicheren Geschmack.

Als wir am Rathaus ankamen, blieb ich stehen. »Lass uns noch mal zurückgehen. Vielleicht finden wir ja doch noch etwas«, sagte ich nicht sehr überzeugt.

Doro bemerkte meine Niedergeschlagenheit. »Ach komm, lass den Kopf nicht hängen, Caro. Ich werde mir mehr Mühe geben.« Ich sah sie zweifelnd an. »Ich suche dir ab jetzt Sachen raus, die dir gefallen«, fügte sie widerwillig hinzu.

»Versprochen?«

»Ja.«

»Na schön.«

Wir klapperten die Läden auf der anderen Straßenseite ab und ich musste Doro wirklich zugutehalten, dass sie sich mit ihrer Meinung zurückhielt und mir ganz vernünftig aussehende Oberteile und Hosen reichte. Nach einer halben Stunde waren wir sogar beide von einer dunkelblauen Bluse überzeugt, die ich dann auch mitnahm.

Das Resultat des Tages konnte sich durchaus sehenlassen. Ich hatte eine Bluse, ein Top, einen Cardigan und eine Jeans ergattert. Ich wusste schon, warum ich in den letzten Semesterferien acht Wochen lang in Schichtarbeit geschuftet hatte. Ohne diesen nicht ganz unbeachtlichen Lohn hätte ich mir den Shoppingtrip kaum leisten können.

Erschöpft schleppten wir uns noch bis zu unserem Lieblingschinarestaurant. Wir hatten beide seit dem Frühstück nichts mehr gegessen und es tat gut, sich zu setzen. Mein Magen knurrte vernehmlich, als ich die Karte studierte. Zum Glück dauerte es nicht lange, bis die Bedienung – eine hübsche Chinesin mit Mandelaugen – uns das Essen servierte. Es duftete herrlich nach gebratenem Gemüse und Sojasauce. Doro häufte sich bereits einen beachtlichen Berg Reis auf den Teller, der in einer separaten Schüssel geliefert wurde und zwischen uns auf dem Tisch stand.

Als sie meinen Blick bemerkte, fragte sie keck: »Ach, wolltest du auch noch was?«

Mit einem Grinsen reichte sie mir den Löffel und ich bediente mich am Reis.

***

»Hey, wo wart ihr denn so lange? Ich habe euch schon vermisst«, begrüßte uns Mara.

»Wir waren beim Shoppen.« Doro hielt triumphierend ihre drei Tüten in die Höhe. »Und anschließend chinesisch essen.«

»Was? Und da wart ihr ohne mich? Ich glaub's ja nicht.«

»Wenn du den ganzen Tag mit Tobi rumhängst, beschweren wir uns schließlich auch nicht.« Doro machte sich dran, ihre Errungenschaften auszupacken.

»Auch wieder wahr. Also, was habt ihr gekauft? Zeigt mal her.« Sie beugte sich über den Stapel an Klamotten, den Doro eben auf dem Küchentisch ausbreitete.

»Was ist das denn?« Sie griff sich ein Top mit wildem Muster in den Farben Orange, Braun, Weiß und Schwarz.

»Das ist ein Ethnomuster«, erklärte Doro resigniert. »Bin ich hier von lauter Modeatheisten umgeben oder was?«

Über Maras Nasenwurzel bildete sich eine kleine Falte. Leicht verstimmt gab sie zurück: »Ich habe durchaus einen Sinn für Mode, aber das hier? Wann war das denn zuletzt angesagt? In den Sechzigern?«

»Das ist total im Kommen. Du wirst schon sehen. Nächsten Sommer trägt das jeder, das garantiere ich dir«, entgegnete Doro etwas zu enthusiastisch.

»Na, wir werden sehen«, meinte Mara beschwichtigend. »Und du? Was hast du ergattert?«, wandte sie sich an mich.

»Och, nichts Besonderes.« Ich wollte gerade unauffällig mit meinen Tüten in mein Zimmer verschwinden, aber Mara überhörte meinen Einwand und entwand die Plastikbeutel einfach meinem Griff.

»Jetzt hab dich nicht so. Ich bin bloß neugierig.«

»Ach, sag bloß«, murmelte ich sarkastisch.

Sie zog die schwarze Jeans heraus, legte sie über eine Stuhllehne und packte der Reihe nach ein Teil nach dem anderen aus. Zum Schluss brachte sie die Bluse zum Vorschein. »Die sieht echt hübsch aus! Dunkelblau passt auch richtig toll zu deinen blonden Haaren, finde ich.«

»Danke.«

Mara stopfte alles zurück in eine Tüte und reichte sie mir. Die anderen zwei würden demnächst als Mülleimerbeutel dienen.

»Schade, dass ihr erst so spät wieder zurückgekommen seid.« Mara sah bedauernd auf die große runde Uhr, die hinter unserem Esstisch an der Wand hing. »Jetzt muss ich gleich wieder los.«

»Zu Tobi?«, fragte ich.

»Nicht direkt. Wir treffen uns mit einem Kumpel von ihm und dessen Freundin in einer Bar. Und vorher wollte ich noch ein paar Sachen zu Tobi schaffen. Wir sehen uns dann morgen, ja?«

»Sicher. Viel Spaß«, meinte Doro.

»Danke. Euch auch einen schönen Abend.« Mara verschwand in ihrem Zimmer und ich hörte durch die halb geöffnete Tür, wie sie ein paar Schubladen öffnete und schloss.

»Und was machen wir zwei Hübschen?«, fragte Doro.

»Ich glaube, ich gehe heute zeitig schlafen. Ich bin doch ein wenig geschafft.« Ich kreiste meine Schultern, um sie zu lockern.

»Echt? Schade.« Doro sah enttäuscht aus. »Ich hatte gehofft, wir würden noch weggehen.«

»Vielleicht ein andermal. Frag doch deinen einen Unikumpel, der hat doch immer Lust auf Feiern.«

»Du meinst Lukas?«

»Ja, genau den.«

»Gute Idee. Ich werde ihm gleich mal schreiben.«

Nachdem ich meine Schuhe ausgezogen hatte, fiel ich erschöpft aufs Bett. Ich hatte mich für morgen Vormittag zum Frühstück in der Stadt mit Vincent verabredet und wollte auf keinen Fall unausgeruht aussehen. Daher war ich erleichtert, als Doro in mein Zimmer kam, um mir zu verkünden, sie gehe noch mit Lukas und ein paar weiteren Kommilitonen aus.

»Dann wünsche ich euch einen schönen Abend.«

»Danke. Dir auch einen schönen … Abend oder sollte ich lieber Schönheitsschlaf sagen?«, fragte sie scherzhaft.

Sie hatte ja keine Ahnung, wie richtig sie mit ihrer Vermutung lag.

»Danke. Werde ich haben«, versicherte ich ihr.

Vor dem Schlafengehen las ich mir noch mal sämtliche SMS-Nachrichten von Vincent durch. Ich war ziemlich überrascht gewesen, als er mir geschrieben hatte, ob ich mich mit ihm zum Frühstücken treffen wolle. Ich hatte damit gerechnet, dass ich wieder zu ihm nach Hause kommen sollte, aber gegen ein gemütliches Zusammensitzen im Café hatte ich nichts einzuwenden. Konnte man das schon als Date durchgehen lassen? Ich schüttelte den Kopf, um den Gedanken zu verscheuchen. Natürlich war es kein Date! Wie kam ich nur immer auf so was? Und wollte ich das überhaupt? Da war ich mir nicht so sicher. Außerdem, was war schon dabei, frühstücken zu gehen? Ein Abendessen, das wäre auf jeden Fall ein Date gewesen, aber das morgen war nicht mehr als ein lockeres Beisammensein. Trotzdem fragte sich ein kleiner Teil von mir, warum Vincent sich überhaupt die Mühe machte. Nicht nur das Frühstück, sondern alles. Warum brachte er mir bei, meine Kräfte zu kontrollieren? Wieso half er mir? Wie hatte er mich überhaupt aufspüren können, wenn ich noch nie zuvor in seiner Nähe gewesen war? Und wieso hatte ich dusselige Kuh diese Fragen nicht schon viel eher gestellt?

11. Kapitel

Nachdem ich ein schlichtes graues Top, eine hellblaue Jeans und den neuen beerenfarbenen Cardigan angezogen hatte, war ich bereit für mein Treffen mit Vincent. Langsam gewöhnte ich mich an mein neues Aussehen mit den helleren Augen. Bis jetzt war die veränderte Farbe noch niemandem aufgefallen. Was gut für mich war, denn wie hätte ich das auch erklären sollen?

Voller Tatendrang zog ich die Wohnungstür hinter mir zu. Ich freute mich darauf, bald wieder meine Kräfte auszuprobieren. Und ein Teil von mir freute sich darauf, Vincent zu sehen. Ich riss die Haustür auf und tappte beinahe in eine große Wasserpfütze, die sich direkt vor dem Hauseingang ausgebreitet hatte. Erschrocken wich ich im letzten Moment nach rechts aus und stolperte ungeschickt ein paar Schritte weiter. Ich sah mich um, ob jemand meinen linkischen Sprung zur Seite bemerkt hatte. Glücklicherweise waren nur wenige Menschen unterwegs und alle verbargen ihre Gesichter hinter Regenschirmen. Erst jetzt bemerkte ich die nassen Tropfen, die auf meinen Kopf und meine Jacke prasselten. Es goss wie aus Eimern und natürlich hatte ich keinen Regenschirm dabei. Stöhnend machte ich auf dem Absatz kehrt und lief noch mal hinauf, um meinen Schirm zu holen.

Beim zweiten Anlauf war ich auf die Pfütze vorbereitet und machte einen eleganten Satz darüber. Als ich sicher auf dem Bürgersteig stand – mit noch trockenen Füßen, dieser Zustand konnte sich schon bei der nächsten Pfütze ändern – spannte ich den roten Regenschirm auf und lief mit gesenktem Kopf, den Blick fest auf den Boden geheftet, die Straße entlang.

***

»Irgendwie habe ich das Gefühl, du weißt schon viel mehr über mich als ich über dich.« So, jetzt war es raus! Wie würde Vincent darauf reagieren? Ich nippte abwartend an meinem Cappuccino.

Er lehnte sich zurück, sein Gesichtsausdruck wurde vorsichtig. »Was möchtest du denn wissen?«

Für den Anfang wählte ich eine möglichst unverfängliche Frage.

»Hm, zum Beispiel könntest du mir verraten, was der Studierendenvertreter denn eigentlich selbst studiert.«

»Ach so.« Er nahm eine entspanntere Haltung an. »Ich mache gerade meinen Master in Politikwissenschaft. Und weiter?«

Ich biss in mein Croissant und kaute gemächlich, während ich mir meine nächste Frage überlegte.

»Du und dein Bruder. Ihr steht euch sehr nah, oder?«

»Wenn man einer uralten Linie von Phönixen abstammt und dieses Geheimnis teilt, dann ist das kein Wunder. Unser Großvater hat uns sehr früh eingetrichtert, wie wichtig es ist, dass die Familie zusammenhält.«

»Wohnst du deshalb mit ihm zusammen?« Ich nahm noch einen Bissen von meinem Croissant.

»Unser Großvater hat Max die Wohnung gekauft, als er sein Studium begann. Allerdings unter der Bedingung, dass ich, wenn die Zeit gekommen war, ebenfalls mit einziehen würde. Ihm ist es wichtig, dass wir uns gegenseitig mit unseren Phönixkräften unterstützen und helfen können. So, wie ich dir helfe.« Er lächelte mich schief an und das brachte mich so aus dem Takt, dass ich mich an meinem Croissant verschluckte und erbärmlich hustete. Tränen stiegen mir in die Augen und ich trank schnell einen Schluck Kaffee, um das Stück, das sich in meinem Hals festgesetzt hatte, hinunterzuspülen. Das Kratzen ließ nach und ich konnte mich wieder auf unser Gespräch konzentrieren.

»Geht es?«, fragte Vincent besorgt.

»Ja, alles bestens.« Ich nahm noch schnell einen weiteren Schluck, bevor ich die nächste Frage stellte. »Was mich wirklich interessieren würde: Wieso hilfst du mir überhaupt? Es kann dir doch egal sein, ob ich mit meinen Kräften Schaden anrichte.«

Augenblicklich versteifte er sich. Seine Stimme war leicht angespannt, obwohl er versuchte es zu verbergen. »Das ist eine sehr gute Frage. Wäre es dir lieber, ich würde dir nicht helfen?«, antwortete er mit einer Gegenfrage.

»Nein. Aber das habe ich auch gar nicht gemeint. Mich wundert nur, wieso ausgerechnet du mir hilfst und nicht irgendein anderer Phönix.« Bei dem letzten Wort senkte ich die Stimme, damit niemand der um uns herum sitzenden Cafébesucher etwas davon mitbekam. »Du hast neulich gesagt, es gebe mehr von uns. Warum kümmert sich nicht jemand anderes um mich?«

Für einen kurzen Moment verriet sein Gesichtsausdruck, dass ihm die Frage unangenehm war, doch sofort hatte er sich wieder unter Kontrolle und als er antwortete, klang er distanziert und gereizt. »Ich habe dir neulich bereits erklärt, dass ich dich gespürt habe.«

»Und die anderen konnten mich nicht spüren?«

»Doch. Aber ich habe dich offensichtlich zuerst ausfindig gemacht. Und Max ist froh, dass er nicht die Arbeit mit dir hat«, fügte er selbstgerecht hinzu.

Langsam nervte mich seine kühle, herablassende Art. Schließlich hatte ich ihn nicht darum gebeten, sich mit mir abzugeben. Ich blitzte ihn wütend an. Wenn ich zornig war, fiel es mir leichter ihm in die Augen zu sehen, ohne aus dem Konzept gebracht zu werden.

»Tut mir leid, wenn ich dir Umstände bereite«, entgegnete ich giftig. »Ich kann auch wieder gehen. Du musst nicht deinen freien Sonntag mit mir verschwenden.«

Plötzlich verschwand die ausdruckslose Maske und er sah ehrlich besorgt aus. »So habe ich das nicht gemeint. Hey, Caro, beruhige dich.« Er griff über den Tisch nach meiner Hand, aber ich entzog sie ihm.

»Ich bin ganz ruhig«, sagte ich gepresst.

»Das hört sich für mich anders an.« Vincent blickte sich zu allen Seiten um.

»Was ist? Hältst du Ausschau nach einer Fluchtmöglichkeit? Die Tür ist da hinten.«

»Sei nicht albern. Ich sehe mich nach einem Feuer um und wenn du dich nicht augenblicklich beruhigst, wird es hier chaotisch werden.«

Schlagartig war ich nicht mehr wütend, sondern ernsthaft enttäuscht. Er hatte nicht deshalb besorgt ausgesehen, weil er befürchtet hatte, mich beleidigt zu haben, sondern weil er Angst hatte, ich könnte außer Kontrolle geraten und ein Feuer entfachen. Seine Augen waren auf mich gerichtet und er sah mich intensiv an. Ich spürte, wie ich unter seinem Blick versank wie eine Fliege in einem Glas Honig. Den Grund für meinen Ärger und die darauffolgende Enttäuschung hatte ich längst vergessen. Mir wurde heiß, aber nicht vor Zorn.

»Hast du dich wieder beruhigt?«, fragte er mit Samtstimme.

Ich brauchte einen Moment, bis die Frage in mein Bewusstsein vordrang.

»Ich ... Ich glaube schon«, stammelte ich. »Tut mir leid.«

»Schon gut. Ich hatte vergessen, was für ein hitziges Temperament du hast.« Sein schiefes Lächeln war umwerfend. Ich starrte auf meinen Teller, um meine Gedanken zu sortieren.

»Du hast meine Frage immer noch nicht beantwortet.« Ich runzelte die Stirn.

Fast meinte ich, ihn seufzen zu hören, aber ich war mir nicht sicher.

»Ehrlich gesagt gibt es gar nicht so viele von uns, wie du vielleicht glaubst. Es gibt eine männliche und eine weibliche Linie. Bei der männlichen sind nur mein Großvater, mein Vater, mein Bruder und ich aktive Phönixe. Unsere Cousins und mein Onkel haben zwar das Gen, aber bei ihnen hat es sich nicht aktiviert.«

Ich versuchte seine Worte zu begreifen. Wenn es eine weibliche Linie gab, von der ich offensichtlich abstammen musste, bedeutete das dann, ich hatte noch lebende Verwandtschaft? Kannte Vincent sie vielleicht sogar?

»Ich stamme also von der weiblichen Linie ab.«

»Genau.«

»Und du kennst die anderen? Heißt das, du kennst auch meine Eltern?«

»Leider nein.« Vincent schüttelte bedauernd den Kopf. »Sonst hätte ich mich wohl kaum nach deinen Eltern erkundigt«, erinnerte er mich.

Das stimmte. Doch so schnell wollte ich nicht aufgeben. »Aber ihr müsst sie doch gekannt haben. Wenn ihr euch alle gegenseitig spüren könnt, dann muss meiner Mutter doch mal jemand begegnet sein.«

»Vielleicht war sie kein Phönix.«

Diese Möglichkeit hatte ich noch gar nicht in Betracht gezogen. Wenn sie kein Phönix war, dann konnte ich sie auch nicht aufspüren. Mir wurde erst klar, dass ich mir bereits Hoffnungen gemacht hatte, als ich mich fühlte, als hätte man mir einen Stein in den Bauch gerammt.

»Allerdings glaube ich, mein Großvater kannte deine Großmutter«, versuchte er mich aufzuheitern.

Ich sprang darauf an. »Ehrlich? Erzähl mir von ihr«, forderte ich aufgeregt.

»Da redest du am besten mit Arthur selbst darüber.«

»Ich soll deinen Großvater treffen?«

»Ja, warum nicht? Außer du möchtest das nicht.«

»Nein, nein. Es wäre toll, mit jemandem, der meine Familie kannte, zu sprechen.«

Vielleicht würde ich auf diesem Weg endlich etwas über meine Herkunft erfahren. Am liebsten wäre ich sofort aufgesprungen und zu Arthur gefahren. Aber mir war klar, dass das mehr als unhöflich Vincent gegenüber gewesen wäre. Also stellte ich stattdessen die nächste Frage, die mir auf der Seele brannte.

»Wie funktioniert das mit dem Spüren? Ist das schwierig?«

»Zu viel Neugier ist ungesund«, warnte er mich, fuhr dann aber fort: »Das Spüren funktioniert intuitiv, wie Feuer entzünden auch. Ich werde es dir bei Gelegenheit mal zeigen.«

»Warum nicht gleich heute?«

»Von mir aus auch heute«, schmunzelte er, »vorausgesetzt du kannst noch, nachdem wir unser Pensum geschafft haben.«

Ich war voller Tatendrang. »Dann sollten wir besser mal loslegen.« Nach kurzen Startschwierigkeiten brannte die Kerze. Je weniger ich darüber nachdachte, desto intuitiver und einfacher war es. Vincent meinte, es läge in der Natur des Phönix, das Feuer zu kontrollieren, es wäre also mein ureigenster Instinkt. Das erklärte auch, warum es umso besser funktionierte, je mehr ich mich auf mein eigenes Gefühl verließ.

»Wie wäre es als Nächstes mit einem schönen warmen Feuer?«

Vincent blickte auffordernd in Richtung Kamin. Ich betrachtete die Holzscheite mit einer gehörigen Portion Skepsis. Eine kleine Kerzenflamme war eine Sache – ein Feuer im Kamin zu entfachen, war eine völlig andere Liga.

Ich trat zögernd näher. Vincent studierte mich eingehend, während ich überlegte. Wenn ich die Übung jetzt abbrach, würde mir Vincent nicht erklären, wie das mit dem Spüren funktionierte. Also hatte ich im Grunde keine Wahl. Ich schloss die Augen. Zum Teil, weil ich dadurch mein inneres Feuer schneller fand, zum anderen – was der weitaus schwerwiegendere Grund war –, weil mich dann Vincents Anblick nicht aus dem Konzept bringen konnte. Diesmal dauerte es nicht lange, bis ich die Hitze spürte, die erst meinen gesamten Bauch durchströmte und sich von dort bis in meine Fingerspitzen und Zehen ausbreitete. Mit aller Macht dachte ich an die Holzscheite im Kamin. Dann spürte ich, wie die Wärme mich verließ, sich neuen Nährboden suchte und ihn schließlich fand. Es knisterte leise und der Geruch von verbrennendem Holz stieg mir in die Nase. Ich schlug die Augen auf und sah einen brennenden Scheit hinter der Glastür. Besser als nichts.

»Für den Anfang nicht schlecht, oder?«

»Bei deinem Temperament hätte ich zwar ein wenig mehr Feuer erwartet, aber Übung macht den Meister.« Vincent machte eine kurze Pause. »Irgendwann kriegst du das sicher auch hin.«

Plötzlich loderten Flammen auf und alle Holzscheite brannten.

»Angeber«, murmelte ich.

Er schnaubte amüsiert. »Es muss ja auch Vorteile haben, wenn man schon etwas länger ein Phönix ist.«

Ich starrte grimmig in die Flammen. Funken stoben in alle Richtungen davon und prallten gegen die Glastür, nur um dann sofort zu verglühen.

»Du wolltest mir noch zeigen, wie das mit dem Spüren funktioniert.«

Er seufzte leise und machte dann einen Schritt auf mich zu, bis sein Oberkörper weniger als zwanzig Zentimeter von meinem entfernt war. Mein Herz schlug schneller und ich spürte ein nervöses Flattern in meinem Bauch. Die obersten zwei Knöpfe seines Hemdes standen offen und ließen eine wohlgeformte Brust erahnen. »In Ordnung. Gib mir mal deine Hände.«

Er hätte in diesem Moment so ziemlich alles von mir verlangen können. Ich war viel zu abgelenkt, um ernsthaft darüber nachzudenken, was Vincent von mir wollte. Bereitwillig streckte ich ihm meine Hände entgegen. Sein warmer

Griff war sanft, ich spürte kaum den Druck seiner Finger. Dort, wo er mich berührte, fühlte es sich an, als stächen eine Million Nadeln in meine Haut. Ob er die elektrischen Impulse ebenfalls spürte? Ich legte meinen Kopf in den Nacken und er begegnete meinem Blick mit einem sanften Ausdruck in den Augen. Die Nähe zu ihm machte es mir unmöglich, ihn länger anzusehen, ohne rot zu werden. Schnell senkte ich den Blick und konzentrierte mich stattdessen auf die Form seiner perfekt geschwungenen Lippen, das von Bartstoppeln umrahmte, kantige Kinn und die leicht gebräunte Haut seines Halses.

»Schließ die Augen. Versuch nicht groß über das, was du gleich tust, nachzudenken.«

Mit geschlossenen Augen arbeiteten meine anderen Sinne nur umso intensiver und ich spürte unsere ineinander verwobenen Hände überdeutlich. Ich konnte seinen warmen Atem leicht auf meiner Stirn spüren und mir wurde bewusst, dass unsere Körper nur wenige Zentimeter voneinander trennten. Nicht an das zu denken, was ich gleich tat, war mir selten leichter gefallen. Denn alle meine Gedanken kreisten um Vincent.

»Jeden Phönix umgibt eine andere Aura, wie der Duft eines Menschen«, fing er mit außergewöhnlich sanfter Stimme an zu sprechen. »Keine gleicht der anderen. Versuch dich zu entspannen und such zunächst nach meiner Aura. Das sollte nicht allzu schwierig sein, da ich mich in unmittelbarer Nähe befinde.« Darauf hätte er mich nicht extra hinweisen müssen. »Konzentriere dich auf die Stelle, an der sich unsere Hände berühren. Löse dich von deiner Aura und taste dich vorwärts. Kannst du sie fühlen? Meine Aura?«

Zunächst visualisierte ich nur unsere Handflächen vor meinem inneren Auge. Aber als ich mich von dieser Vorstellung des *Sehen-Müssens* loslöste und nur auf das achtete, was ich fühlte, veränderte sich etwas. Es ging eine Art Wärme von Vincent aus, aber das war nicht der richtige Ausdruck dafür. Es veränderte sich erneut und nun konnte ich es klarer erkennen. Da war etwas Leuchtendes und Warmes, das mich anzog. Das, was ich fühlte, war unmöglich in Worte zu fassen. Es war einzigartig. Vincents Aura war einzigartig. Weich und angenehm. Aber auch nicht *zu* angenehm – nicht so, dass es sich anfühlte, als würde ich etwas Intimes tun. Seine Aura war aus einem warmen Orange-Rot und wirkte irgendwie flatterhaft, wie allerfeinste Daunen, die durch eine sanfte Brise bewegt wurden. Ein wenig fühlte es sich auch so an. Das Wort *pelzig* kam mir in den Sinn. Das Spüren war ein unvergleichliches Empfinden, wie ein sechster Sinn.

»Wow«, stieß ich staunend hervor.

»Wie fühlt sich meine Aura an? Ich würde es zu gerne wissen.«

»Du weißt es nicht?«, fragte ich überrascht, ohne meine Augen zu öffnen.

»Kannst du dich selbst riechen?«, antwortete er mit einer Gegenfrage.

Ich verstand, was er meinte. Man konnte sich selbst nicht fühlen.

»Schwer zu beschreiben. Sie fühlt sich warm und weich an.« Das war nun doch irgendwie intim und ich errötete. »Und meine?«, schob ich schnell hinterher.

»Hm, deine ist eher sehr bunt und auffallend, würde ich sagen. Ich habe noch nie eine so farbenfrohe, intensive Aura gespürt.«

War das gut oder schlecht? Es hieß hoffentlich nicht, dass meine Aura penetrant oder aufdringlich war. Aber Vincent sagte nichts weiter dazu.

»Und wie kann ich andere Phönixe spüren, die weiter entfernt sind, als du es bist?«

»Du musst nur deine Fühler, wenn man es so nennen kann, ausstrecken. Taste dich an mir vorbei und erfühle die Umgebung.«

Ich probierte es. Versuchte mich im Raum auszuweiten, seiner Aura keine weitere Beachtung zu schenken. Ich versuchte weitere Auren zu erspüren. Doch ich fühlte mich von keiner anderen angezogen, stattdessen war da nur ein großes Nichts. Ein leerer Raum. Vielleicht war ich nicht weit genug vorgedrungen und war noch immer in der Wohnung? Und hier befand sich natürlich kein weiterer Phönix. Musste ich meine Fühler noch weiter ausstrecken? Ich versuchte die Grenzen zu überwinden, die nur in meinem Gehirn herrschten und mich in meinem Fühlen beschränkten. Ich musste mich frei machen und ausbreiten, aber ich wusste nicht so recht, wie. Bei Vincent hatte ich nicht lange suchen müssen, seine Aura war gleich greifbar gewesen. Aber die komplette Stadt zu ertasten, erschien mir eine Nummer zu groß. Ich wusste nicht, wie ich die weite Strecke, den leeren Raum überwinden sollte.

Frustriert öffnete ich meine Augen. »Es klappt nicht. Ich kann niemanden außer dir spüren.«

»Das macht nichts. Das kommt alles mit der Zeit«, versicherte er mir.

Für einen kurzen Moment wirkte er erleichtert. Aber weshalb?

»Wie lange hast du dafür gebraucht?«

»Bestimmt ein Jahr. Am Anfang konnte ich nur meinen Bruder aufspüren, weil mir seine Aura am vertrautesten war. Das ist also völlig normal.«

Ich blickte nachdenklich aus der Glasfront. Es war das erste Mal, dass ich die Aussicht wirklich wahrnahm. Der Blick reichte nicht so weit, wie ich gedacht hatte. Dafür war der dritte Stock wohl einfach nicht hoch genug. Dennoch war die Aussicht auf die herrlichen Altbauten mit Säulen, Statuen und verschnörkelten Balkonen beneidenswert. Die Hausfassaden leuchteten in den unterschiedlichsten Farben. Von Hellblau über Rostorange, Dunkelgrün und Creme war alles vertreten.

Vincent war hinter mich getreten und blickte ebenfalls hinaus.

»Wolltest du schon immer ein Phönix werden oder hattest du gehofft, das Gen würde sich bei dir nicht aktivieren?«

Ich ließ meinen Blick weiterhin über die Straße schweifen, während ich auf seine Antwort wartete.

»Weißt du, wir hatten immer unseren Großvater, der uns auf unser späteres Leben vorbereitet hat. Schon als Kinder hat er uns gezeigt, was uns eines Tages erwarten wird. Ich hatte nie irgendeinen Zweifel daran, dass ich ein Phönix werden würde. Es war mein Schicksal, genauso wie es Max' war.« Ich drehte mich zu ihm herum. Er strahlte eine beinahe grimmige Entschlossenheit aus. »Du hingegen hast bis vor einer Woche nicht mal an Magie geglaubt, geschweige denn überhaupt gewusst, was Phönixe sind. Wünschst du dir dein altes Leben zurück? Ich könnte es verstehen ...«

»Nein, nicht im Geringsten.«

Vincent zog erstaunt seine Augenbrauen hoch. »Nicht?«

»Das klingt jetzt bestimmt ziemlich abgedroschen, aber ich finde es cool, ein Phönix zu sein. Klar, es ist verwirrend und so, aber es ist auch aufregend. Ich meine, wie viele Menschen können das tun?« Ich brachte die Kerze, mit der wir vorher geübt hatten, wieder zum Brennen.

»Stimmt.« Er schmunzelte über meine Begeisterung. »Wie viele Menschen können das schon?«

Sein Blick war anerkennend. Konnte es sein, dass ich ihn mit meiner kleinen Rede beeindruckt hatte? Ich suchte in den Tiefen seiner Augen nach einer Antwort. Ich fühlte erneut eine starke Anziehungskraft, die von ihm ausging. Oder besser gesagt, von seiner Aura. Jetzt wusste ich ja, was es war. Ihm schien es ähnlich zu gehen, sein Blick war glühend, wie flüssiges Gold. Nun verstand ich endlich den Ausdruck »unter einem Blick dahinschmelzen«, denn genau das tat ich in diesem Moment.

»Hey, Leute. Was geht ab?« Max platzte mit einem breiten Grinsen ins Wohnzimmer.

Wir beide machten zeitgleich einen Schritt rückwärts und brachten dadurch einen angemessenen Abstand zwischen uns.

»Habe ich euch schon wieder bei etwas unterbrochen? Ihr solltet wirklich ein ›Bitte nicht stören‹-Schild an die Tür hängen.« Er hob entschuldigend seine Hände und sein Grinsen wurde noch breiter.

»Max«, tadelte Vincent und runzelte die Stirn.

Wenn man die beiden so sah, glaubte man eigentlich nicht, dass Max der Ältere war. Er hatte eine wesentlich jungenhaftere Ausstrahlung als Vincent.

»Nein. Ist schon gut. Ich wollte ohnehin gehen«, sagte ich schnell. »Wie spät ist es eigentlich?«

»Gleich sechs«, antwortete Max.

Unglaublich, wie schnell die Zeit vergangen war. Es fing tatsächlich bereits an zu dämmern.

»Du musst nicht wegen ihm gehen«, meinte Vincent. »Max ist ohnehin bald wieder weg.«

»Wie gut du mich doch kennst, Vince.« Max zwinkerte mir zu. »Ein Sonntagabend ohne weibliche Gesellschaft ist ein verlorener Abend, wie ich immer sage.«

Vincent verdrehte die Augen. Für mich erklärte er: »Er fährt gleich zu Michelle.« Er sagte es in einem Ton, als müsse sein Bruder später noch zu einer Wurzelbehandlung.

Max überhörte den Unterton in Vincents Stimme geflissentlich. »Ganz recht. Ich bin nur kurz zum Duschen hier. Man sieht sich.« Er hob die Hand zum Gruß und verschwand im Flur.

»Ist der immer so?«, fragte ich verdattert.

Vincent grinste. Offenbar gefiel ihm meine Reaktion. »Du darfst Max nicht so ernst nehmen. Er hält sich immer für furchtbar witzig.« Er verdrehte die Augen.

»Na ja, ich geh dann wirklich mal.« Ich stand ein wenig unschlüssig da und wartete, dass Vincent Anstalten machte, mich in den Flur zu begleiten.

»Du musst wirklich nicht wegen ihm gehen. Ich könnte uns noch etwas zum Abendessen kochen, wenn du magst?«

Wie auf Kommando fing mein Magen an zu knurren. Wie peinlich. Ich konnte unmöglich schon wieder Hunger haben, nach dem überaus üppigen Frühstück.

Vincent grinste schief, als Reaktion auf meinen vorlauten Magen. »Ich deute das mal als ein Ja.«

»Mach dir wegen mir keine Umstände, ich kann auch daheim etwas essen.«

»Ich würde mir nie wegen dir Umstände machen«, sagte er mit einer Selbstverständlichkeit, dass ich ihm das sofort glaubte.

Ich folgte ihm in die Küche, die nicht minder beeindruckend war als das Wohnzimmer. Eine moderne, geräumige Küchenzeile aus Edelstahl erstreckte sich über die komplette Längsseite des Zimmers. Der gegenüber befand sich ein großer, robuster Esstisch aus schwarzem Holz.

»Ich hoffe, du hast nichts gegen Spaghetti mit Tomatensauce?«

»Nein, das klingt perfekt. Ich esse eh so ziemlich alles, solange es vegetarisch ist.«

»Ah«, war alles, was er dazu sagte.

Vincent bückte sich, holte einen Edelstahltopf aus dem Schrank und füllte ihn mit Wasser. Dann stellte er den Topf auf die Herdplatte und fing an, eine Zwiebel zu schälen.

»Kann ich dir irgendwie helfen?« Ich kam mir blöd vor, wie ich nur rumstand und ihm beim Kochen zusah.

»Du könntest die Tomaten kleinschneiden.« Er deutete auf eine Schale mit Gemüse.

Ich nahm mir fünf große Tomaten heraus, wusch sie ab und halbierte sie. Vincent hatte die Zwiebel in der Zwischenzeit fein gewürfelt und briet sie in Olivenöl an. Ich machte mich daran, die Tomaten zu zerkleinern.

»Kochst du viel?«, fragte ich ihn.

»Hin und wieder. Wenn es die Zeit gestattet. Sonntagabend ist dafür meistens gut geeignet.«

Jemand, der Sonntagabende allein verbrachte, hatte demnach keine Freundin. Die Vorstellung gefiel mir. Beherzt hackte ich die Tomaten klein und grinste dabei dämlich vor mich hin.

»Bist du fertig?«

Vincent zog mir das Brett vor der Nase weg und erst jetzt bemerkte ich das Massaker, das ich verursacht hatte. Auf meinem Brett befand sich nur noch ein undefinierbarer Haufen Matsch. »Äh, ja. Ich denke schon.«

Betreten sah ich ihm dabei zu, wie er die Tomaten, ohne mit der Wimper zu zucken, zu den in der Pfanne brutzelnden Zwiebeln gab. Dann fügte er einen Schuss Wasser hinzu und ließ die Sauce vor sich hin köcheln. Das Wasser für die Spaghetti blubberte bereits und Vincent steckte die dünnen Stangen in den Topf. Dann lehnte er sich an die Anrichte und verschränkte die Arme vor der Brust. »Und du?«

»Was?«

»Kochst du viel?«

»Eher nicht. Das überlasse ich lieber meinen Mitbewohnerinnen.«

»Wie viele sind es denn?«, fragte er mit aufrichtigem Interesse.

»Zwei. Doro und Mara.«

»Doro. Das ist eine ungewöhnliche Abkürzung. Für welchen Namen steht sie?« Er runzelte nachdenklich die Stirn und ich ließ ihn noch eine Weile grübeln. »Verrätst du es mir?«

»Erst musst du raten.«

»Hm, ich tippe auf Doris.«

»Nein.«

»Doreen.«

»Leider wieder falsch.«

»Dann gebe ich es auf.«

»Einen Versuch hast du aber noch.«

»Dolores.«

Ich prustete los und Vincent stimmte nach kurzem Zögern mit ein.

»Dorothea. Doro ist die Abkürzung für Dorothea. Aber sag ihr nicht, dass du das von mir hast. Sie hasst ihren Namen und findet ihn mindestens genauso schlimm wie Dolores.«

»Und ich war immer der Meinung, ich hätte mit meinem Namen Pech gehabt.« Er wandte sich wieder der Tomatensauce zu.

Warum er seinen Namen nicht mochte, war mir unklar. Vincent klang doch nicht schlecht.

Nach dem Würzen mit Salz und Pfeffer kippte Vincent einen Schuss schwarze Flüssigkeit – Sojasauce? – in die blubbernde Masse. Ich hatte so meine Zweifel, ob das gut schmecken würde, aber Vincent wirkte wie jemand, der wusste, was er tat. Ich würde mich überraschen lassen.

»Balsamico-Essig«, erklärte er, als hätte er meine Gedanken erraten. »Meine Geheimzutat.« Er zwinkerte mir zu und mein Herzschlag legte einen Satz zu.

»Natürlich«, sagte ich mit einer Selbstverständlichkeit, als wäre Essig in Pastasaucen das Normalste auf der Welt.

Die Spaghetti schmeckten unglaublich gut. Nun hieß es, keinen roten Fleck auf mein graues Top zu bekommen. Darin war ich ungeschlagene Spitzenklasse. Seit dem Malheur in der siebten Klasse hatte ich nie wieder in der Öffentlichkeit Spaghetti gegessen. Damals schlug mir ein Klassenkamerad zur Begrüßung auf den Rücken, als ich mir gerade eine volle Gabel in den Mund geschoben hatte. Daraufhin hatte ich vor Schreck den Mund aufgerissen und die langen Nudelfäden waren langsam mein Kinn hinab und schließlich auf mein gelbes T-Shirt gefallen.

Konzentriert wickelte ich die Spaghetti mit Hilfe eines Löffels um die Gabel, immer darauf bedacht, nicht zu kleckern. Ärgerlicherweise lösten sich ständig die Enden von meiner Gabel und ich musste sie schließlich wenig galant mit den Lippen einsaugen. Verstohlen griff ich mir eine Serviette und wischte mir die Mundwinkel ab.

»Schmeckt es dir?«, erkundigte sich Vincent.

»Sehr lecker. Aber gibt es auch irgendetwas, in dem du nicht gut bist?«, neckte ich ihn.

Er lachte: »Oh, du wärst überrascht, da gibt es in der Tat einiges.«

»Was denn zum Beispiel?« Wenn es tatsächlich Bereiche geben sollte, in denen er nicht herausragend war, dann konnte er diese ziemlich gut verstecken.

»Wenn ich dir das sage, wärst du sicherlich enttäuscht.«

»Ach, komm schon«, quengelte ich. »Ich verrate dir im Gegenzug auch eine meiner Schwächen.«

Er tat, als müsse er kurz überlegen. »Okay, das klingt fair.« Er legte sein Besteck beiseite. »Ich bin handwerklich absolut unbegabt«, gestand er. »Ich kann nicht mal ein Bild gerade aufhängen.«

Ich schnaubte: »Das glaub ich jetzt nicht.«

Er sah mich finster an. »Ich sagte ja, du wärst enttäuscht.«

»Enttäuscht ist das falsche Wort. Erstaunt trifft es eher. Du gibst einem das Gefühl, als würdest du dich in allem super auskennen, und dann hast du ausgerechnet Schwierigkeiten bei so etwas Banalem, wie einem Bild aufzuhängen.« Ich versuchte in meinem Kopf den smarten Studierendenvertreter und talentierten Phönix mit dem Vincent, der gerade vor mir saß und mir gestanden hatte, er wäre handwerklich unbegabt, zusammenzubringen und scheiterte dabei kläglich.

»Jetzt du«, erinnerte er mich.

»Na schön. Ich hasse Nadeln. Diese kleinen, spitzen Dinger. Wenn ich die schon sehe, könnte ich wegrennen.«

»Du meinst Spritzen beim Arzt?«

Ich verzog angeekelt das Gesicht. »Ja, die auch. Aber nicht nur. Sogar stinknormale Nähnadeln ertrage ich kaum. Wenn ich die bloß ansehe, schmerzt es mich schon in den Augen. Deshalb muss Mara immer die abgefallenen Knöpfe an meinen Kleidungsstücken annähen.«

Vincent erhob sein Wasserglas und verkündete in feierlichem Tonfall: »Auf die kleinen Makel, ohne die unser Leben langweilig wäre.«.

»Auf die kleinen Makel«, stimmte ich zu, während ich mit meinem Glas gegen seines stieß.

Nach dem Essen hatte Vincent trotz meiner Proteste darauf bestanden, mich heimzufahren. Mittlerweile hatten wir meine Straße erreicht und Vincent hielt direkt vor meiner Haustür an. Ich brauchte nur noch auszusteigen, aber aus irgendeinem Grund zögerte ich diesen Moment so lange wie möglich hinaus.

»Ich bin dir wirklich dankbar, dass du dir so viel Zeit für mich nimmst und mir alles erklärst. Ohne dich wäre unsere Wohnung vermutlich längst ein Haufen Asche und ich obdachlos.«

»Das könnte durchaus immer noch passieren, bei deinem Temperament«, spottete er.

»Hey!«, rief ich entrüstet. Vincents Kiefermuskeln arbeiteten, als er versuchte sein Lachen zu verbergen.

»Ich lasse mir von dir, Vincent Merkur, jetzt nicht mit ungerechtfertigten Unterstellungen den Abend verderben.« Ich öffnete die Beifahrertür und war drauf und dran auszusteigen, als mich sein Griff an meiner Schulter zurückhielt. »Was ist? Hast du vielleicht noch eine Unterstellung, die du gerne loswerden möchtest? Nur zu.« Ich sah ihn abwartend an.

»Nein, das war vorerst alles.«

»Gut, dann kann ich ja gehen oder brauche ich dafür deine Erlaubnis?« Meine Stimme war dabei schärfer als beabsichtigt.

Seine Augen blitzten belustigt auf. »Ich fürchte, die brauchst du tatsächlich. In deiner jetzigen Stimmung kann ich dich unmöglich gehen lassen. Du würdest sonst wirklich noch einen Brand verursachen und das könnte ich unmöglich mit meinem Gewissen vereinbaren.«

Machte er sich immer noch lustig über mich? Oder war das sein Ernst? »Du machst dir Sorgen, weil du deine schulmeisterlichen Pflichten verletzen könntest?«

»Selbstverständlich. Es ist immerhin meine Aufgabe, auf dich aufzupassen. Und ich erledige alle meine Aufgaben mit der ihnen gebührenden Sorgfalt.«

Das glaubte ich ihm aufs Wort. Eigentlich hatte ich nichts anderes erwartet und dennoch versetzte es mir einen Stich ins Herz. Ich war für ihn nur ein weiterer Job. Nach dem heutigen Abend hätte ich fast geglaubt, Vincent verbrächte seine Zeit mit mir, weil es ihm Spaß machte. Aus purer Selbstlosigkeit. Die Erkenntnis, nur eine weitere Aufgabe für ihn zu sein, trieb mir die Tränen in die Augen. Ärgerlich blinzelte ich sie weg. Wenigstens war es draußen schon dunkel, so dass Vincent sie nicht sehen konnte. Denn vor ihm zu weinen war das Letzte, was ich tun wollte.

Ich bemühte mich um einen unbeteiligten Tonfall. »Sei da mal ganz unbesorgt. Du machst deinen Job großartig.« Hastig stieg ich aus. Etwas zu hastig.

Vincent bemerkte, dass ich dabei war, die Flucht zu ergreifen. »Warte mal, Caro. Hast du etwas?«, fragte er besorgt.

Ich überhörte seine Frage. Murmelte ein »Gute Nacht« und schlug die Autotür zu.

Dann drehte ich mich schnell um, nestelte den Haustürschlüssel aus meiner Jackentasche, schloss auf und lief eilig die Treppen hinauf. Im ersten Stock wurden meine Schritte langsamer und ich ließ mich auf der obersten Stufe nieder, um meine wirren Gedanken zu sortieren. Wieso hatten mich Vincents Worte überhaupt so aufgewühlt? Es gab keinen Grund für meine Reaktion. Er war nur ehrlich gewesen. Und war es nicht besser, die Wahrheit zu kennen, als in einer Scheinwelt aus Lügen und falschen Hoffnungen zu leben? Eigentlich war doch von Anfang an klar gewesen, dass er mir nur half, weil er sich dazu verpflichtet fühlte. Schließlich galt es, das Geheimnis um die Existenz von Phönixen zu wahren. Doch warum fühlte sich mein Herz dann so schwer vor Enttäuschung an? Hatte ich mir etwa bereits Hoffnungen gemacht? Nur Hoffnungen worauf? Auf Freundschaft? Auf eine Familie? Oder sogar auf noch mehr? Obwohl die Treppenstufen unbequem, kalt und hart waren, stand ich nicht auf, denn ich wollte nicht, dass Doro oder Mara mich in diesem Zustand zu Gesicht bekamen. Beide würden sich nur auf mich stürzen und mich mit Fragen löchern. Also blieb ich weiterhin sitzen, bis ich mir sicher war, meinen Gesichtsausdruck unter Kontrolle zu haben.

Irgendwo hatte ich mal aufgeschnappt, dass es in solchen Situationen half, dem Gehirn mehr Sauerstoff zuzuführen. Also holte ich ein paar Mal tief Luft, bis sich mein Verstand bei mir meldete. Das war doch Unsinn! Was tat ich hier überhaupt? Wenn mich ein unbedachter Satz von Vincent dermaßen fertigmachte, dann hatte ich ein ernsthaftes Problem. Immerhin hatte er es bestimmt nicht so gemeint, sondern es einfach nur dahingesagt. Und genau da lag mein Problem. Er zog nicht einmal in Betracht, dass seine Worte mich verletzen könnten. Sonst hätte er es mit Sicherheit anders ausgedrückt. So viel Eloquenz traute ich ihm schon zu. Nachdem meine Atemübungen ihre Wirkung zeigten und ich mich wieder beruhigt hatte, zog ich mich am Treppengeländer hoch und schleppte mich die letzten Stufen bis zu unserer WG hinauf. Während ich aufschloss, betete ich, dass mein Gesichtsausdruck wieder völlig normal war, um keine unbequemen Fragen beantworten zu müssen. Wie sich herausstellte, waren meine Sorgen völlig unbegründet gewesen. Als ich mir im Flur die Schuhe auszog und meine Jacke an die Garderobe hängte, hörte ich den Fernseher und Gelächter aus Doros Zimmer. Sie würden kaum aufstehen und hinauskommen, sondern erwarten, dass ich zu ihnen kam. Sehr gut. Ich lief schnurstracks ins Bad und schloss mich ein. Eilig zog ich mich aus und sprang unter die Dusche. Das heiße Wasser hüllte meinen Körper ein. Das Rauschen hatte eine beruhigende Wirkung und die Wärme entspannte mich, schenkte mir Gelassenheit. Ich hatte überreagiert, das erkannte ich nun. Nach dem Duschen trocknete ich mich ab und trat vor den beschlagenen Spiegel. Mit einem Zipfel des Handtuchs wischte ich ihn frei und betrachtete mein Gesicht. Es sah aus wie immer. Der verstörte Ausdruck war zusammen mit dem Wasser in den Abfluss gespült worden.

Als ich das Bad verließ, hörte ich noch immer das Murmeln von Stimmen, die aus dem Fernseher drangen. Mit dem Klamottenstapel auf einem Arm lief ich in mein Zimmer, warf alles achtlos aufs Bett, zog mir meine Schlafsachen an und warf einen Blick aufs Handy. Kurz nach 22 Uhr, zeigte das Display an. Ich ging rüber zu Doro und klopfte kurz an, bevor ich die Tür öffnete. Mara und Doro lagen quer auf dem Bett und hoben gleichzeitig ihre Köpfe, als ich reinkam.

»Und, wie war's?«, fragte mich Doro ohne Umschweife.

Ich zuckte unbestimmt mit den Achseln. »Ganz okay?«

»Ganz okay?«, äffte sie mich nach. »So lange, wie du weg warst, kann man wohl schon davon ausgehen, dass es mehr als nur okay war.«

»Wo warst du denn überhaupt? Ich habe allmählich das Gefühl, gar nichts mehr mitzukriegen.« Mara verzog zerknirscht das Gesicht.

»Hab ich dir doch erzählt. Bei diesem Typen, den sie von der Uni kennt. Vincent«, erläuterte Doro.

»Und was habt ihr gemacht?« Nun blickten mich zwei Augenpaare neugierig an.

Ich stöhnte: »Neugierig seid ihr gar nicht, was? Wir waren erst frühstücken und danach noch bei ihm.«

»Oh, du warst in seiner Wohnung? Das ging aber schnell.«

»Kann man wohl laut sagen«, murrte Doro. »Und seid ihr in anderen Dingen bereits genauso weit fortgeschritten?« Sie hob anzüglich ihre Augenbrauen.

Ich schnitt eine Grimasse. »Zwischen uns läuft nichts. Es ist, wie schon gesagt, nur eine Lerngruppe.«

»Und was bringt er dir bei? Muss ein ziemlich komplexes Thema sein, wenn ihr so viel Zeit miteinander verbringt.« Anders als Doro traf Mara mit ihren Fragen immer den Nagel auf den Kopf. Was sollte ich darauf entgegnen? Wie viel konnte ich ihnen erzählen? Der Gedanke, sie anlügen zu müssen, gefiel mir nicht besonders. Aber was blieb mir anderes übrig? Sie würden mir die Wahrheit kaum glauben. Und das war vielleicht auch besser so. Bis ich nicht den Grund dafür herausgefunden hatte, warum die Menschheit nichts von Phönixen wusste, war es vielleicht gefährlich sie einzuweihen.

»Ach, damit würde ich euch nur langweilen«, wiegelte ich ab. »Was schaut ihr euch denn an?« Ich setzte mich auf die Bettkante und beäugte übertrieben interessiert die Sendung. Mein Ablenkungsmanöver funktionierte.

»Das ist eine Castingshow und manche Kandidaten sind echt zum Schießen.«

»Und Doros Lachen ist so lustig, dass ich allein deshalb schon mit einstimme.«

»Gar nicht wahr.« Doro zog einen Schmollmund.

»O doch«, kicherte Mara.

»Das stimmt schon«, pflichtete ich ihr bei. »Dein Lachen klingt immer so, als würdest du gleich ersticken. Du schnaufst dann ganz komisch.«

»Pff«, machte Doro und wandte sich beleidigt dem Fernseher zu.

Mara rückte ein Stück zur Seite und ich legte mich zwischen meine beiden besten Freundinnen.

12. Kapitel

Ehrlich, konnte man so viel Pech haben? Noch nie war ich Vincent an der Uni über den Weg gelaufen und ausgerechnet heute traf ich ihn in der Mensa. Daniela und ich hatten uns gerade unser Mittagessen geholt und standen auf der Suche nach einem freien Tisch unbeholfen mitten im Saal, als mir jemand von hinten eine Hand auf den Nacken legte. Vor Schreck hätte ich beinahe das Tablett fallen gelassen. Ich fuhr herum und fand mich Vincent gegenüberstehend.

Er beobachtete belustigt meinen Balancierakt, mit dem ich versuchte das Gleichgewicht auf meinem Tablett wiederherzustellen.

»Hoppla.« Vincent griff von der anderen Seite nach dem Tablett und stabilisierte es.

Nun hatte ich Zeit mich auf ihn zu konzentrieren und augenblicklich verfinsterte sich meine Miene. »Was willst du?«, fragte ich wenig begeistert. Noch immer nahm ich es ihm übel, mich als Aufgabe bezeichnet zu haben.

Offenbar bemerkte er meine schlechte Laune nicht oder er hatte beschlossen, sie zu ignorieren, jedenfalls klang er amüsiert. »Tut mir leid, ich konnte ja nicht ahnen, dass du so schreckhaft bist.«

»Das ist eine normale Reaktion, wenn man mit vollen Händen von hinten angefasst wird.«

Ich kniff die Augen zusammen und plötzlich blickte er mich betrübt an. Augenblicklich verpuffte meine Wut. Ich wollte nicht, dass er traurig war. Am liebsten hätte ich meine Hand ausgestreckt und ihm tröstend über die Wange gestrichen und dabei versichert, dass ich es nicht so gemeint hatte. Stattdessen umklammerte ich mein Tablett fester, bis meine Fingerknöchel weiß hervorstachen.

»Ist notiert. Caro mit vollem Tablett anzusprechen, ist keine gute Idee.« Er zeichnete mit Daumen und Zeigefinger einen imaginären Haken in die Luft.

Ich seufzte. »Was willst du von mir, Vincent? Bist du mir in die Mensa gefolgt?«

Kaum merklich zuckte er schuldbewusst zusammen. »Es soll vorkommen, dass auch ich ab und an etwas esse«, entgegnete er spitz.

Ich wusste, dass er das nur sagte, um mich zu ärgern. Ich hatte Vincent noch nie zuvor in der Mensa angetroffen und ich war mir ziemlich sicher, dass er hier noch nie etwas gegessen hatte. Er runzelte die Stirn. »Und um deine Frage zu beantworten: Ich will in der Tat etwas von dir.«

Sofort wurde ich hellhörig. Was konnte er von mir wollen?

»Oh, und deswegen hast du mich aufge…«, fast hätte ich aufgespürt gesagt, »…sucht?«

Er wusste, was ich meinte, und nickte.

»Und was wolltest du von mir wissen?«, half ich ihm auf die Sprünge, nachdem er sich nicht weiter dazu äußerte.

Vincent bedachte Daniela mit einem kurzen Blick. Ich war mir ihrer Anwesenheit nur undeutlich bewusst. Jetzt sah ich ebenfalls zu ihr. Sie starrte mit weit aufgerissenen Augen Vincent an. Ein Ausdruck vollkommener Ungläubigkeit. Ohne Zweifel dachte sie, was auch ich an ihrer Stelle gedacht hätte, nämlich: Wieso redet dieser umwerfende Typ mit Caro? Und zu meinem Leidwesen musste ich mir eingestehen, dass Vincent heute wieder tadellos aussah. Das weiße Hemd unterstrich den kupferfarbenen Schimmer seiner Haare und betonte seinen leicht gebräunten Teint. Die beige Chinohose saß perfekt und betonte seinen knackigen Hintern. Da fiel selbst mir kein anderer Ausdruck außer *verdammt heiß* ein.

»Ich geh schon mal vor«, entschuldigte sich Daniela, der Vincents Blick nicht entgangen war. »Ich warte dort drüben.« Sie deutete auf einen Tisch unweit entfernt auf der rechten Seite.

»Ist gut.«

Nachdem Daniela weg war, konnten wir ungestörter reden, soweit das in der von Menschen wimmelnden Mensa möglich war. Der Geräuschpegel aus Stimmen im Hintergrund war enorm.

»Ich habe zwei Theaterkarten für Schillers *Die Leiden des jungen Werther* für heute Abend und Max ist bedauerlicherweise etwas dazwischengekommen. Und ich habe mich gefragt, ob du mich dorthin begleiten möchtest?«

Er fuhr sich mit einer Hand nervös durch die Haare. Eine Geste, die mich erstaunte und gleichzeitig verzückte. Ich hatte das Gefühl, wie ein Schaf zu glotzen, denn ich konnte nicht glauben, dass Vincent mich gerade gefragt hatte, ob ich mit ihm ins Theater gehen wollte. Der Vincent, für den ich gestern nur ein Job war, der in mir nichts weiter als eine Schülerin sah, fragte mich, ob ich den Abend mit ihm verbringen wollte. Mein Verstand hatte sich längst verabschiedet und dachte nur staunend ein Wort: Wow. Vincent wirkte dabei so hoffnungsvoll, dass ich gar nicht anders konnte als zuzusagen. Und wenn ich ehrlich war, wollte ich unbedingt mehr über diesen Mann herausfinden. Vincent faszinierte mich und das Risiko eines gebrochen Herzens, das ich mit dieser Zusage einging, nahm ich gerne in Kauf, wie ich verblüfft feststellte. Wenn es bedeutete mehr Zeit mit ihm verbringen zu können, dann war es das wert. Nicht weil es mir an Selbstachtung mangelte oder weil ich masochistisch veranlagt war, sondern weil Vincent es wert war. Dessen war ich mir in diesem Moment vollkommen sicher.

»Ähm. Ja klar, warum nicht«, sagte ich betont gleichgültig.

Die Anspannung fiel sichtlich von ihm ab und er lächelte mich erleichtert an. Um seine Augen bildeten sich winzige Fältchen, was wunderschön aussah. Er hatte sich Sorgen gemacht, ich könnte ihn abblitzen lassen. Mein Herz machte einen Satz.

»Dann hole ich dich um halb acht ab.«

Er hob die Hand zum Gruß, machte auf dem Absatz kehrt und ich starrte ihm benommen hinterher, wie er sich seinen Weg an den mit Essenstabletts beladenen Studenten vorbeibahnte. Wie in Trance hob ich meine Hand ebenfalls leicht an, um seinen Gruß zu erwidern. Das Tablett schwankte gefährlich und schnell riss ich die Hand hinunter und konnte gerade noch ein Unglück verhindern.

Vorsichtig, darauf bedacht mit niemandem zusammenzustoßen, ging ich zu Daniela und ließ mich ihr gegenüber nieder. Inzwischen war der Matsch auf meinem Teller, was sich in Kantinenjargon *Chili con Soja* nannte, kalt geworden. Lustlos stocherte ich darin herum, probierte einen Happen und ignorierte dabei geflissentlich Danielas kritischen Blick, mit dem sie jede Regung in meinem Gesicht genauestens analysierte.

Schließlich hielt sie es nicht mehr aus. »War das nicht der Typ aus dem Café?«.

So ein Mist, sie erinnerte sich daran.

»Ach, das war nur Vincent.« Gelangweilt winkte ich ab, in der Hoffnung, sie würde aufhören lästige Fragen zu stellen. Leider ging mein Plan nicht auf.

»Wie habt ihr euch kennengelernt?« Daniela beugte sich neugierig näher zu mir.

»Er studiert hier Politikwissenschaft«, sagte ich ausweichend. »Und er gehört zur elitären Liga der Studierendenvertretung.«

Das beantwortete zwar nicht ihre Frage, war aber vielleicht interessant genug, um von dieser Tatsache abzulenken.

»Wow, dass ausgerechnet du so jemanden kennst.« Sie stieß einen anerkennenden Pfiff aus.

Eigentlich kam die Äußerung einer Beleidigung gleich, aber ich wusste, Daniela meinte es nicht so.

»Tja, das hättest du wohl nicht erwartet.« Ich konnte mir ein selbstgefälliges Grinsen nicht verkneifen.

Sie spießte ein paar Tortellini mit ihrer Gabel auf, schob sie sich in den Mund und kaute nachdenklich. »Und er sieht heiß aus. Ist dir das klar?«

»Mhm.« Als ob das irgendwem nicht klar wäre. Sie sah mich forschend an und ich senkte unangenehm berührt den Blick.

»Oh, du magst ihn«, stellte Daniela in überraschtem Tonfall fest. »Wieso weiß ich dann nichts von ihm? Caro, so was darfst du nicht einfach für dich behalten.«

»Ich kenne ihn ja kaum. Da gibt es nicht viel zu erzählen.« Unsere gesamten Treffen beruhten bis jetzt nur darauf, dass wir ein Geheimnis teilten, von dem ich niemandem sonst erzählen durfte. Von daher war das nicht einmal gelogen.

»Schwörst du bei bestem Wissen und Gewissen, dass es da nicht mehr zu erzählen gibt?« Da kam der Jurist in Daniela durch.

»Ja, ich schwöre«, sagte ich und kreuzte gleichzeitig die Finger unter dem Tisch.

»Was wollte er denn von dir?«

Da ich für heute schon genug gelogen hatte, erzählte ich ihr von der Theatervorstellung.

»Ist nicht wahr?« Daniela fielen beinahe die Augen aus dem Kopf. »Der Studierendenvertreter geht ausgerechnet mit dir aus? Obwohl ihr euch kaum kennt?« Ihr Mund stand leicht offen vor Unglauben.

»Wir gehen nicht wirklich aus. Es ist doch nur eine Theatervorstellung«, gab ich leicht verzweifelt zurück. »Die meiste Zeit werden wir stumm nebeneinander sitzen und den Schauspielern zusehen.« Das war nun wirklich keine große Sache. Warum musste Daniela das gleich so aufbauschen? Ich schob mir etwas von dem Chilizeugs in den Mund.

»Jaja. Wenn du dir das einreden willst, bitte.« Sie trank einen Schluck Wasser aus ihrer Flasche.

»Ich rede mir gar nichts ein.«

»O doch, das tust du. Also wenn du meine Meinung hören willst, dann habt ihr beide heute Abend ganz eindeutig ein Date.«

Bei dem Wort *Date* verschluckte ich mich an dem Chili und musste ganz entsetzlich husten. Daniela hielt mir hilfsbereit ihre Flasche entgegen und ich nahm dankbar einen Schluck Wasser. Als ich wieder sprechen konnte, stritt ich ihre Behauptung vehement ab. »Unsinn. Vincent würde nie … Also, nein, das ist auf gar keinen Fall ein Date. Er hat gesagt, sein Bruder könne ihn leider nicht begleiten, weil ihm …«

Ich verstummte, als Daniela in schallendes Gelächter ausbrach. »Mein Gott, Caro, das ist der älteste Trick der Welt.«

»Denkst du?«, fragte ich verwirrt. »Sein Bruder ist also gar nicht …?«

»Natürlich nicht, das hat er nur als Vorwand genutzt.«

Vincent hatte gelogen? Aber wieso sollte er das tun? Er konnte doch nicht ernsthaft die Absicht haben, mich um ein Date zu bitten. Oder doch?

»Du solltest mal deinen Gesichtsausdruck sehen. Göttlich.« Daniela kriegte sich kaum noch ein vor Lachen. Ich blickte sie finster an.

»Vielleicht weißt du es noch nicht, aber ich weiß es. Du bist so was von verknallt und das heute Abend ist ein Date. Du wirst schon sehen«, flötete sie.

Meine Konzentration war damit für den restlichen Nachmittag dahin. Ich nahm nur am Rande wahr, was die Professoren sagten, schrieb mit und machte mir Notizen, ohne wirklich mitzukriegen, um was es eigentlich ging. Meine Gedanken kreisten nur um ein Thema: War das eine Einladung zu einem Date? Wollte Vincent mit mir ausgehen und zwar nicht, weil ich sein Ersatz für Max war, sondern weil er an mir interessiert war? Ein richtiges Date, das man als solches auch bezeichnen konnte, hatte ich noch nie gehabt. Theoretisch wusste ich natürlich, wie so etwas ablief und was mich erwartete. Aber praktisch hatte ich keinen blassen Schimmer. Und dass Theorie und Praxis zwei völlig unterschiedliche Paar Schuhe waren, wurde einem spätestens klar, wenn man nach erfolgreich bestandener Theorieprüfung seine erste Fahrstunde hatte.

***

Nach der Uni lief ich zu den Klängen meiner Lieblingsrockbands meine übliche Runde im Englischen Garten. Das half dabei, den Kopf freizubekommen und mich abzulenken. Ich konzentrierte mich ausschließlich auf meine gleichmäßigen Atemzüge und auf das Gefühl, wenn meine Fußballen abwechselnd auf dem Boden auftrafen. Ich spürte jede Faser meines Körpers, spürte die Anstrengung, die mir kleine Schweißtropfen in den Nacken laufen ließ, und die frische Luft, mit der sich meine Lungen mit jedem Atemzug füllten. Das Joggen war mein Anker, der mir half, in der Wirklichkeit zu bleiben. Während ich lief, fühlte ich mich frei und lebendig. Und glücklich.

Nachdem ich schon gestern den ganzen Tag mit Vincent verbracht hatte, hatte Mara meinen heutigen Theaterbesuch mit einem erfreuten »Wie schön« und Doro mit einem vielsagenden Blick zur Kenntnis genommen, der mir noch jetzt ein Grinsen entlockte. Mit meiner neuen blauen Bluse und einem schwarzen Blazer darüber kam ich mir passend gekleidet vor, aber was wusste ich schon, bezogen sich meine einzigen Theaterbesuche doch auf Vormittagsvorstellungen, die wir mit der Schulklasse besucht hatten. Gerade trug ich noch eine Schicht roséfarbenen Lippenstift auf, als es auch schon an der Tür klingelte. Ich flitzte in den Flur, doch Doro war schneller und sprach bereits in den Hörer des Türöffners. »Komm doch kurz hoch. Caro ist gleich so weit.«

Mein Versuch, ihr den Hörer aus der Hand zu reißen, war vergebens. Doro hatte Vincent längst die Tür geöffnet und hängte den Hörer zurück in die Halterung.

»Was soll das denn? Er hätte nicht extra raufkommen müssen. Ich wäre doch gleich ...«

»Warum soll er nicht kurz nach oben kommen? Ist doch nichts dabei«, unterbrach sie mich. »Oder sind wir dir etwa peinlich?«

»Natürlich nicht.« Ich ärgerte mich über Doros Dreistigkeit. Mir war klar, dass sie nur versuchte abzulenken. Ihr einziges Ziel war es, einen Blick auf Vincent werfen zu können. Inzwischen hatte sich auch Mara zu uns gesellt. »Könnt ihr euch nicht ein wenig unauffälliger verhalten? Ihr seid doch nicht meine Eltern, die eben das Date ihres Kindes abchecken wollen.«

Mara kicherte. »Okay, dann gehen wir eben in die Küche und wenn er da ist, kommen wir wie zufällig zu euch.«

»Danke«, sagte ich mit sarkastischem Unterton.

»Also, ich will ihn sehr wohl abchecken«, grummelte Doro.

»Komm schon.« Mara zog Doro hinter sich her in die Küche.

In diesem Moment klopfte es an der Tür. Mist. Ich hatte noch nicht einmal Zeit gehabt, mir meine Schuhe anzuziehen. Hektisch quetschte ich mich in die engen Ankle Boots hinein und warf noch einen prüfenden Blick in den Spiegel. Natürlich hatte ich von der ganzen Aufregung rote Flecken am Dekolleté bekommen. Hastig schlang ich mir ein Tuch um den Hals und öffnete die Tür. Vincents Anblick raubte mir den Atem. Ich konnte förmlich spüren, wie sich die roten Flecken über meinen Hals bis zu meinem Gesicht ausbreiteten. Er trug eine seiner engen dunklen Hosen, einen grauen Mantel, der offen stand und einen Blick auf sein mitternachtsblaues Hemd gewährte. Den besten Teil – sein Gesicht – hob ich mir für den Schluss auf. Seine Haare waren leicht zerzaust und fielen ihm in die Stirn. Als ich seinem Blick begegnete, setzte mein Herz einen Schlag aus. Für den Bruchteil einer Sekunde weiteten sich seine Pupillen vor Verblüffung. Er musterte mich anerkennend, und das trotz roter Flecken – wer hätte das gedacht? Ein Lächeln breitete sich um seine Mundwinkel aus und dann spähte er über meinen Kopf nach rechts und der Zauber war verflogen. Mara und Doro kamen wie zufällig aus der Küche geschlendert.

»Äh, Vincent, darf ich dir meine Mitbewohnerinnen vorstellen? Das sind Doro und Mara.«

Ich deutete auf jede einzeln, ehe ich fortfuhr. »Mädels, das ist Vincent.«

»Hallo, freut mich sehr, euch beide kennenzulernen.« Er reichte ihnen nacheinander die Hand.

»Du bist also der Grund, weshalb Caro zum Streber wird.« Doro bedachte Vincent mit einem frechen Grinsen. Von mir erntete sie dafür einen bösen Blick, den sie allerdings geflissentlich ignorierte. Vincent warf mir einen kurzen, fragenden Blick zu.

»Sie meint die Nachhilfe, die du mir gibst«, sagte ich lahm.

Seine Miene hellte sich auf. »Natürlich, die Nachhilfestunden. Was soll ich sagen? Caro ist eine ganz ausgezeichnete Schülerin. Um nicht zu sagen talentiert.« Er zwinkerte mir zu.

»Ja, so ist sie, unsere Caro. Immer schnell von Begriff.«

Ich warf Doro einen weiteren finsteren Blick zu und Mara sprang schnell ein. »Was für ein Theaterstück seht ihr euch denn an?«

»*Die Leiden des jungen Werther*«, antwortete Vincent. »Ein ganz fabelhaftes Stück.«

»Und wir müssen dann auch mal los«, warf ich schnell ein und schnappte mir meine Jacke von der Garderobe.

»Na, dann wollen wir euch auch gar nicht länger aufhalten.« Mara scheuchte uns freundlich ins Treppenhaus. »Viel Spaß euch beiden!«

»Danke«, sagte ich erleichtert, als wir uns endlich auf den Weg machten.

»Ich wünsche euch beiden ebenfalls einen angenehmen Abend. Mara, Dorothea.« Starr vor Schreck blieb ich stehen. Vincent nickte einer nach der anderen zu und drehte sich in Richtung Treppe.

»Du hast ihm meinen vollen Namen genannt? Wie konntest du nur? Und woher weißt du ihn überhaupt?«, fauchte Doro.

Ich zuckte schuldbewusst zusammen. »Ähm, weißt du, er steht auf deinem Personalausweis und als wir mal ausgegangen sind, habe ich einen Blick darauf werfen können.«

Ihr Blick war so zornig, dass ich schnell weiterredete: »Außerdem ist er nun wirklich nicht schlimm. Übertreib doch nicht immer so. Da gibt es viel schlimmerer Namen. Rosalinde zum Beispiel oder Gertrude oder ...«

»Ist mir egal, ob es noch abscheulichere Namen gibt! Für euch heiße ich Doro, verstanden?«

»Ach komm, es gibt viel Schlimmeres auf der Welt als einen ungeliebten Namen.« Mara legte beschwichtigend einen Arm um Doros Schultern. »Sie meint es nicht so.« Sie sah Vincent entschuldigend an. »Doro kann manchmal etwas aufbrausend sein.«

»Schon gut, da kenne ich noch jemanden. Langsam bekomme ich Übung im Umgang mit hitzigen Gemütern.«

Mir war die ganze Situation einfach nur peinlich.

»Tut mir leid, Doro. Ich werde deinen Namen bestimmt nie wieder weitererzählen. Versprochen.«

»Es war auch nicht Caros Schuld«, sprang Vincent für mich ein. »Ich hatte sie gebeten, mir deinen vollen Namen zu nennen, weil mir die Abkürzung sehr ungewöhnlich vorkam.«

»Ich verzeihe dir noch mal.« Sie machte eine großzügige Geste. »Dann seht mal zu, dass ihr wegkommt. Sonst verpasst ihr noch den Anfang.«

Erleichterung durchflutete mich, als ich in Vincents Auto stieg und die Beifahrertür zuschlug. Er ging um die Motorhaube herum und saß einen Augenblick später neben mir. Endlich waren wir unter uns. Er startete den Motor, wendete und fädelte sich im Verkehr ein.

»Nette Mitbewohnerinnen hast du.«

Ich schnaubte. »Für gewöhnlich schon. Tut mir echt leid, dass Doro eine Szene gemacht hat. Normalerweise ist sie nicht so. Sie ist wirklich in Ordnung.«

Ich hörte das Schmunzeln in seiner Stimme. »Du brauchst dich nicht zu entschuldigen. Meine Worte waren ernst gemeint. Ich finde sie beide wirklich nett. Außerdem war das eben doch ganz amüsant. Eure Beziehung erinnert mich ein wenig an mich und meinen Bruder. Max ist auch ständig zu Scherzen aufgelegt. Selbst in den unpassendsten Momenten schafft er es eine alberne Bemerkung zu machen oder alte, aus guten Gründen längst vergessene Geschichten zum Besten zu geben.«

»Und was wären das für Geschichten?«

»Das würde jetzt den Rahmen sprengen, aber wenn wir mal mehr Zeit haben, erzähle ich dir vielleicht eine.«

Ich nahm mir vor, darauf zurückzukommen.

»Wo wird das Stück eigentlich aufgeführt?« Ich hatte gar keine Ahnung, wo wir eigentlich hinfuhren.

»Im Volkstheater. Bist du schon einmal dort gewesen?«

»Nein, mit der Schule waren wir immer in einem anderen, aber ich nehme an, du schon?«

Ich betrachtete sein Profil in der Dunkelheit. Seine Zähne blitzten, daran erkannte ich, dass er grinste.

»Ja, schon unzählige Male. Meine Familie legt großen Wert auf kulturelle Bildung. Die Theaterkarten waren ein Geschenk von meinem Großvater.«

»Und dein Bruder wollte dich nicht begleiten?«

Er wurde auf einmal sehr ernst. »Er kennt das Stück schon. Außerdem ist er es leid, zu tun, was immer unser Großvater verlangt.«

Das klang nach einem angespannten Familienverhältnis.

»Euer Großvater ist sehr streng?«, fragte ich vorsichtig.

»Er hat klare Vorstellungen, wie wir uns zu verhalten haben, aber das ist es nicht einmal.« Vincent seufzte. »Er ist der älteste lebende Phönix, hat am meisten Erfahrung und deshalb die größte Entscheidungsmacht. Wir vertrauen auf sein Urteil. Es wäre äußerst unhöflich, wenn wir es nicht täten.«

Hatte ich das richtig verstanden? Die Jüngeren mussten tun, was der Älteste sagte? Das wäre allerdings ein ziemlich altmodisches Vorgehen. Es erinnerte mich an Könige und Hierarchien. Ob Arthur von mir erwartete, dass auch ich tat, was er verlangte? Ich kannte ihn zwar nicht, aber wenn es so war, wie Vincent sagte, dann hatte ich mich als jüngster Phönix zu fügen. Der Gedanke gefiel mir ganz und gar nicht. Ich ließ mir nicht von anderen Leuten vorschreiben, was ich zu tun und zu lassen hatte. Hatte ich nie getan und würde ich auch nie tun. Dafür war ich viel zu selbstständig – und auch zu stur.

»Du wolltest ihn doch mal kennenlernen«, sagte Vincent in meine Gedanken hinein.

Bevor ich fragen konnte, worauf er hinauswollte, fuhr er fort. »Um ihn nach deiner Großmutter zu fragen.«

Oh, richtig. Ich würde tatsächlich sehr gerne etwas über meine Familie erfahren.

»Stimmt, das wollte ich«, entgegnete ich zögerlich.

»Was hältst du davon, wenn du mich am Samstag zu ihm begleitest? Max wird auch da sein. Wir sind zum Essen eingeladen und Arthur hat schon betont, dass er sich sehr freuen würde dich kennenzulernen.«

»Ich weiß nicht so recht. Das klingt für mich nach einem Familienessen und ich will mich euch wirklich nicht aufdrängen.« Ich biss mir auf die Unterlippe.

»Keine Sorge. Unsere Eltern werden nicht da sein, falls du das meinst. Und wenn es dir lieber ist, kann ich Max bitten, Michelle mitzubringen.«

Ich starrte hinaus auf die vorbeifahrenden Autos, ohne sie wirklich wahrzunehmen. Ich war mir nicht sicher, was ich von diesem Vorschlag halten sollte. Einerseits würde ich Arthur gerne ein paar Fragen stellen, andererseits kam es mir ein bisschen seltsam vor, bei Vincents Familie zum Essen eingeladen zu werden. Ich war schließlich nicht seine Freundin. Andererseits bot sich mir nun endlich einmal die Gelegenheit, etwas über meine Familie herauszufinden. Und diese sollte ich nicht einfach so verstreichen lassen. Und Vincent hätte mich schließlich nicht gefragt, wenn er nicht selbst der Meinung wäre, dass es nicht komisch war, seinen Großvater zu treffen, oder?

»Na gut, ich komme mit. Aber Max muss nicht extra wegen mir Michelle mitnehmen, wenn er es nicht sowieso tun würde.«

Vincent bremste und bog auf den Parkplatz ab. Gekonnt parkte er rückwärts ein, ohne ein einziges Mal korrigieren zu müssen. Ich stieg aus und sofort kühlte ein eisiger Wind meine heißen Wangen. Schweigend liefen wir nebeneinander zum Eingang.

Ich hätte gerne meine Theaterkarte selbst bezahlt, aber Vincent hatte darauf bestanden, mich einzuladen.

»Die Karte wäre sonst ohnehin verfallen«, war sein Argument gewesen.

Also hatte ich mich widerstrebend von ihm einladen lassen. Die Plätze waren wirklich gut. In der ersten Reihe und fast in der Mitte, boten sie eine beeindruckende Sicht auf die Schauspieler.

Als Vincent mich am Ende fragte, wie es mir gefallen hatte, war ich noch immer überwältigt von den Eindrücken und das traurige Ende machte mir zu schaffen. Deshalb sagte ich nur, dass ich es gut fand. Es war wirklich etwas völlig anderes, das Drama live zu sehen, als das Stück nur zu lesen, wie wir es am Gymnasium im Deutschunterricht hatten tun müssen.

Und damit war der Abend leider schon vorbei. Den Rückweg legten wir dank einer grünen Welle wie im Flug zurück und das bedeutete, der Zeitpunkt des Abschieds rückte immer näher. Typisch. Da hätte man sich einmal rote Ampeln gewünscht ... Ich überlegte, ob ich Vincent noch mit reinbitten sollte, verwarf den Gedanken aber schnell wieder, denn es war bereits kurz vor dreiundzwanzig Uhr und wir mussten beide morgen früh zur Uni. Der Wagen wurde langsamer. Vincent fuhr an den Straßenrand und hielt direkt vor der Haustür an. Der laufende Motor war das einzige Geräusch in der Stille der Nacht.

»Danke für den schönen Abend.« Meine Stimme hörte sich seltsam belegt an. Bedauerte ich es so sehr, mich jetzt von ihm trennen zu müssen? Aber es war wirklich schön gewesen.

»Freut mich, wenn es dir gefallen hat.« In seiner Stimme lag ein Lächeln.

»Dann sehen wir uns am Samstag?«, fragte ich sehnsüchtig. Gott, hörte sich das bedauernswert an. So, als wäre ich von ihm abhängig. Als wäre er meine Droge. Und doch kam mir schon jetzt die Zeit bis Samstag unendlich lang vor. So viele Tage ohne ihn. So viele Tage ohne eine Dosis von Vincent.

Da hatte ich mich ja ganz schön in etwas hineingeritten. Ich konnte nur hoffen, dass er den sehnsuchtsvollen Ton überhört hatte, und falls nicht, dass er ihn nicht abschreckte.

Langsam streckte er einen Arm nach mir aus und berührte vorsichtig meine Wange. Diese ungewohnte Geste ließ mich zusammenzucken. Meine Haut fühlte sich da, wo er mich berührt hatte, wie elektrisiert an.

»Ich weiß nicht, ob ich es so lange ohne dich aushalte«, murmelte er gedankenverloren.

Seine Worte verwirrten mich. Konnte es tatsächlich sein, dass er ähnlich empfand wie ich? Hoffnung schwoll in meiner Brust an und ich meinte, das Pochen meines eigenen Herzschlags hören zu können. Seine Hand ruhte immer noch auf meiner Wange und machte es mir schwer, einen klaren Gedanken zu fassen. Alle meine Sinne konzentrierten sich auf die Stelle, wo er mich berührte. Und meine Haut darunter schien zu glühen. Es fiel mir schwer, einen vernünftigen Satz herauszubringen. »Wir könnten uns natürlich schon eher treffen und du bringst mir bei, wie ...«

Ich vergaß, was ich sagen wollte, als ich das glühende Verlangen in seinem Blick las. Obwohl alles um uns herum durch das Dunkel der Nacht schwarzweiß und eintönig war, war es in meinem Inneren noch nie lebendiger und farbenfroher gewesen als in diesem Augenblick. In seinem Blick lagen alle Farben dieser Welt, mehr brauchte ich gar nicht. Vincent strich mir eine Strähne hinters Ohr und kam langsam näher. Sein heißer Atem kitzelte meine Wange und ich sog seinen köstlichen Duft nach Vanille und Zimt ein. Ich erstarrte, vollkommen gefangen in diesem Moment. Meine Sinne waren geschärft und ich nahm alles überdeutlich wahr. Vincent zögerte, dann berührten seine Lippen ganz sanft meine Wange und er hauchte einen Kuss darauf. Das Gefühl war so intensiv, dass es mir den Atem verschlug. Meine Haut prickelte da, wo sein Mund sie berührt hatte. Es war, als wären wir zwei Magnete, und als Vincent sich langsam zurücklehnte, fühlte es sich so an, als müsste ich seiner Bewegung folgen. Als zöge mich eine Kraft in seine Richtung. Nur mit äußerster Willenskraft widerstand ich dem Impuls, mich zu ihm rüberzubeugen. Ihm schien es ähnlich zu gehen, denn auch er wirkte gequält.

»Du solltest jetzt besser gehen.«

Ich nickte benommen, machte aber keinerlei Anstalten, seiner Aufforderung nachzugehen.

Seine Hände umklammerten so fest das Lenkrad, bis seine Knöchel weiß hervortraten.

»Bitte, Caro«, sagte er mit mühsam beherrschter Stimme. »Geh.«

Das Blut rauschte in meinen Ohren und ich verstand nicht, wieso er so starr geradeaus aus der Windschutzscheibe schaute. Hatte ich etwas falsch gemacht? Wenn ich nur nicht so unerfahren in diesen Dingen wäre.

»Es tut mir leid«, flüsterte ich.

»Was tut dir leid?« Er fuhr zu mir herum und der grimmige Ausdruck in seinen Augen erschreckte mich. In der Dunkelheit wirkten sie plötzlich schwarz und bedrohlich.

»Was auch immer ich getan habe, um dich abzustoßen.«

Er schnaubte verächtlich. »Du hast gar nichts getan, Caro. Es ist alles meine Schuld. Ich hätte mich nicht so gehenlassen dürfen. Ich bin dein Ausbilder, verdammt! Wie zum Teufel soll ich mich auf meine Aufgabe konzentrieren und dich vor Gefahren beschützen, wenn du mich so dermaßen aus der Fassung bringst?«

Ich brachte ihn aus der Fassung? Ich hatte immer geglaubt, es wäre genau andersherum. Sein Ausbruch bestürzte mich.

Er hatte seinen Blick wieder abgewandt und starrte ins Nichts.

»Es war so ein schöner Abend, bitte ...« Bitte was? Bitte ruinier ihn nicht? Bitte lass uns Freunde bleiben?

Als er immer noch nichts sagte, öffnete ich die Tür, stieg mit zittrigen Knien aus und schlug sie, ohne ein weiteres Wort zu sagen, zu.

13. Kapitel

Der nächste Tag war seltsam. Während ich an der Uni war, hielt ich die ganze Zeit über Ausschau nach Vincent, bekam ihn jedoch nie zu Gesicht. Auch Daniela war mein abwesender Gesichtsausdruck aufgefallen und sie fragte mich, was los sei.

»Nichts. Ich bin nur etwas müde.«

»Hat es vielleicht etwas mit gestern Abend zu tun?«, fragte sie mit anzüglicher Stimme.

»Nein, ganz und gar nicht.«

»Wie war es denn? Erzähl schon!«

»Toll. Wirklich, du solltest dir *Die Leiden des jungen Werther* unbedingt auch einmal ansehen.«

»Ich meine doch nicht das Stück, sondern Vincent. Wie war er?«

Sie würde nicht eher Ruhe geben, bis ich ihr etwas erzählte.

»Vincent war ein absoluter Gentleman. Es ist nichts zwischen uns vorgefallen. Rein gar nichts«, fügte ich leicht verbittert hinzu.

»Oh.« Sie wirkte enttäuscht und da war sie nicht allein.

»Ich hätte wirklich gedacht, das Theater wäre nur ein Vorwand gewesen, um ... na, du weißt schon.«

»Ja«, seufzte ich. »Ich auch, aber irgendetwas schien ihn zurückgehalten zu haben.« Wenn ich nur wüsste, was. Er musste das Knistern zwischen uns im Auto doch auch gespürt haben. Und dann sein gequälter Blick ... Das passte einfach nicht zusammen.

»Oh. Das ist natürlich blöd.«

»Das kannst du laut sagen«, meinte ich frustriert.

***

Am Mittwoch schlich ich um den Leopoldpark und im Studentenwerk herum, in der Hoffnung, Vincent zu begegnen. Zwischenzeitlich unterbrach ich meine Tätigkeiten für zwei Vorlesungen. Um kurz nach sechs fand ich mich schließlich vor dem Eingang zum Studentenwerk wieder. Draußen war es dunkel und ein grässlicher Nebel lag über der Stadt, der mir bis in die Knochen kroch. Ich war kurz davor, nach drinnen zu gehen und an die Tür der Studierendenvertretung zu klopfen, um nach Vincent zu fragen. Eine SMS wollte ich ihm nicht schreiben, das kam mir irgendwie zu unpersönlich vor, mal ganz abgesehen davon, dass ich nicht die geringste Ahnung hatte, wo wir eigentlich standen. Ich trat zögernd durch die Tür in die Eingangshalle und sah Vincent mit Begleitung auf mich zukommen. Ich blieb zur Salzsäule erstarrt neben der Eingangstür stehen. Der Anblick seiner zerzausten zimtfarbenen Haare, der anthrazitfarbene Pullover, den er über einem weißen Hemd trug, und der lässige Gang ließen ihn wie ein Model aussehen. Seine Begleitung war, unabhängig betrachtet, nicht unansehnlich, aber neben Vincent verblasste er. Sie unterhielten sich angeregt und Vincent hatte mich noch nicht bemerkt. Ich überlegte, ob ich schnell nach links durch eine der Bürotüren verschwinden sollte, doch in dem Moment hob der junge Mann neben ihm den Blick und ich erkannte ihn wieder. Es war der Junge, der mir die Tür geöffnet hatte, als ich das erste Mal bei der Studierendenvertretung geklopft hatte. Die dunkelblonden Haare waren ordentlich gekämmt und er trug ein mitternachtsblaues Jackett. Jetzt waren sie nur noch wenige Meter von mir entfernt und er nickte grüßend in meine Richtung. Ich wünschte, das hätte er nicht getan, denn nun folgte Vincent seinem Blick und ich sah die Überraschung auf seinem Gesicht.

»Ich kümmere mich darum«, hörte ich ihn sagen. »Bis morgen dann.« Vincent verabschiedete sich von seinem Kollegen und kam auf mich zu.

»Caro, ich war so in das Gespräch vertieft, ich habe dich gar nicht gespürt. Was tust du denn hier?«, fragte er verblüfft.

»Ich … Können wir reden?«

»Selbstverständlich. Ist irgendetwas passiert?«

Du bist passiert, dachte ich.

»Nein, nein. Alles bestens. Wir hatten nur gar keinen neuen, na ja, du weißt schon, Trainingstermin ausgemacht.«

»Oh. Und du schreibst keine SMS, weil …?«

»Weil ich grad in der Gegend war«, log ich fröhlich drauflos. »Und da dachte ich, warum nicht kurz bei dir vorbeischauen?«

Er runzelte nachdenklich die Stirn. Bestimmt fragte er sich gerade dasselbe wie ich: Was hatte ich hier in der Gegend zu tun?

»Ich wusste nicht, dass du gleich wieder üben möchtest. Ich wollte dir erst mal eine kleine Pause gönnen.« Er schenkte mir ein strahlendes Lächeln. »Aber wenn dir so viel daran liegt, könnte ich dich morgen abholen. Ab vier Uhr habe ich Zeit.«

»Ich will dir nicht unnötig Stress machen. Wenn dir später lieber ist …«

»Nein, um vier ist es wenigstens noch hell und wir können noch ein wenig draußen trainieren.«

»Draußen?« Ich schluckte. »Ist das nicht ein wenig offensichtlich?«

Er lachte. »Keine Sorge, ich kenne da ein schönes, abgelegenes Plätzchen.«

»Na dann. Morgen um vier also.«

Ich wusste nicht, was ich sonst noch großartig sagen sollte. Daher verabschiedete ich mich schnell und machte mich eilig auf den Weg zur U-Bahn-Station.

***

Wir trafen uns vor dem Eingang zur Zentralbibliothek und hasteten dann gemeinsam in Richtung U-Bahn. Es goss wie aus Kübeln und wir mussten unseren Plan, ins Grüne zu fahren, über den Haufen werfen. Daher gingen wir nun zu ihm nach Hause. Innerlich schickte ich ein Stoßgebet gen Himmel, es möge endlich aufhören zu regnen. Denn keiner von uns hatte einen Regenschirm dabei. So waren wir klatschnass, als wir die Treppenstufen hinab in den U-Bahn-Schacht stiegen. Dennoch konnte ich mir einen kurzen Seitenblick auf ihn nicht verkneifen. Seine nassen Haare kräuselten sich im Nacken und ich hatte das eigenartige Verlangen, sie glattzustreichen. Es war merkwürdig, ihn in so einer schäbigen Umgebung wie der einer U-Bahn-Haltestelle zu sehen. Jemand wie Vincent passte einfach nicht in ein Umfeld, wo Obdachlose mit alten Getränkebechern vor sich am Rand kauerten und um

Geld bettelten. Ob er merkte, wie fehl am Platz er wirkte? Kein Wunder, dass er lieber mit seinem Auto fuhr. »Ist irgendetwas mit deinem Auto?«

»Wieso sollte etwas damit sein?«

»Ich habe mich nur gefragt, wieso wir mit der U-Bahn zu dir nach Hause fahren. Ich hatte den Eindruck, du benutzt lieber dein Auto?«

Ein paar nasse Strähnen, an deren Enden Wasserperlen glitzerten, fielen ihm in die Stirn. Selbst klitschnass sah er immer noch begehrenswert aus. Ich hatte vermutlich mehr Ähnlichkeit mit einem begossenen Pudel. Ich konnte förmlich hören, wie meine Haare langsam anfingen, sich in alle Himmelsrichtungen aufzustellen. Das taten sie immer, wenn sie feucht wurden.

»Ich fahre meistens mit den öffentlichen Verkehrsmitteln zur Uni. Wie jeder andere Student auch. In der Tiefgarage fällt der M4 schon ein wenig auf.«

M4, war das die Bezeichnung für den BMW? Und hatte er damit gerade selbst zugegeben, dass sein Auto protzig war?

Meine fragende Miene verleitete ihn dazu, ausführlicher zu erklären. »Ich achte in der Regel darauf, dass mein direktes Umfeld nicht sofort sieht, wie wohlhabend meine Familie ist. Ein bisschen Normalität bewahren, verstehst du?«

Ich nickte, obwohl mir nicht ganz klar war, wie er darauf kam, er würde auf andere normal wirken. Zumindest auf mich machte er nicht im Geringsten einen durchschnittlichen Eindruck und das lag nicht mal an seiner teuren Kleidung. Sein ganzes Wesen strahlte aus, dass er etwas Besonderes war. Ich konnte mir kaum vorstellen, dass sich irgendjemand davon täuschen ließ, nur weil Vincent mit der U-Bahn fuhr. Aber gut, jeder, wie er wollte.

Als wir endlich die Haltestelle Max-Weber-Platz erreicht hatten, war ich froh, das stickige, unterirdische Reich der U-Bahnen verlassen zu können, und nahm dafür sogar den Regen in Kauf. Da wir ohnehin schon nass waren, beeilten wir uns auch nicht mehr sonderlich.

Als wir die Wohnung betraten, hinterließen wir beide eine Pfütze im Eingang. Vincent hatte sich nur schnell seine Schuhe abgestreift und lief nun in Socken ins Badezimmer. Mit einem Handtuch rubbelte er sich durch die nassen Haare und warf mir ein frisches zu, das ich geschickt auffing. Ich trocknete mir damit zuallererst das Gesicht ab und wickelte es mir dann zu einem Turban auf den Kopf. Als ich meine Jacke auszog, stellte ich erleichtert fest, dass mein fuchsiafarbener Pulli nur an der Oberfläche etwas feucht geworden war.

»Falls du einen Fön brauchst, der liegt im Badezimmer.«

Er zeigte mir, wo ich das Gerät fand, und ließ mich dann alleine. Ich trat vor den großen Spiegel, der über dem Waschbecken hing, steckte das Kabel des Föns in eine Steckdose und der warme Wind trocknete meine Haare im Handumdrehen. Dann föhnte ich auch noch die großen nassen Flecken auf meiner Jeans trocken. Jetzt erst begutachtete ich das Bad. Es war in warmen Farbtönen eingerichtet. Dunkles Tropenholz und cremefarbene Fliesen ließen den Raum warm und harmonisch wirken. Eine große Eckbadewanne füllte die hintere linke Seite aus und auf der rechten befanden sich eine Duschkabine aus Glas sowie die Toilette. Ich nutzte die Gelegenheit und ging einem menschlichen Bedürfnis nach, ehe ich mich zu Vincent gesellte.

Ich fand ihn in der Küche, wo mir bereits der würzige Duft von Curry entgegenwehte.

»Du musst nicht immer für mich kochen.« Langsam bekam ich ein schlechtes Gewissen, weil er so viel für mich tat und ich so wenig für ihn.

»Das tue ich nicht so uneigennützig, wie du vielleicht glaubst. Ich habe ebenfalls Hunger.« Er sah kurz von seinem Schneidebrett auf, wo er gerade Zuckerschoten halbierte, und zwinkerte mir zu.

Es kam mir vor, als wäre alles beim Alten, als hätte es die Situation am Montagabend nie gegeben. Er hatte den Kuss nicht wieder erwähnt und ich würde mich hüten, ihn darauf anzusprechen. Aber taten wir nun beide so, als wäre nichts gewesen? War es richtig, das Knistern, das zwischen uns gewesen war, zu ignorieren?

»Du bist wieder trocken?«, fragte er mich.

»Ja, alles wieder picobello«, bestätigte ich. Erst jetzt bemerkte ich, dass er sich umgezogen hatte. Die nasse Jeans hatte er gegen eine khakifarbene Chino getauscht, zu der er einen weinroten Pullover trug. »Kann ich auch irgendetwas tun?«

»Du könntest den Reis kochen, wenn du magst.«

Reis kochen klang gut. Das traute ich mir zu. Vincent zeigte mir, wo die Töpfe standen. Ich setzte einen kleinen Topf mit Wasser auf den Herd und wartete, bis es anfing zu blubbern. In der Zwischenzeit beobachtete ich ihn, wie er schnell und geschickt das Gemüse kleinschnitt und nacheinander in die köchelnde Currysauce warf.

»Max kommt gleich. Ich hoffe, es stört dich nicht, wenn er mit uns isst?«

»Natürlich nicht.« In diesem Moment hörte ich, wie die Wohnungstür aufgeschlossen wurde. »Das nenne ich mal Timing.«

»Du weißt doch, die Sache mit dem Spüren.«

Ungläubig starrte ich ihn an, was er zum Glück nicht bemerkte. Vincent konnte spüren, wo Max sich befand, selbst wenn er sich nicht explizit darauf konzentrierte? Ich war beeindruckt.

»Dein Wasser kocht«, erinnerte er mich. Ich schüttete, ohne groß darauf zu achten, etwas Salz ins Wasser und gab dann den Reis hinein.

»Weißt du zu jedem Zeitpunkt, wo sich ein anderer Phönix befindet?«

Er sah mich irritiert an. »Selbstverständlich nicht. Nur wenn mir seine Aura vertraut ist, wie die von Max. Außerdem befand er sich bereits in unmittelbarer Nähe.«

»Ach so. Das heißt, du weißt nicht rund um die Uhr, wo ich mich gerade befinde.«

»Nein, keine Sorge. Dafür müsste ich mich schon etwas mehr konzentrieren und das ist mir für eine Vierundzwanzig-Stunden-Überwachung doch ein wenig zu mühsam.« Er probierte etwas von der Sauce und gab noch einen Schuss Kokosmilch hinzu.

»Was für ein Sauwetter.« Max kam fluchend in die Küche. »Oh, hallo Caro, wenn ich gewusst hätte, dass Damen anwesend sind, hätte ich mich selbstverständlich gewählter ausgedrückt.« Er grinste mich an und ich konnte nicht anders, als zurück zu grinsen.

»Wegen mir brauchst du dich nicht zurückhalten. Da kenne ich viel schlimmere Ausdrücke.«

»Deine Freundin gefällt mir, Vince.«

Wusste Max, was gestern Abend im Auto zwischen Vincent und mir passiert war? Nein, das konnte nicht sein.

»Ich wünschte, das Gleiche könnte ich über deine auch sagen«, entgegnete er spitz.

Max überging seine Bemerkung mit einem Schulterzucken. Vermutlich war das nichts Neues für ihn. »Und wie gefällt dir dein neues Leben?«, wandte er sich an mich. »Ganz schön aufregend, oder?«

»Kann man wohl sagen.« Mit Max zu reden war so einfach, als wäre man unter alten Freunden.

»Jetzt brauchst du nie wieder Streichhölzer zu kaufen.«

Ich kicherte.

»Und wenn dich jemand fragt ›Hast du mal Feuer‹, dann schnippst du mit den Fingern und schon brennt die Zigarette. Glaub mir, die Leute sind von so was begeistert. Sie halten das für einen äußerst gelungenen Zaubertrick.«

»Das solltest du lieber nicht tun«, mischte sich Vincent ein. »Unser oberstes Gebot ist immer noch, unsere Kräfte *geheim* zu halten.«

Max rollte hinter Vincents Rücken übertrieben mit den Augen und das entlockte mir ein weiteres Kichern.

»Warum nutzt du nicht deine Zeit sinnvoll und deckst schon mal den Tisch?«, schlug Vincent ihm vor.

»Zu Befehl, Chef.« Max tat, als salutierte er.

Ich rührte gedankenverloren mit einem Kochlöffel den Reis um. Nun war es an Vincent, die Augen zu verdrehen. Ob es auch Momente gab, in denen Max ernst sein konnte? Gerade fiel es mir sehr schwer, mir ein solches Szenario vorzustellen.

Nach dem Essen zogen wir uns in Vincents Zimmer zurück und waren endlich allein. Als er mir verkündete, dass wir uns in seine vier Wände begeben würden, war ich ehrlich gespannt. Ein Zimmer konnte viel über die Persönlichkeit seines Bewohners preisgeben und ich war neugierig, wie er es eingerichtet hatte. Ich hatte schon einen ganz guten Vorgeschmack mit der restlichen Wohnung bekommen, doch da konnte ich nicht wissen, wie viel davon Max' Werk war. Immerhin war er zuerst hier eingezogen. Vincent ließ mir den Vortritt und als Erstes fiel mein Blick auf ein riesiges Boxspringbett aus schwarzem Leder mit einer dünnen weißen Matratze obendrauf. Gegenüber vom Bett stand ein schwarzer Schreibtisch, auf dem sich lediglich ein Laptop und eine schwarze Stehlampe befanden. Bei ihm sah es absolut aufgeräumt und ordentlich aus. Wie machte er das nur? Wenn ich da an mein Zimmer dachte – gut, dass er es bei seinem kurzen Aufenthalt in unserer WG nicht gesehen hatte. Die restlichen Möbel waren in Weiß gehalten. Links neben dem Schreibtisch befand sich ein schmales Regal, in dem einige Ordner standen sowie ein paar Bücher. Fachbücher und ausgewählte Literatur, wie ich beim flüchtigen Drübersehen erkannte. In der Wand zwischen Schreibtisch und Bett befand sich ein Fenster, an das der Regen unermüdlich klopfte. Innerlich stöhnte ich. Es hatte immer noch nicht aufgehört zu schütten. Vincent bedeutete mir, dass ich es mir auf dem Bett gemütlich machen sollte, und ich setzte mich zögerlich an die Kante des Fußendes. Es war achtzehn Uhr, wie das Display seines Weckers erkennen ließ, und ich war schon jetzt hundemüde. Das musste das viele Essen gewesen sein. Nur mühsam unterdrückte ich ein Gähnen. Er setzte sich neben mich. »Möchtest du lieber das Spüren oder Feuerentfachen üben?«

Ich ließ mich rücklings auf sein Bett fallen und streckte die Arme über meinem Kopf aus. »Ich glaube, ich brauche erst etwas Koffein«, entgegnete ich schläfrig.

Er legte sich seitlich neben mich, stützte seinen Kopf mit einem Arm ab und betrachtete mich. Sein Gesicht war so nah, dass ich jede einzelne Bartstoppel erkennen konnte. Und wieder fühlte ich die starke Anziehungskraft, die von ihm ausging. Seine geschwungenen Lippen waren eine einzige Versuchung. Nachdenklich fuhr er mit dem Zeigefinger die Linie meiner Sommersprossen entlang, die sich über mein Schlüsselbein zog. Sein Finger hinterließ eine glühende Spur auf meiner Haut.

»Ich hole dir mal einen Kaffee«, murmelte er verwirrt, als sei ihm eben erst die Nähe bewusst geworden.

Er rappelte sich auf und ich blieb erschöpft liegen. Das Boxspringbett war so verdammt bequem. Ich hätte auf der Stelle einschlafen können.

Vincent kam mit einer Tasse Cappuccino zurück, die ich ihm dankbar aus den Händen nahm. Langsam löffelte ich den Milchschaum, während Vincent einen nervösen Eindruck machte.

»Ich möchte dir gerne etwas zeigen.«

Gespannt wartete ich darauf, dass er mir erklärte, was er mir zeigen wollte. Stattdessen streckte er mir seine offene Handfläche entgegen, holte einmal tief Luft und schloss für den Bruchteil einer Sekunde die Augen. Als er sie wieder öffnete, tanzte auf seiner Handfläche eine kleine Flamme. Ich riss die Augen vor Staunen weit auf, denn ich hatte noch nie ein so prächtiges Farbenspiel gesehen. Die Flammen wechselten ihre Farben von Hellgelb bis Knallrot. Dabei waren alle nur denkbaren Farbschattierungen vorhanden. Fasziniert beugte ich mich dichter über seine Hand. Die zackigen Spitzen tanzten ruhelos hin und her, obwohl kein Lufthauch im Zimmer zu spüren war. Die Farben erinnerten mich an Vincents Aura. »Vincent, das sieht wunderschön aus«, wisperte ich.

Erst als er leicht errötete, begriff ich, dass es nicht nur wie seine Aura aussah. Es war sein inneres Feuer, das er mir da gerade zeigte. Erst jetzt wurde ich mir der Intimität dieses Moments bewusst, konnte jedoch den Blick noch immer nicht von der tanzenden Flamme abwenden. Sie war auf unbeschreibliche Weise anziehend und wunderschön. *Genau wie Vincent.*

»Willst du es mal probieren?«

»Warte kurz. Ich möchte erst noch etwas anderes versuchen.« Mit der freien Hand, in der anderen hielt ich noch immer den Cappuccino, näherte ich mich der Flamme. Ich musste wissen, ob sie heiß war wie ein richtiges Feuer. Blitzschnell streckte ich meinen Finger mitten in das Herz aus blendend hellem Gelb. Im selben Moment erloschen die Flammen und meine Rezeptoren im Gehirn meldeten Schmerz.

»Was tust du denn da?«, fragte er mich geschockt.

»Au!«, stieß ich zeitverzögert hervor. Ich betrachtete meinen Finger, der bereits anfing sich zu röten.

»Zeig mal her.« Vincent griff nach meiner Hand und betrachtete die Spitze meines Zeigefingers. »Wieso tust du denn so was?«, fragte er in vorwurfsvollem Ton und eine Spur Besorgnis lag darin.

»Keine Ahnung«, jammerte ich. »Für dich war sie ja offenbar nicht heiß.«

»Ich hole dir etwas zum Kühlen.«

»Das ist nicht nötig«, setzte ich an, aber ein Blick von ihm brachte mich zum Schweigen.

Als ich meinen Finger in das Schnapsglas mit Eiswürfeln tauchte, war ich froh um die Kälte, die langsam meine Haut und meinen Schmerz betäubte. Dennoch war ich zuversichtlich, dass sich keine Brandblasen bilden würden.

»Geht es wieder?« Sorge spiegelte sich in seinem Blick.

»Es tut fast nicht mehr weh«, versicherte ich ihm und versuchte die Sache mit einem Lächeln herunterzuspielen. Was war ich auch so blöd und fasste mitten in ein Feuer? Jedes Kleinkind wusste es besser.

»Wieso war es für dich nicht heiß?«, fragte ich ehrlich neugierig.

»Weil es mein ganz persönliches Feuer ist. Es ist ein Teil von mir und deshalb fügt es mir auch keine Schmerzen zu. Es tut mir wirklich leid, Caro.« Er verzog gequält das Gesicht.

»Du kannst doch wirklich nichts dafür, wenn ich aus kindischer Neugier einfach hineingreife. Also hör auf, dich zu entschuldigen. Außerdem spüre ich kaum noch was.« Allerdings nur, weil mein Finger inzwischen taub vor Kälte war. Ich hielt ihn ihm wie zum Beweis direkt vor die Nase. »Siehst du, nichts passiert.«

Er wirkte immer noch ein wenig geschockt.

»Mal schauen, ob ich das auch kann. Erklärst du mir, wie du das gemacht hast?«

Ich streckte ihm meine offene Handfläche entgegen. Das Ablenkungsmanöver funktionierte.

»Es ist das gleiche Prinzip, wie wenn du eine Kerze anzündest, nur dass du diesmal deine Kräfte nicht zur Kerze, sondern auf deine Handfläche leitest.« Er berührte mit einem Finger die Mitte meiner Hand und strich gedankenverloren darüber.

»Vielleicht solltest du deine Finger besser wegnehmen. Ich kann dir versichern, dass es sonst schmerzhaft wird.« Es sollte ein Witz sein, aber Vincent zuckte bei meinen Worten zusammen, als hätte ich ihm eine Ohrfeige verpasst.

Ich biss mir auf die Zunge. Nachdem er seine Hand weggenommen hatte, konzentrierte ich mich auf mein inneres Feuer. Es fiel mir von Mal zu Mal leichter, es zu finden und die Hitze von dort an die gewünschte Stelle nach außen zu transportieren. Wenige Augenblicke später hatte ich ebenfalls eine kleine Flamme auf der ausgestreckten Hand, die freudig darauf herumtanzte. War Vincents Flamme schon schön gewesen, so war sie doch nichts im Vergleich zu dieser hier. Der Anblick schockte mich regelrecht, obwohl ich es eigentlich hätte ahnen können. Denn ich kannte das wechselnde Spiel aus blauen und roten Flammen ja bereits. Sie waren ineinander verschlungen, wie in einer liebkosenden Umarmung, ohne jedoch miteinander zu verschmelzen. Ich nahm Vincents vor Staunen weit aufgerissene Augen mit einer gewissen Genugtuung wahr. Die Flammen schienen wie zwei Hälften eines Ganzen. Blau und Rot. Feuer und Eis. Yin und Yang. Ich hielt die Hand dicht vor meine Augen, berührte das Feuer fast mit meiner Nasenspitze. Ich wollte mir jedes Detail so genau wie möglich einprägen. Nun sah ich auch, dass die Flammen nicht nahtlos ineinander übergingen, dass zwischen ihnen ein winziger Spalt war. Als wollten sie miteinander verschmelzen, konnten aber das letzte bisschen Abstand nicht überwinden. Das Feuer fühlte sich anders an als erwartet. Es tat nicht weh. Es war nicht einmal wirklich heiß. Es war angenehm. Nicht zu warm und nicht zu kalt. Und leicht, als würde man eine Feder in der Hand halten.

»Etwas Vergleichbares habe ich noch nie gesehen.«

»Wirklich nicht?« Diese Worte aus Vincents Mund zu hören, erfüllte mich mit Stolz.

»Nein, noch nie.« Auf einmal lag noch etwas anderes in seiner Stimme. Angst? Jetzt blickte ich doch auf. Sein Gesichtsausdruck war kontrolliert, er hatte jegliche Gefühlsregungen daraus verbannt. Sein Blick war hart und unbewegt.

»Ist das was Schlechtes?« Mein Hochgefühl von eben war verschwunden. Stattdessen ergriff mich nun dieselbe Angst, die ich eben noch in seiner Stimme gehört hatte. Für einen kurzen Moment war ich abgelenkt und das brachte das Feuer zum Erlöschen. Ich starrte auf meine leere Handfläche. Es war weg, sicher verwahrt in meinem Inneren.

»Nein, ganz und gar nicht.« Er wirkte bemüht, seiner Stimme einen normalen, sorglosen Klang zu verleihen. »Mir war schon immer klar, dass du etwas Besonderes bist.«

***

Vincent fuhr mich nach Hause und vielleicht lag es daran, dass ich so müde war – trotz des Cappuccinos – oder an dem beengten Raum im Auto oder an der Intimität der Dunkelheit. Vielleicht war es auch alles zusammen. Jedenfalls verspürte ich dieselbe Sehnsucht wie schon am Montag und als er vor meiner Haustür anhielt, konnte ich nicht anders, als meine Hand auf seine zu legen, die immer noch den Schaltknüppel umfasste. Er drehte langsam den Kopf in meine Richtung und eine seltsame Mischung aus Traurigkeit und Verlangen lag in seinem Blick. Er schien einen inneren Kampf mit sich auszutragen. Ich schluckte hart.

»Vincent, was hast du?«

Er schüttelte nur den Kopf und der Ausdruck war verschwunden. Stattdessen blickten mich seine Augen klar an und ich fragte mich, ob ich mir das alles nur eingebildet hatte. Er drehte seine Hand, so dass sich unsere Finger miteinander verschlangen, und ich war mir sicher, dass er in diesem Moment das Gleiche fühlte wie ich. Das Gleiche wollte wie ich. Er drehte den Zündschlüssel herum und der Motor erstarb. Nun war es so still, dass ich seine schweren Atemzüge hören konnte. Er murmelte etwas, das sich wie »Zum Teufel mit den guten Vorsätzen« anhörte, aber ich war mir nicht ganz sicher, denn das Blut rauschte in meinen Ohren. Ohne eine Vorwarnung lagen seine Lippen plötzlich auf meinen. Es ging so unglaublich schnell, dass mir keine Zeit blieb, um lange darüber nachzudenken. Er packte meine Schultern und ich fasste in seinen Nacken, auf der Suche nach etwas, an dem ich mich festhalten konnte. Mein Herz hämmerte schmerzhaft gegen meine Brust. Ich spürte seine weichen Haare unter meinen Fingern und seine Lippen hart auf meinen. Seine Bartstoppeln kratzten meine Wange, aber das war mir egal. Alles, was ich spürte, war das Gefühl seiner Lippen auf meinen. Vincent schmeckte so, wie er roch. Süß und würzig. Automatisch presste ich mich näher an ihn heran. Schmeckte seine Zunge in meinem Mund. Sein Atem ging stoßweise, genau wie meiner. Mir war so unglaublich heiß. So musste es sich anfühlen, in Flammen zu stehen. Ich konnte mir nicht vorstellen, dass es etwas Schöneres auf der Welt gab, als Vincent zu küssen.

Nach einem endlosen Moment, der mir gleichzeitig viel zu kurz erschien, lösten wir uns voneinander. Ich konnte nicht sagen, wie lange unser Kuss angedauert hatte. Vielleicht nur wenige Sekunden, vielleicht aber auch Stunden. Vincent lehnte den Kopf gegen die Kopfstütze und schloss die Augen. Ich nutzte die Gelegenheit, um mich wieder zu sammeln. War das eben gerade wirklich passiert? Ich befühlte vorsichtig meine Lippen. Sie fühlten sich rau und geschwollen an.

Plötzlich hörte ich ihn fluchen.

»Verdammt, Caro!«

»Was ist?« Verwirrt blinzelte ich ihn an. War er wütend, weil wir uns geküsst hatten? Vincent bemerkte meine Verwirrung nicht, denn er sah an mir vorbei zum Rückfenster hinaus.

»Du hast die Müllcontainer in Brand gesetzt«, sagte er in vorwurfsvollem Ton.

»Wie bitte?« Wieso redete er auf einmal von Mülleimern?

Genervt drehte er meinen Kopf in die richtige Richtung und ich spähte aus der Heckscheibe. Da stieg tatsächlich aus zwei Müllcontainern Rauch auf. Zu viert standen sie ordentlich aufgereiht auf dem Bürgersteig, da morgen früh die Müllabfuhr kam.

»Wieso soll ich das gewesen sein?«, fragte ich eine Spur beleidigt, aber größtenteils verwirrt. War ich plötzlich an jedem Feuer schuld? Als Nächstes würde er mich für die Waldbrände in Spaniens Sommern zur Verantwortung ziehen. Außerdem war ich überhaupt nicht wütend. Im Gegenteil: Bis vor zwei Sekunden hätte ich platzen können vor Glück. Dieses Gefühl verschwand jedoch allmählich.

»Ich bitte dich, Caro. Glaubst du etwa, ich habe mich nicht so weit unter Kontrolle, dass ich nicht verhindern kann, bei der erstbesten Gelegenheit die halbe Straße anzuzünden?« Sein Tonfall war tadelnd.

Na gut, das glaubte ich nicht. Also war es vermutlich doch ich gewesen. Dennoch war seine Reaktion übertrieben. Zwei Müllcontainer waren kaum die halbe Straße und diese brannten noch nicht einmal richtig. Es war bloß ein bisschen Qualm, der kaum die Aufmerksamkeit der Anwohner auf sich ziehen würde. Kein Grund, so die Stimmung zu ruinieren.

»Kann ja nicht jeder so eine super Selbstbeherrschung haben.« Ich verschränkte trotzig die Arme vor der Brust.

Er seufzte und sein Ton wurde sanfter. »Tut mir leid. Ich vergesse hin und wieder, dass du noch ein Anfänger bist und erst lernen musst, deine Kräfte zu kontrollieren. Du machst deine Sache bisher großartig und für das hier«, er deutete wage in Richtung des Qualms, »übernehme ich die volle Verantwortung. Ich hätte dich nicht so aus der Fassung bringen dürfen.« Er lächelte mich schief an.

Jetzt wurde mir klar, was diese unsägliche Hitze gewesen war, die ich während unseres Kusses gespürt hatte. Fälschlicherweise war ich davon ausgegangen, sie käme von dem glühenden Verlangen nach Vincent, doch wie es aussah, traf das nur zum Teil zu. Und woher hätte ich wissen sollen, dass es neben der Wut noch andere Wege gab, einen Brand entstehen zu lassen? In Zukunft würde ich mich in solchen Situationen besser beherrschen müssen. Der Gedanke gefiel mir nicht.

»Das hättest du wohl gerne. Du hast mich nicht annähernd so sehr aus der Fassung gebracht, wie du vielleicht annimmst«, entgegnete ich leicht verstimmt, aber sein schiefes Lächeln machte es mir unmöglich, länger böse auf ihn zu sein.

»Wenn das so ist, dann würde ich gerne ein kleines Experiment wagen.« Er blickte mich triumphierend an.

Ehe ich begriff, wovon er sprach, presste er seine Lippen auf meine. Dieser Kuss war nicht mehr so sanft, sondern fordernder. Seine Bartstoppeln kratzten meine Wange, als er mich enger an sich zog. Mein Gehirn schaltete sich aus und ich erwiderte seinen drängenden Kuss. Das Blut rauschte in meinen Ohren und mir wurde erneut schrecklich heiß. Ohne eine Vorwarnung schob er mich von sich weg und spähte neugierig aus der Heckscheibe.

»Nichts passiert.« Er sah ein klein wenig enttäuscht aus.

»Wolltest du sehen, ob ich es schaffe, die übrigen Müllcontainer auch noch zum Brennen zu kriegen?«, schnaubte ich.

»Ehrlich gesagt, ja.« Seine Aufrichtigkeit nahm mir den Wind aus den Segeln. »Ich wollte sehen, wie lange ich brauche, um dir einzuheizen.« Er zuckte die Achseln und grinste frech.

»Tja, da musst du dich wohl noch etwas mehr anstrengen.« Nun war ich es, die triumphierend zu ihm aufblickte.

»Offensichtlich«, stimmte er mir zu und kam näher, bis seine Lippen mein Ohr streiften und ich jedes seiner Worte fühlen konnte. »Ich wette, ich würde es schaffen, dass die anderen beiden auch noch brennen.« Ein Schauer lief meinen Rücken hinab.

»Vermutlich würdest du das«, presste ich hervor.

Die Gedanken flossen zäh in meinem Kopf und ich hatte Mühe, die Worte zu formen. »Aber wir sollten es lieber nicht darauf ankommen lassen«, hauchte ich mit schwacher Stimme.

Es war seltsam, die Vernünftigere von uns beiden zu sein. Und ich würde es auch nicht viel länger bleiben. Alles, woran ich dachte, war, dass ich nur meinen Kopf ein wenig zu drehen bräuchte, um ... Ich spürte, wie mein Widerstand zu bröckeln begann. Die mögliche Brandgefahr, die von mir ausging, war mir im Augenblick ziemlich egal.

Vincent schien sich meinen Einwand zu Herzen zu nehmen, denn mit einem Seufzen drehte er sich wieder in Richtung des Lenkrads. Sein Blick schweifte die dunkle Straße entlang.

Bedauern lag in seiner Stimme. »Nein, sollten wir nicht.«.

Ich verstand den Wink mit dem Zaunpfahl, dass es nun Zeit für mich war, zu gehen.

Als ich die Wohnung betrat, waren meine Beine immer noch Wackelpudding. Ich fühlte mich anders als heute Morgen, aber es war ein gutes anders. Noch nie war ich lebendiger, glücklicher, zufriedener und aufgeregter gewesen als in diesen Minuten mit Vincent im Auto. Ich warf mich aufs Bett, ohne mir die Mühe zu machen mich auszuziehen und schlief mit einem wohligen Gefühl ein.

14. Kapitel

So musste es sich anfühlen, auf Wolken zu schweben. Wenn mich nicht die Schwerkraft am Boden gehalten hätte, wäre ich mit Sicherheit davongeschwebt. Beim Frühstück verputzte ich gleich drei Semmeln, vielleicht hoffte ich, durch ihr Gewicht mehr Bodenhaftung zu bekommen, aber es nützte nichts. Ich fühlte mich immer noch leicht und unbeschwert. Bevor ich zur Uni musste, wollte ich die Zeit nutzen, um ein bisschen zu üben. Nachdem ich erfolgreich drei Teelichter gleichzeitig zum Brennen gebracht hatte – eine Aufgabe, die einiges an Konzentration und Koordination verlangte –, kam mir die Idee, auszuprobieren, ob ich Vincent über größere Entfernung hinweg spüren konnte. Ich setzte mich im Schneidersitz auf mein Bett und schloss die Augen. Ein wenig erinnerte es an eine Meditation. Die nächsten zwanzig Minuten fühlte ich nur Luft um mich herum, also nichts. Aber plötzlich veränderte sich etwas. Nachdem ich vor lauter Frustration meinen Verstand ausgeschaltet hatte, konnte ich es plötzlich spüren. Die vertraute Wärme, die Vincents Aura ausmachte. Es war das gleiche fransige Orange-Rot wie beim ersten Mal. Seine Aura schien beinahe wie ein lebender Organismus. Sie bewegte sich, glitt sanft hin und her, wie Algen in der Strömung des Meeres. Fast bildete ich mir ein, ein leichtes Kitzeln zu spüren. Wieso fiel mir erst jetzt auf, dass seine Aura nicht stillstand? Und da begriff ich es: Sie veränderte ihre Richtung, weil Vincent es tat. Er musste gerade unterwegs sein und die Aura umhüllte ihn und passte sich jeder seiner Bewegungen an. Ich war mir sicher, wenn ich meinen Instinkten folgen würde, dann würden sie mich zu Vincent führen. Jetzt begriff ich endlich, wie er mich hatte aufspüren können. Als Nächstes versuchte ich Max ausfindig zu machen. Ich lenkte meine Aufmerksamkeit von Vincents Aura weg und wieder in das Nichts hinein. Offenbar befand sich Max nicht in seiner Nähe, sonst hätte ich ihn bestimmt schon gespürt.

Ein Klopfen an der Tür ließ mich erschrocken zusammenzucken. Mara lugte in mein Zimmer.

»Meine Güte, Mara! Hast du mich vielleicht erschreckt.«

Sie öffnete die Tür vollständig. »Entschuldige. Das wollte ich nicht. Hast du gerade Yoga gemacht?« Sie beäugte mich misstrauisch.

»Äh, nein.«

»Meditiert?«, riet sie weiter.

»So was in der Art. Was wolltest du denn von mir?«

»Ich mache gerade Nudeln und wollte nur fragen, ob du auch etwas davon willst?«

»Danke, das ist echt lieb von dir, aber ich muss gleich los.« Außerdem war ich immer noch pappsatt von den drei Semmeln.

»Okay.« Sie zuckte gleichgültig mit den Achseln. »Dann bleibt mir noch ein Mittagessen für morgen.«

Sie schloss die Tür hinter sich und ich bemerkte, dass mein Handy blinkte. Vincent hatte mir eine SMS geschrieben, dass er heute den ganzen Tag bei seinem Großvater war. Enttäuscht legte ich das Gerät zur Seite. Ich hatte gehofft, wir würden uns noch einmal sehen, bevor ich morgen mit ihm und Max zu Arthur fuhr. Vincent musste das spontan entschieden haben, denn gestern hatte er mit keinem Wort erwähnt, dass er seinen Großvater besuchen würde.

Als ich am Nachmittag von der Uni zurückkam, empfing mich der Duft von frischgebackenen Keksen. Voller Vorfreude begab ich mich in die Küche, in der Hoffnung auf einen noch warmen Keks. Mara hatte eine Kanne Tee gekocht und sie und Doro saßen bereits am Tisch, zwischen ihnen eine große Schale mit Schokocookies.

»Setz dich zu uns. Magst du einen Keks?« Mara streckte mir die Schale entgegen und ich schnappte mir ein Stück rundes Glück. Ich biss in den knusprigen Schokoteig und kaute genüsslich.

»Die sind megalecker. Was verschafft uns die Ehre, Mara?«

Ihre Wangen färbten sich leicht rosa. »Ich hatte einfach Lust auf etwas Selbstgebackenes.«

Ich holte mir eine Tasse, goss Tee aus der Kanne hinein und griff mir einen zweiten Keks. Mara und Doro warfen sich einen verstohlenen Blick zu, ehe Mara sich verlegen am Hals kratzte.

»Du musst uns jetzt mal genauer erzählen, was es mit Vincent auf sich hat. Ihr lernt doch nicht wirklich die ganze Zeit. Außerdem hat er dich ins Theater ausgeführt ...«

Ich verschluckte mich beinahe an den Krümeln.

»Sie wird rot«, feixte Doro.

»Wir haben uns geküsst.«

»Was?« Maras Augen waren vor Staunen weit aufgerissen.

»Ich wusste es.« Doro grinste überlegen. »War mir von Anfang an klar, dass da was läuft.«

»War es nicht«, widersprach ich.

»Wann denn?«, krächzte Mara und räusperte sich.

»Ähm. Eigentlich erst gestern Abend, als Vincent mich nach Hause gefahren hat.«

»Davor oder danach?«, wollte Doro wissen.

»Davor?«, fragte ich irritiert.

Sie zuckte die Achseln. »Na ja, ihr werdet wohl kaum während der Fahrt geknutscht haben. Oder etwa doch?« Hörte ich da Anerkennung in ihrer Stimme?

»Danach.«

Doro sprang von ihrem Stuhl auf und fiel mir um den Hals. »Unsere Caro hat ihren ersten richtigen Freund«, flötete sie, während sie mich fast erdrückte. Ich wartete schon auf das Knacksen in meinem Genick. »Wurde aber auch Zeit. Ich bin stolz auf dich.«

»Das sind ja tolle Neuigkeiten. Das freut mich sehr für dich.« Nachdem Doro mich so stürmisch umarmt hatte, fühlte Mara sich offensichtlich verpflichtet es ihr gleichzutun. Dabei ging sie mit meinem Nacken jedoch umsichtiger um. »Jetzt müssen wir nur noch dich verkuppeln.« Mara rieb sich in freudiger Erwartung die Hände.

»O nein. Vergiss es. Den suche ich mir schon selbst aus.«

»Aber ich wüsste da ein paar Kandidaten, die würden ganz toll ...«

»Ich warne dich«, schnitt Doro ihr das Wort ab, »misch dich da nicht ein.«

»Doro macht das schon. Ich finde auch, wir sollten uns da nicht einmischen«, sprang ich ihr bei.

»Na gut.« Mara wirkte enttäuscht, dann hellte sich ihre Miene plötzlich auf. »Oh, dann können wir ja in Zukunft Pärchenabende machen. Das wird toll! Tobi muss sich dann endlich nicht mehr wie der Hahn im Korb fühlen.«

»Als ob ihm das bis jetzt etwas ausgemacht hätte«, meinte Doro sarkastisch.

Mara ignorierte sie. »Was hältst du davon, Caro?«

Sie sah mich so begeistert an, dass ich ihr nicht sagen konnte, wie grauenhaft ich die Vorstellung von Pärchenabenden fand.

»Das können wir sicher irgendwann einmal machen«, gab ich ausweichend zurück.

Mara war mit dieser Antwort zufrieden und wechselte das Thema zur nächsten bevorstehenden Uniparty.

***

Gerade hatte ich mich zusammen mit einem Skript in mein Bett gelegt, um ein wenig zu lernen, als mein Handy anfing zu vibrieren und damit gar nicht mehr aufhören wollte. Schnell griff ich danach und als ich sah, wer mich anrief, beschleunigte sich mein Herzschlag. Ich drückte auf das grüne Symbol, um das Gespräch anzunehmen.

»Hallo«, begrüßte ich Vincent ein wenig atemlos.

»Hi, Caro.« Allein seine Stimme verursachte ein angenehmes Kribbeln in meinem Bauch.

»Ich dachte, du wärst den ganzen Tag bei deinem Großvater?«

»Tatsächlich waren wir schneller fertig als erwartet und ehrlich gesagt, wollte ich dich gerne noch einmal sehen, bevor wir morgen zusammen mit Max zu Arthur fahren.« Er machte eine kurze Pause, ehe er fortfuhr. »Bist du gerade beschäftigt?«

Ich blickte auf mein Skript und schob es dann mit einer Handbewegung unter die Bettdecke. Aus den Augen, aus dem Sinn.

»Nein, eigentlich nicht.«

»Dann hättest du jetzt gleich Zeit?«, fragte er hoffnungsvoll.

Unwillkürlich musste ich grinsen. Offenbar war ich nicht die Einzige, der es schwerfiel, einen ganzen Tag ohne den anderen zu verbringen.

Meine Lippen begannen zu prickeln, als erinnerten sie sich beim Klang von Vincents Stimme an den Kuss. Und eigentlich wollte ich schon den ganzen Tag nichts lieber als eine Wiederholung des gestrigen Abends.

»Sicher. Soll ich zu dir kommen?«

Er räusperte sich. »Ehrlich gesagt, stehe ich schon vor deiner Haustür. Ich bin direkt zu dir gefahren.« Er klang beinahe entschuldigend und mir wurde dabei ganz warm ums Herz.

»Wenn das so ist, dann komme ich runter. Gib mir fünf Minuten.«

»Lass mich nicht zu lange warten«, meinte er noch, ehe er das Gespräch beendete.

Mein Herz schlug mir bis zum Hals. Eilig stand ich vom Bett auf und war schon halb zur Zimmertür raus, als mein Blick auf die bequeme Jogginghose, die ich trug, fiel. Die ging natürlich gar nicht. Hastig tauschte ich sie gegen eine enganliegende Röhrenjeans aus, dann sah ich zu, dass ich aus der Wohnung kam. Den Reißverschluss des Parkas zog ich mir zu, während ich bereits die Treppenstufen hinabpolterte. Sobald ich auf die Straße trat, erblickte ich Vincents Wagen, der mit angeschalteten Scheinwerfern am Straßenrand hielt. Der schwarze Lack verschmolz beinahe mit der Dunkelheit. Nur eine Laterne warf ihr schwaches Licht auf den vorderen Teil des Autos und verhinderte, dass ich Vincent durch die Spiegelung in der Windschutzscheibe erkennen konnte. Schnell lief ich auf ihn zu.

»Hi«, begrüßte ich ihn erneut, nachdem ich die Beifahrertür geöffnet hatte.

Nach unserem Kuss gestern raubte mir sein Anblick beinahe den Atem und mein Magen fühlte sich an wie auf einer Achterbahnfahrt. Wie war es möglich, dass dieser Mann seit gestern eine noch intensivere Wirkung auf mich hatte als zuvor? Irgendwann musste doch mal ein Maximum an Gefühlen erreicht sein, oder nicht? Ich befürchtete, sonst wirklich vor Glück zu platzen oder zu ersticken, weil ich vergessen hatte zu atmen.

»Caro.« Seine Stimme klang rau. Er sah unter seinen dichten Wimpern zu mir auf.

Unter seinem Blick wurde mir schon wieder furchtbar heiß und ich fühlte erneut diese übermächtige Anziehungskraft, als wären wir zwei sich gegenüberliegende Magnetpole, die eigentlich gar keine andere Wahl hatten.

Schnell ließ ich mich in den Sitz gleiten und zog die Tür hinter mir zu. Die Enge des Raumes machte es leider überhaupt nicht besser. Die Spannung war beinahe greifbar.

»Wie war es bei Arthur?«, fragte ich, nur um irgendetwas zu sagen und in der schwachen Hoffnung, die Hitze würde durch ein banales Gespräch nicht noch weiter zunehmen.

Vincent startete den Motor und fuhr los. »Interessant.« In seiner Stimme schwang eine Spur Verärgerung. Ob irgendetwas zwischen den beiden vorgefallen war?

»Was habt ihr gemacht?«

»Hauptsächlich geredet«, war alles, was er dazu sagte, und diesmal hörte ich den grimmigen Unterton ganz klar heraus. Ich fragte mich, über was die beiden sich unterhalten hatten, aber wenn er es mir nicht sagen wollte, würde ich ihn nicht dazu drängen. Außerdem lernte ich Arthur ja sowieso bald kennen und konnte mir dann mein eigenes Bild von ihm machen.

»Und was hast du gemacht?«, fragte er schließlich in die Stille hinein.

»Nichts Besonderes. Uni und am Nachmittag eine kleine Kaffeklatschrunde mit meinen Mitbewohnerinnen. Mara hat Schokocookies gebacken. Ach Mist, ich hätte dir eigentlich welche mitnehmen können. Die waren wirklich lecker.«

Er sah zu mir rüber und lächelte schief. »Das macht doch nichts. Beim nächsten Mal eben.«

»Du könntest ja auch mal zu mir kommen«, schlug ich vor. »Immerhin haben wir die Cookies«, fügte ich mit einem breiten Grinsen hinzu.

»Versuchst du gerade mich mit Keksen auf die dunkle Seite zu ziehen?«, fragte er spöttisch.

»Na ja, dunkel ist es ja zumindest schon mal und was den Rest angeht«, ich legte eine bedeutungsschwere Pause ein, »ich glaube, da brauche ich keine Kekse, um dich an meine Seite zu ziehen, oder irre ich mich da?«

Um seine Mundwinkel zuckte es leicht und er legte flüchtig seine Hand auf mein Knie, bevor er sie wieder ans Lenkrad hob. Die Berührung hinterließ ein angenehmes Stechen auf meiner Haut.

»Nicht im Geringsten. Ich bin deinem weiblichen Charme jetzt schon völlig ausgeliefert. Nicht auszudenken, wenn du noch Kekse backen würdest.«

In dem engen Auto schien die Luft plötzlich wie elektrisiert. Zwischen uns knisterte es förmlich und ich konnte fühlen, wie mir die Hitze ins Gesicht schoss. *Weiblicher Charme.* Darauf fiel mir nichts zu entgegnen ein. Ich musste erst mal meine Gedanken sortieren. Glücklicherweise hatten wir eben Vincents Wohnung erreicht und er parkte sein Auto am Seitenrand. Sobald ich auf dem Bürgersteig stand, kühlte die Nachtluft meine Wangen. Dankbar sog ich die kalte Luft in meine Lungen ein und auch mein Verstand klärte sich allmählich.

Als wir gemeinsam das Wohnzimmer betraten, fiel mein Blick auf die angebrannten Kerzen, die immer noch auf dem Glastisch standen. »Das hatte ich vorhin total vergessen. Geübt habe ich heute auch noch.« Ein wenig stolz war ich schon, dass es mir keine großen Probleme mehr bereitete, ein paar Kerzen gleichzeitig anzuzünden.

»Großartig. Dann kannst du gleich mal ein Feuer im Kamin entfachen.«

Na toll. Ich erinnerte mich nur zu gut an meinen letzten kläglichen Versuch, bei dem gerade mal ein Scheit gebrannt hatte.

Erwartungsvoll beobachtete mich Vincent, während ich langsam zum Kamin schritt. Ich bekam das hin, ich musste mich nur richtig konzentrieren. Und wenn ich meine Sache gut machte, stand einer kleinen Belohnung von Vincent nichts mehr im Wege. Bei dem Gedanken, womit er mich später belohnen könnte, wurde mir bereits ganz heiß. Sehr gut. Ich konzentrierte mich auf mein inneres Feuer, ließ es sich in meinem gesamten Körper ausbreiten und dann lenkte ich es auf die Holzscheite.

»Das war wirklich nicht schlecht.«

Vincents anerkennende Worte veranlassten mich dazu, nun ebenfalls einen Blick zu riskieren. Und tatsächlich brannten ganze vier Scheite! Vor Freude fiel ich Vincent um den Hals. Er zögerte kurz und zog mich dann eng an sich heran.

»Das hast du wirklich gut gemacht«, murmelte er an meinem Ohr und ich spürte dabei die leichte Vibration seiner Worte. Ein Schauer lief mir den Rücken hinab und dann waren seine Lippen nur noch wenige Zentimeter von meinen entfernt. Ich begegnete dem lodernden Verlangen in seinen Augen mit dem gleichen sehnsüchtigen Blick. Ich senkte die Lider und plötzlich trennten uns keine Zentimeter mehr. Ich spürte Vincents warmen Atem auf meiner Haut, seine weichen Lippen auf meinen. Ein leises Seufzen entwich mir. Daraufhin packte er mich noch fester an den Hüften und seine Lippen öffneten sich. Die Hitze schwoll in mir an, mein ganzer Körper schien kurz davor, in Flammen aufzugehen. Ich versank völlig in unserem Kuss, umso mehr verwirrte es mich, als mich Vincent ganz unerwartet von sich schob.

»Was ist …«, setzte ich an.

»Max«, rief er tadelnd und wandte sich um.

Jemand räusperte sich amüsiert. »Ich hatte euch vorgeschlagen, ein Schild an die Tür zu hängen.«

Rote Flecken breiteten sich auf meinem Dekolleté aus, als ich mir vorstellte, was Max alles gesehen haben könnte.

»Wie lange stehst du schon da?«, wollte ich wissen.

»Lange genug, um zu der Feststellung zu kommen, dass meine Vorschläge völlig grundlos unbeachtet bleiben.« Obwohl er am anderen Ende des Raumes im Türrahmen stand, konnte ich sehen, wie er die Lippen fest zusammengepresst hatte und wie seine Schultern bebten, als er versuchte ein Lachen zu unterdrücken.

»Keine Sorge, er steht noch nicht lange hier«, meinte Vincent beruhigend und warf Max einen scharfen Blick zu.

»Bist du dir da sicher? Du schienst mir recht abgelenkt, da kann es schon mal vorkommen, dass man seinen eigenen Bruder nicht spürt.«

Vincents Blick wurde noch eine Spur schärfer. »Das reicht jetzt, Max«, knurrte er.

Max hob beschwichtigend die Hände. »Schon gut. Ich hatte ohnehin nicht vor, lange zu bleiben. Immerhin ist heute Freitag, besser bekannt als Michelle-Tag.« Er zwinkerte mir zu. »Bevor Vince mir an die Gurgel springt, gehe ich lieber freiwillig.« Damit drehte er sich um und schloss bedeutungsschwer die Tür hinter sich.

Langsam löste Vincent seine Finger, die er zuvor zu Fäusten geballt hatte. »Das tut mir wirklich leid.« Er warf mir einen zerknirschten Blick zu.

»Schon gut. War ja nur dein Bruder und es ist ja nicht so, als würde er diese Dinge nicht auch mit Michelle machen.«

»Trotzdem. Wir hatten noch nicht einmal die Gelegenheit, um über gestern zu reden.« Vincent zog mich, immer noch leicht verärgert, mit sich auf die Couch.

Ich sah ihn abwartend an.

Er fuhr sich durch die Haare und zerzauste sie dabei. Er schien bemüht darum, die richtigen Worte zu finden. »Caro.« Auf einmal war da wieder dieser gequälte Ausdruck in seinen Augen. »Es ist nicht gut, was wir da tun. Ich sollte dir beibringen, deine Kräfte zu kontrollieren, stattdessen bringe ich dich dazu, Müllcontainer in Brand zu stecken.«

»Aber ...«, setzte ich an.

»Warte kurz. Ich bin noch nicht fertig. Gestern waren es nur Müllcontainer, aber deine Kräfte wachsen beständig. Was, wenn es irgendwann das Auto ist, in dem wir gerade sitzen? Wenn du verletzt wirst ...« Für einen kurzen Moment war in seinen Augen eine Verzweiflung zu sehen, die mich schlucken ließ.

»Vincent, du machst deine Sache wirklich gut und ich denke nicht, dass es so weit kommt. Immerhin brennt in diesem Raum nichts, was nicht auch brennen sollte«, versuchte ich die Situation mit einem Scherz aufzulockern.

Er schüttelte den Kopf. »Sei bitte ehrlich, Caro, wie lange hätte es noch gedauert, bis etwas passiert wäre? Eine Minute, zwei, meinetwegen auch fünf. Wir hätten es gar nicht erst so weit kommen lassen dürfen!«

Warum regte er sich darüber so auf? Schon im Auto kam mir seine Stimmung komisch vor und jetzt ... Ich wurde einfach nicht schlau aus ihm.

Natürlich konnte ich seine Bedenken nachvollziehen und mir war vorhin wirklich schon wieder schrecklich heiß gewesen, aber das würde ich ihm ganz bestimmt nicht erzählen.

Beruhigend legte ich meine Hand auf seine. »Wir werden in Zukunft einfach vorsichtiger sein, okay? Klar hätte es sein können, dass ich erneut die Kontrolle verliere, aber es ist nicht passiert.« Weil Max uns zuvor unterbrochen hat, schob ich in Gedanken hinterher.

»Du hast Recht.« Seine Kiefermuskeln traten angespannt hervor.

Ich blinzelte verblüfft. Er stimmte mir zu?

»Ich werde in Zukunft einfach besser aufpassen und nicht zulassen, dass wieder so eine Situation entsteht, bevor du nicht deine Kräfte vollständig unter Kontrolle hast.«

Verwirrt starrte ich ihn an. So hatte ich das aber nicht gemeint. Hatte Vincent uns eben tatsächlich Kussverbot erteilt? Da hatte ich ja wohl auch noch ein Wörtchen mitzureden.

»Entschuldige mal. Was heißt hier, du wirst besser aufpassen? Du tust ja gerade so, als wäre ich die

Femme fatale, die dich verführt.« Empört stemmte ich die Hände in die Hüften.

Sein Blick wurde weicher. »Die Wirkung einer *Femme fatale* auf mich ist nichts gegen deine.« Er lächelte schief. »Aber das ist natürlich nicht deine Schuld.« Er zog mich in seine Arme, vergrub sein Gesicht in meinen Haaren und hauchte mir einen Kuss auf den Scheitel. Meinen Kopf an seine Halsbeuge gelehnt, atmete ich den Geruch seiner Haut nach Vanille und Zimt tief ein.

»Du duftest wie mein Lieblingskaffee«, murmelte ich. Augenblicklich versteifte ich mich. Hatte ich das gerade laut gesagt?

Ich spürte das leichte Beben seiner Schultern, während er leise lachte. »Und was ist dein Lieblingskaffee? Ich hoffe, du sagst jetzt nicht *Kokos Latte,* sonst müsste ich mir ernsthafte Sorgen um meine Männlichkeit machen.«

»Ein Vanille Macchiato mit einem Hauch Zimt«, gestand ich. Noch immer wagte ich es nicht, den Kopf zu heben. Stattdessen genoss ich das Gefühl seiner warmen Haut an meiner Wange.

»Dann bin ich ja beruhigt.« Seine Brust bebte immer noch leicht.

Dass es Vincent nichts auszumachen schien, wie mein Lieblingskaffeegetränk zu riechen, beruhigte wiederum mich.

Er fing an, gedankenverloren über meinen Rücken zu streichen, und ich schloss die Augen und gab mich ganz dem Moment hin, in der Hoffnung, er möge niemals enden.

15. Kapitel

Den Samstagvormittag hatte ich mit Wäschewaschen und Lernen verbracht und saß nun zusammen mit Max in Vincents Auto. Wir fuhren zum Starnberger See, an dem das Haus von Vincents Großvater stand und in dem auch Vincent und Max aufgewachsen waren. Max saß auf der Rückbank und so kam ich in den Genuss des Beifahrersitzes. Er hatte zwar behauptet, es mache ihm nichts aus hinten zu sitzen, aber Vincent hatte ihn vermutlich dazu angestiftet. Die Großstadt lag längst hinter uns und wir dümpelten auf der mit Blättern übersäten Landstraße entlang. Getreidefelder und dicht bewachsene Alleen wechselten sich ab. An den Bäumen hingen nur noch wenige rote und gelbe Blätter. Der Herbst hatte mich schon als Kind fasziniert. Wie sich die Natur wandelte, von grün auf bunt und von dicht zu kahl. Die Wolken hingen tief, aber es regnete nicht. Der Gedanke, Arthur gleich persönlich zu treffen, machte mich nervös, obwohl Vincent mir versichert hatte, es wäre kein großes Ding. Wir waren nur zu viert, da Vincents und Max' Eltern nicht kommen würden. Damit kannte ich Dreiviertel der Anwesenden, wenn ich mich selbst mitzählte, ansonsten immerhin zwei Drittel. Kein Grund, aufgeregt zu sein. Trotzdem war es für jemanden wie mich, ohne eigene Familie, ein merkwürdiges Gefühl, bei einer fremden Familie zum Essen mitzukommen. Ich kam mir vor wie ein Eindringling, auch wenn der Grund für die Einladung der war, dass Arthur mich, den jüngsten Phönix in ihren Reihen, persönlich treffen wollte. Wenn einer der beiden Merkur-Brüder von dem Familienoberhaupt sprach, klangen sie immer ein wenig ehrfürchtig. Was, wenn Arthur von mir enttäuscht war? Das war natürlich ein blöder Gedanke, denn es sollte mir egal sein, was er von mir hielt. Ich war in meinem ganzen Leben niemandem Rechenschaft schuldig gewesen und hatte mich nicht groß um die Meinungen anderer geschert. Aber er war eben ein Verwandter von Vincent und Vincent war mir nicht egal, ergo war es mir wichtig, einen guten Eindruck auf Arthur zu machen. Aus diesem Grund hatte ich auch über mein weißes Top einen schwarzen Blazer angezogen. Das würde hoffentlich seinen Ansprüchen genügen.

Die Gegend um den Starnberger See war ausgesprochen schön. Alles hier verströmte Urlaubsflair. Im Sommer musste es traumhaft sein, wenn alle Bäume Blätter trugen und die Sonne das Wasser zum Glitzern brachte. Wir fuhren ein Stück parallel am Ufer entlang, bis Vincent vor einem verschlossenen Eisentor hielt. Ich blickte auf die Uhr im Armaturenbrett. Wir waren eine gute Dreiviertelstunde unterwegs gewesen. Vincent ließ auf seiner Seite die Fensterscheibe herunter und gab einen Code in ein kleines schwarzes Kästchen ein. Es piepste leise, das Tor öffnete sich und wir fuhren hindurch. Ein schmaler Kiesweg führte durch eine großzügige Parkanlage. Links und rechts säumten hohe Kastanienbäume die Auffahrt, die in einer Linkskurve mündete. Sobald wir um die Ecke bogen, tauchte eine beeindruckende Villa vor uns auf. Vincent fuhr bis kurz vor die Treppe und stellte den Motor ab.

Mir war flau im Magen, was aber mit Sicherheit nur eine Reaktion auf mein Erstaunen war. Ich hatte gewusst, dass Vincents Familie wohlhabend war, aber was ich jetzt sah, übertraf alle meine Erwartungen. Die Villa war riesig. Und prachtvoll. Der Garten war gepflegt und die Buchsbäume waren alle akkurat auf die gleiche Höhe geschnitten worden. Weiter hinten im Garten erkannte ich einen Brunnen mit einer Marmorskulptur in der Mitte des Beckens. Sie allein sah aus, als hätte sie ein kleines Vermögen gekostet.

»Dein Großvater wohnt hier alleine?«, fragte ich Vincent flüsternd.

Ich war so eingeschüchtert, dass ich nicht in der Lage war, in normaler Lautstärke zu sprechen.

»Das war nicht immer so. Als Max und ich hier aufgewachsen sind und auch unsere Eltern hier gewohnt haben, war die Villa voller Leben. Sogar mein Vater hat hier seine Kindheit verbracht.«

Ich betrachtete das Grundstück nun mit Vincents Augen. Versuchte zu sehen, was er früher gesehen hatte. Vor meinem geistigen Auge lief eine Szene ab, in der zwei kleine Jungs lachend durch den großen Garten liefen und Fangen spielten.

»Wollt ihr hier Wurzeln schlagen? Also ich für meinen Teil habe einen Bärenhunger«, rief uns Max, der bereits die wenigen Stufen zum Eingang vorausgegangen war, von der Brüstung aus zu.

Vincent ergriff meine Hand und drückte sie ermutigend. Dann liefen wir nebeneinander her zur Treppe und Max betätigte die Klingel. Das Geländer bestand aus kunstvoll geformten, eng beieinanderstehenden Säulen. Gerade noch rechtzeitig erreichten wir die Schwelle und stellten uns neben Max, als die Tür auch schon aufgerissen wurde. Ein netter älterer Herr begrüßte uns höflich.

»Das ist Karl, unser Butler«, raunte mir Vincent zu. Ein Butler? Wo war ich da nur reingeraten? Wer außer der Königsfamilie hatte heutzutage noch einen Butler?

Karl winkte uns herein und ich betrat als Letzte den Eingangsbereich. Vor mir lag eine breite Treppe, die in das obere Stockwerk führte, links und rechts davon waren dunkle Eichentüren, die mir den Blick zu den Räumen, die dahinter lagen, verwehrten. Ich hörte, wie die Eingangstür ins Schloss fiel, und drehte mich staunend um.

»Bitte folgen Sie mir«, sagte Karl mit heiserer Stimme und ging voraus. »Herr Merkur wartet bereits auf Sie.«

Er führte uns an der Treppe vorbei in eines der hinteren Zimmer. Max folgte ihm dicht, dahinter ging Vincent und ich bildete das Schlusslicht. Kurz bevor wir die Schwelle übertraten, drehte Vincent sich zu mir um und lächelte mich ermutigend an. Von uns abgewandt, mit hinter dem Rücken verschränkten Händen und einer kerzengeraden Haltung, stand Arthur neben einem antik aussehenden Kamin, in dem ein knisterndes Feuer flackerndes Licht verbreitete. Er drehte sich langsam um und ein freundliches Lächeln breitete sich auf seinem Gesicht aus, das jedoch nicht seine Augen erreichte. Diese musterten uns einen nach dem anderen mit einer gewissen Strenge.

»Herzlich Willkommen. Wie schön, dass ihr da seid.« Arthur schüttelte einem nach dem anderen die Hand. Sein Händedruck war so warm und fest, wie ich ihn erwartet hatte. »Du bist also Caroline Gräf«, stellte er mit wissendem Blick fest.

»Sehr erfreut. Danke für die Einladung, Herr Merkur.«

»Die Freude ist ganz meinerseits. Es ist mir ein Vergnügen, dich endlich kennenzulernen. Nachdem ich schon so viel von dir gehört habe.« Sein Blick huschte kurz zu Vincent und ich fragte mich, was er wohl gehört hatte. Vincent sah uns mit unbewegter Miene an. Seine Kiefermuskeln waren angespannt. Entweder war Arthur Vincents plötzliche Anspannung entgangen oder er ignorierte sie schlichtweg. Jedenfalls legte er Vincent eine Hand auf die Schulter und sah ihn an, wie ein stolzer Großvater seinen Lieblingsenkel ansah. »Es erfüllt mich mit großer Freude, meinen Enkel endlich in festen Händen zu sehen. Und dann auch noch in so hübschen Händen.«

»Wie bitte?«

Was zum Teufel hatte Vincent ihm erzählt? Wir hatten noch nicht einmal selbst darüber gesprochen, ob ich seine Freundin war, und er erzählte es einfach seinem Großvater. Ich funkelte ihn an und Vincent warf mir einen entschuldigenden Blick zu.

Ohne auf meinen Einwand einzugehen, sinnierte Arthur: »Wie lange habe ich auf den Tag gewartet, an dem Vincent mir eine seiner Freundinnen vorstellt. Du bist die Erste, die mir die Ehre erweist.« Sein Blick war gütig.

Sofort drängte sich mir die Frage auf, wie viele Freundinnen Vincent vor mir gehabt hatte. Aber eigentlich überraschte mich Arthurs Aussage nicht. Jemand, der so aussah wie Vincent, konnte sich vor Verehrerinnen wahrscheinlich kaum retten. Na toll, jetzt bekam ich schlechte Laune. Und Hunger hatte ich schon vorher gehabt. Eine gefährliche Kombination. Entweder ging es Vincent ähnlich wie mir oder ihn verstimmte die Redseligkeit seines Großvaters. Jedenfalls glich sein Blick einer schwarzen Gewitterwolke. Finster und bedrohlich. Max schien die Anspannung, die von Vincent ausging, ebenfalls bemerkt zu haben und unternahm einen Versuch, die Stimmung aufzulockern. »Für meine Freundinnen bringst du nie auch nur halb so viel Begeisterung auf, liebster Großvater. Dabei achte ich so darauf, dass sie ansehnlich sind.«

Arthur drehte sich zu ihm um. Er trug einen dunklen Anzug und obwohl er von schmaler Statur war, strahlte er eine Autorität aus, die mir sofort klarmachte, dass man ihm besser nicht widersprach. »Wenn du mir nur einmal ein Mädchen vorstellen würdest, dessen literarische Bildung über das Kamasutra hinausreicht, dann wäre ich sicherlich genauso entzückt von ihr, wie ich es von Caroline bin.«

Arthur begab sich zu dem großen Esstisch aus Walnussholz mit den dazu passenden Stühlen mit hoher Lehne. »Kommt, setzt euch.«

Mein Blick fiel erneut auf das Feuer im Kamin. Ob Arthur es selbst entzündet hatte, mit seinen Phönixkräften? Wann wir wohl auf dieses Thema zu sprechen kämen? Wenn wir beim Essen waren oder erst danach? Dass wir darauf zu sprechen kamen, stand außer Frage. Am liebsten hätte ich das Gespräch schon jetzt auf meine Großmutter gelenkt, aber um den Höflichkeitsfloskeln zu entsprechen, mussten wir wohl noch eine Weile Small Talk machen. Ich nahm neben Vincent Platz, gegenüber von Arthur und Max. Als Karl den ersten Gang servierte, eine orangegelbe Suppe – Kürbis, wie sich nach dem ersten Löffel herausstellte –, wurde mir klar, dass hier nicht nur ein Butler, sondern auch mindestens ein Koch angestellt sein musste. Dazu noch eine Putzfrau und ein Gärtner. Vier Angestellte für eine einzige Person! Was für eine Verschwendung. Ich hatte bis vor einem Jahr, bevor ich die Wohnung mit Doro und Mara bezogen hatte, nie ein eigenes Zimmer gehabt. Im Waisenhaus hatten wir uns eines zu zweit teilen müssen. So etwas wie Privatsphäre hatte es dort nicht gegeben. Und nun saß ich hier in der Villa eines Mannes, die er ganz allein bewohnte. Allmählich wurde mir bewusst, wie groß die Kluft zwischen mir und Vincent tatsächlich war. Das war kein schönes Gefühl. Wir kamen aus so grundverschiedenen Welten, wie sollte ich da jemals mit ihm mithalten können? Alles, was er für mich tat, was er für mich zahlte, käme mir so vor, als wären es Almosen. Und das war etwas, das ich auf gar keinen Fall wollte. Ich hatte mich bisher ganz gut alleine durchs Leben geschlagen. Diese Selbstständigkeit wollte ich nicht gegen Abhängigkeit eintauschen. Ich wollte mich nicht aus bloßer Dankbarkeit zu irgendetwas verpflichtet fühlen. In Zukunft würde ich nicht mehr zulassen, dass Vincent mich zu irgendetwas einlud. Denn was würde das für einen Eindruck erwecken? Die arme kleine Caro, mittellos und ohne Familie. Schluss jetzt! Wo kamen auf einmal diese Gedanken her? Vincent hatte mir nie den geringsten Anlass gegeben, dass er so über mich dachte. Es musste an dieser Umgebung liegen. Und an Arthur. Etwas in seinem Blick war mir von Anfang an merkwürdig vorgekommen und jetzt konnte ich es auch benennen. Er sah mir geradewegs in die Augen, seine Lippen umspielte noch immer ein freundliches Lächeln, aber in seinem Blick lag kaum verhohlene Geringschätzung. Er musterte mich abfällig. Seine Augen waren vom gleichen Goldton wie die der restlichen Familie. Durch den warmen Ton wirkten sie seltsam lebendig und stachen aus seinem faltigen Gesicht heraus. Und dann lag da in ihnen noch ein anderer Ausdruck: Zufriedenheit. Er jagte mir einen Schauer über den Rücken ...

Während des Essens sprachen die Männer hauptsächlich über belanglose Themen, wie das Studium oder den ständigen Regen.

Erst beim Dessert schüttelte Arthur den Kopf, als könne er immer noch nicht glauben, was er da sah. »Du bist das Abbild deiner Mutter. Ich hätte nicht gedacht, dass ich dieses Gesicht noch einmal sehen würde.«

Drei identische Augenpaare starrten mich an. Eines überrascht – Max' –, das andere überrascht und besorgt – Vincents – und das dritte einfach nur neugierig – Arthurs.

»Wie ... Sie haben meine Mutter gekannt?«, stammelte ich völlig perplex.

»Das ist schon viele Jahre her, aber ich vergesse nie ein Gesicht.«

»Wieso weiß ich nichts davon?« Vincent wirkte über diese Tatsache äußerst verärgert.

»Ich hielt es nicht für wichtig«, entgegnete er gleichmütig.

»Können Sie mir sagen, was mit meiner Mutter geschehen ist? Haben Sie eine Adresse oder Telefonnummer? Wissen Sie irgendetwas von ihrem Verbleib?« Vielleicht bekam ich heute endlich den entscheidenden Hinweis, wo ich meine Eltern finden konnte. Dann könnte ich sie fragen, wieso sie mich ... Nein, ich durfte mir keine Hoffnungen machen. Zumindest noch nicht.

Als ich Arthurs bedauernden Blick sah, wusste ich, dass ich mir bereits Hoffnungen gemacht hatte. Mein Herz zog sich vor Enttäuschung zusammen. Arthur hatte keine Antwort auf meine Fragen. Niemand schien etwas über meine Eltern zu wissen. Sie waren wie ein Phantom. Ich konnte immer nur einen Blick aus den Augenwinkeln auf sie erhaschen, aber ehe ich sie richtig ansehen konnte, waren sie bereits verschwunden.

»Es tut mir leid, mein Mädchen, aber ich habe deine Eltern seit rund zwanzig Jahren nicht mehr gesehen.«

Ich spürte, wie sich mir die Kehle zuschnürte. »Aber sie können doch nicht einfach vom Erdboden verschwunden sein.«

Verzweifelt ballte ich meine Hände in meinem Schoß zur Faust. Vincent legte mir unter dem Tisch eine Hand aufs Knie und drückte es tröstend. »Arthur kann dir dafür sicherlich etwas über deine Großmutter erzählen«, versuchte er mich aufzumuntern.

»In der Tat.« Arthurs Gesichtszüge hellten sich auf. »Wollen wir uns in mein Arbeitszimmer begeben? Dort können wir ungestört reden.«

Ich war immer noch wie gelähmt vor Enttäuschung.

Erst als Vincent zu mir sagte »Geh schon, wir warten hier auf dich« und mir aufmunternd zulächelte, löste sich meine Erstarrung.

»Selbstverständlich. Wir würden es nie wagen, uns die Reste vom Dessert zu krallen und dann ohne dich abzuhauen.« Max zwinkerte mir zu und brachte mich damit zum Schmunzeln.

Arthur lief mit zügigen Schritten voran. Er war in guter Verfassung für jemanden, der um die achtzig Jahre alt sein musste. Ich folgte Arthur einmal quer durch die Eingangshalle bis zu seinem Arbeitszimmer. Er hielt mir die Tür auf und ließ mich eintreten. Mein Blick fiel als Erstes auf einen massiven Schreibtisch, der das Zentrum des Raumes bildete. Ringsherum waren sämtliche Wandflächen mit Regalen bestückt, die bis obenhin mit Büchern vollgestopft waren. Er ging um den Tisch herum, setzte sich und bedeutete mir, ebenfalls Platz zu nehmen.

»Möchtest du einen Tee?«

»Nein danke.«

Er stand auf, ging zu einem kleinen Beistelltisch und goss sich Tee aus einer Thermoskanne in eine Porzellantasse. Er stellte die Tasse vor sich auf den Tisch, nahm einen Schluck und blickte mich mit großväterlicher Miene an.

»Damit auch du auf deine Kosten kommst, erzähle ich dir nun ein wenig über deine Großmutter. Ihr Name war Mathilda und sie war eine ganz reizende Persönlichkeit. Was möchtest du gerne über sie erfahren?«

»Alles«, sagte ich begierig nach Informationen.

Er schmunzelte über meine Ungeduld. »Soso, alles. Nun ja, Mathilda war, genau wie wir, ein Phönix. Sie gehörte der weiblichen Linie an, so wie alle Gräfs, und bildete damit das Gegenstück zu unserer Familie, aus der nur männliche Phönixe hervorgehen. Warum das so ist, kann keiner genau sagen. Wir vermuten aber, es hat etwas mit den Genen zu tun, denn die Phönixkräfte werden von Generation zu Generation weitervererbt. Aber du bist ja nicht hier, um etwas über Biologie zu lernen. Also um wieder auf Mathilda zurückzukommen: Deine Großmutter war in ihrer Generation der einzige Phönix, genau wie ich. Wir genossen die gleiche Ausbildung und kannten uns seit unserer Kindheit. Als Mathilda mit Sarah – deiner Mutter schwanger wurde, sahen wir uns nur noch selten. Auch ich hatte eine Familie und zwei kleine Söhne, Robert und Philip, um die ich mich kümmern musste. Meine Frau verstarb leider bei Roberts Geburt und die Erziehung der beiden blieb an mir hängen. Mathilda und ich trafen uns fortan nur zu wichtigen Angelegenheiten. Zu meinem großen Bedauern starb sie ebenfalls sehr früh. Ich tat mein Bestes, um ihren Ehemann davon zu überzeugen, Sarah in meine Obhut zu geben. Ohne ihre Mutter hatte sie niemanden, der sie auf ihr späteres Leben hätte vorbereiten können. Aber ihr Ehemann war ein Sturkopf, ohne das nötige Wissen um die Phönixe.« Arthur wirkte bei der Erinnerung, trotz all der Jahre, die inzwischen vergangen waren, leicht verärgert. »Robert und Philip waren nur wenig älter als Sarah und sie hätte ohne Probleme mit ihnen zusammen ihre Ausbildung machen können. Wie dem auch sei, ihr Vater wollte mir Sarah nicht überlassen und der Kontakt riss schließlich gänzlich ab. Als Sarahs Kräfte erwachten, war sie völlig überfordert. Was mich nicht sonderlich überraschte. Sie richtete einiges an Chaos an. Ich nehme an, das kommt dir bekannt vor?«

Ich blickte verlegen auf die Tischkante. Endlich hatte ich einen Namen. Sarah. Ihr Name, der Name meiner Mutter, war Sarah.

»Du stimmst mir also zu, es wäre besser gewesen, man hätte dich auf deine spätere Rolle vorbereitet?«

»Äh, ja, ich denke schon.«

Er seufzte abgrundtief. »Es ist immer dasselbe mit euch Gräfs ... Jedenfalls nahm ich mich Sarah an. Sie bekam von mir alles beigebracht, was es über das Phönixdasein zu wissen gibt. Mittlerweile hatte sich herausgestellt, dass nur Robert ein aktives Gen hatte – eine große Enttäuschung, das kannst du mir glauben.«

Ich würde zu gerne wissen, warum ihn diese Tatsache enttäuscht hatte. Ob ich Vincent danach fragen konnte? Oder war das zu indiskret?

»Sarah verließ mich nach kurzer Zeit, als sie meinte, meine Hilfe nicht mehr zu brauchen. Ich hatte sie davor gewarnt, zu gehen, aber sie wollte nicht auf mich hören. Vier Jahre später verschwand sie und den Rest kennst du ja.«

Zum Schluss hatte er sich ziemlich kurzgefasst und ich wurde das Gefühl nicht los, dass er ein paar wichtige Details ausgelassen hatte. Nur wieso? Arthur lehnte sich entspannt auf seinem Stuhl zurück und wartete meine Reaktion auf seine Worte ab.

»Und Sie haben nicht den geringsten Verdacht, wo sich Sarah aufhalten könnte?«

»Nein. Möchtest du sonst noch etwas wissen?«

»Haben Sie vielleicht ein Foto von ihr?« Nur einmal ihr Gesicht zu sehen, war mein größter Wunsch. Unzählige Male hatte ich mir als Kind ausgemalt, wie meine Eltern aussahen. Jede Nacht vor dem Einschlafen hatte ich an sie gedacht und mir ihre lächelnden Gesichter vorgestellt, mir erträumt, wie sie mich liebevoll ansahen.

»Ich werde bei Gelegenheit meine Fotoalben für dich durchsuchen. Wenn du das nächste Mal herkommst, habe ich vielleicht ein Bild von Sarah gefunden.«

»Können Sie sie mir vielleicht beschreiben?«

»Natürlich, wenn du das möchtest. Du bist ihr, wie schon gesagt, wie aus dem Gesicht geschnitten. Aber die Haare deiner Mutter waren feuerrot.« Offenbar waren rote Haare bei Phönixen der Standard. Eine Art Markenzeichen. Vincents und Max' Haare hatten jedenfalls einen rötlichen Schimmer. Bei Arthur ließ es sich nicht mehr feststellen, da sie inzwischen ergraut waren. Er schien meine Gedanken erraten zu haben. »Meine waren ebenfalls von einem untrüglichen Rotschimmer. Du scheinst da eine bemerkenswerte Ausnahme zu bilden.« Seine Gesichtszüge wurden starr.

»Die Haarfarbe muss ich wohl von meinem Vater geerbt haben.« Meine Kehle fühlte sich plötzlich trocken an und ich wünschte mir, ich hätte sein vorheriges Angebot nach einer Tasse Tee angenommen.

Arthurs Augen hatten einen harten Ausdruck angenommen. Hatte ich etwas Falsches gesagt? Ich hatte lediglich meinen Vater erwähnt. War das der Grund, warum er mich mit unbewegter Miene musterte? Vielleicht hatten sie sich nicht gemocht. Oder ich interpretierte da zu viel hinein und Arthur hatte ihn letztendlich nicht einmal gekannt.

»Wissen Sie etwas über meinen Vater? Was war er für ein Mensch?«, fragte ich vorsichtig.

»Da gibt es nicht viel zu wissen«, sagte er mit schneidender Stimme.

»Können Sie mir wenigstens seinen Namen verraten?« So schnell wollte ich meine einzige Chance, etwas über meinen Vater zu erfahren, nicht aufgeben.

»Thomas.«

»Und weiter?« Er musste schließlich noch einen Nachnamen gehabt haben.

»Weiter gibt es dazu nichts zu sagen«, entgegnete er in einem Ton, der jegliches Weiterfragen verbot.

Sein Vorname genügte mir. Zumindest vorerst. Sarah und Thomas. Das waren die Namen meiner Eltern. Selbst wenn ich nicht so viel erfahren hatte, wie ich mir gewünscht hatte, so war es doch mehr, als ich in den letzten zwanzig Jahren rausgefunden hatte. Und es war ein Anfang.

Was hatte es allerdings mit Arthurs Haltung auf sich, die nur als Ablehnung verstanden werden konnte? Ablehnung gegen meinen Vater, aber aus welchem Grund? Ich wagte einen weiteren Versuch.

»Warum mögen Sie meinen Vater nicht? Was stimmt nicht mit ihm?« Ich hätte mehr Fingerspitzengefühl an den Tag legen sollen, denn Arthur sah aus, als würde er mich am liebsten zur Tür hinauswerfen.

Die Ablehnung schien tiefer zu gehen, als es zunächst den Anschein hatte. Ich biss mir auf die Zunge und fühlte mich wie ein unartiges Kind, das vor den Rektor geschleppt wurde und nun seine Strafe erwartete. Arthurs Blick aus zusammengekniffenen Augen war furchteinflößend.

»Ich möchte nicht, dass du mir derartige Fragen über deinen Vater noch einmal stellst. Du solltest dich glücklich schätzen, ihn nie kennengelernt zu haben.« In seiner Stimme schwang ein warnender Unterton mit, der klarmachte, dass er eine erneute derartige Dreistigkeit meinerseits keinesfalls dulden würde.

Was sollte dieses Spiel? Ich war hier, weil Arthur mir zugesichert hatte, etwas über meine Familie zu erzählen, und nun war er verärgert, weil ich Fragen stellte? Noch dazu redete er abfällig über meinen Vater. Dazu hatte er kein Recht! Wenn, dann durfte nur ich so über ihn reden. Ich, die er verlassen hatte. Augenblicklich ergriff ich Partei für meinen Vater, obwohl ich nicht wusste, ob er es verdient hatte.

»Sie haben kein Recht, so über meinen Vater zu reden«, sagte ich erbost.

Seine Gesichtsfarbe wechselte zu Rot, aber seine Stimme war ruhig und beherrscht. »Du solltest mir dankbar sein, dass ich trotz deiner Abstammung gewillt bin, dich in meiner Familie aufzunehmen, dir alles beizubringen, was ich weiß. Im Gegenzug erwarte ich von dir genug Respekt, um mich niemals wieder auf deinen Vater anzusprechen. Wenn du es doch tust, wirst du diejenige sein, die mit den Konsequenzen leben muss.«

Seine Drohung ließ mich vor Schreck erstarren. Stocksteif saß ich in meinem Stuhl. Ich wusste, dass er keine Scherze machte. Dieser Mann war zu allem bereit und ich wollte lieber nicht zu genau darüber nachdenken, was die Definition von *allem* beinhaltete. Das sichere Gefühl, dass Arthur Merkur der Typ Mensch war, der alles tun würde, um seine Ziele zu erreichen und dafür vor nichts zurückschrecken würde, ließ mich frösteln. Etwas an ihm stieß mich ab und löste in meinem Inneren eine heftige Reaktion aus, die mich selbst überraschte. Eisiger Zorn. Sein flammender Blick konnte mich nicht mehr treffen, denn die Kälte überlagerte alles. Sie verdichtete sich und zog sich langsam zu einem Punkt in meinem Herzen zusammen. Eine eiskalte Faust, die mein

Herz fest umklammerte. Ich schnappte keuchend nach Luft und presste die Hand auf meine Brust. Jeden Moment würde es vor Kälte zerspringen. Ein eisiger Stich durchzuckte mein Herz und dann war es vorbei. Der Druck ließ nach und das Fenster hinter Arthur war seltsam beschlagen. Reif. Ich blinzelte erstaunt, aber da begannen die feinen Eiskristalle bereits an dem warmen Glas zu schmelzen. Sie lösten sich auf und einzelne Wassertropfen rannen wie Tränen langsam am Fenster hinunter.

Arthur hatte meine Reaktion falsch gedeutet und sprach nun wieder mit freundlicher Stimme. »Ich wollte dir keine Angst machen, Mädchen. Aber wenn du meine Hilfe möchtest, dann erwarte ich einen gewissen Respekt, und dazu gehört, keine Fragen zu stellen, die unangebracht sind.«

Ich riss meinen Blick vom Fenster. Reif am Mittag. Bestimmt hatte mir mein Verstand einen Streich gespielt. Arthurs Blick war sanft, keine Spur mehr von der Wut, die noch wenige Sekunden zuvor darin gelegen hatte. Ich nickte stumm.

»Komm, wir gehen wieder zurück. Maximilian und Vincent warten sicher schon auf uns.«

Mein Stuhl knarzte, als ich ihn zurückschob. Benommen folgte ich Arthur ins Esszimmer.

»Das hat ja gedauert. Seid ihr den ganzen Stammbaum von der Antike bis heute durchgegangen, oder was?«, neckte uns Max.

»Wir haben lediglich ein paar Fragen geklärt. Und Caroline hat sich bereit erklärt, sich von mir ausbilden zu lassen.«

Max und Vincent sahen mich erwartungsvoll an. Ich riss mich zusammen und zwang mich zu einem Lächeln. »Ja, das stimmt.«

Ich schielte zu Vincent. Ihm schien an meiner Reaktion nichts Ungewöhnliches aufgefallen zu sein.

»Nun denn.« Arthur klatschte in die Hände. »Ihr jungen Leute habt an einem Samstagnachmittag sicherlich Besseres zu tun, als bei mir rumzusitzen.«

Vincent sah fragend von mir zu Arthur. Ich versuchte mir meine Erleichterung nicht anmerken zu lassen, denn der dezenten Aufforderung, zu gehen, kam ich nur allzu gerne nach.

16. Kapitel

Die Autofahrt hatte ich größtenteils schweigend zurückgelegt. Ich war zu sehr damit beschäftig, in Gedanken das Gespräch zwischen Arthur und mir zu analysieren, als dass ich mich an der Unterhaltung der Brüder beteiligen hätte können. Vincent hatte mir beim Verlassen der Villa, als wir auf dem Weg zum Auto waren, einen forschenden Blick zugeworfen und als ich mit meinen Lippen das Wort »Später« formte, hatte er nur genickt.

Vincent setzte mich direkt vor der Haustür ab und sobald ich ausgestiegen war, folgte mir Max und setzte sich nach vorne.

»Dann sehen wir uns nachher noch?«, erfragte ich unsicher, ob Vincent noch etwas anderes vorhatte.

»Wenn ich darf, würde ich später vorbeikommen.«

»Natürlich, aber ich muss dich warnen, wir haben keine Cookies mehr da.«

»Was?« In gespieltem Entsetzen riss er die Augen auf. »Wie kann das sein? Die hat Mara doch gestern erst gebacken.«

»Tja, das dachte ich auch und dann musste ich erfahren, dass Mara die restlichen Kekse Tobi mitgebracht hat.« Ich zuckte die Achseln.

»Ich denke, ich werde trotzdem kommen«, meinte Vincent und zwinkerte mir zu.

»Dann kommt gut heim.« Ich winkte den beiden, ehe ich die Tür aufschloss und nach oben ging.

Sobald ich in meinem Zimmer war, warf ich als Erstes meine Schuhe in eine Ecke und den Blazer achtlos auf mein Bett. Dann drückte ich auf den Startknopf und während ich wartete, bis der Computer hochgefahren war, trommelte ich ungeduldig mit meinen Fingernägeln auf die Schreibtischplatte. Vincent würde später noch vorbeischauen, doch zuvor wollte ich eine Weile ungestört im Internet recherchieren. Seit ich die Namen meiner Eltern erfahren hatte, juckte es mich in den Fingern, diese in eine Suchmaschine einzugeben. Sobald der Startbildschirm auf dem Desktop erschien, klickte ich mit dem Mauszeiger auf das Browsersymbol. Es dauerte eine halbe Ewigkeit, in der ich ein paar undamenhafte Flüche ausstieß, bis sich der Browser öffnete. Meine Finger zitterten vor Nervosität so sehr, dass ich mich ein paar Mal verschrieb, aber schließlich stand Sarah Gräf im Eingabefeld und ich drückte auf *Enter*. Die Suchmaschine spuckte 428000 Treffer aus. Na super. Das glich der Suche nach der berühmten Nadel im Heuhaufen. Ich tippte Thomas Gräf ein, obwohl ich keine Ahnung hatte, ob die beiden überhaupt verheiratet waren. Selbst wenn, war es unwahrscheinlich, dass Thomas den Nachnamen meiner Mutter angenommen hatte, aber es war mein einziger Anhaltspunkt. Einen anderen Nachnamen hatte ich nicht. Hier gab es ebenso viele Treffer. Ich tippte den Namen meiner Großmutter ein, auch wenn mir völlig schleierhaft war, warum ich zu ihr einen Eintrag finden sollte. Schließlich hatte es zu ihrer Zeit noch gar kein Internet gegeben. Auch diese Suche verlief im Nichts. Resigniert klickte ich auf das rote X und schloss damit das Fenster. Eigentlich war es idiotisch. Was hatte ich denn erwartet? Dass meine Mutter, die offensichtlich nicht gefunden werden wollte, ein Facebook-Profil hatte, auf dem ich ihr eine Freundschaftsanfrage schicken konnte? Oder dass ich auf eine Anzeige stoßen würde, in der Sarah und Thomas Gräf ihre Tochter suchten und diese baten, sich zu melden? Verflucht! Ich schlug mit der flachen Hand auf die Tischplatte. Arthur schien der einzige Mensch zu sein, der etwas über meine Eltern wusste, und er wollte nichts preisgeben. Was war so schlimm an meinem Vater, dass er nicht mit mir darüber reden wollte? War Thomas ein Verbrecher? Hatte er Arthurs Familie etwas angetan? Wenn ich nur seinen Nachnamen wüsste, dann könnte ich vielleicht in alten Polizeiberichten etwas finden. Ob Arthur Akten über meine Eltern aufbewahrt hatte? Vielleicht würde ich in seinem Büro fündig werden. Wenn er mir nicht helfen wollte, musste ich es eben alleine herausfinden. Jedoch würde es ein Problem werden, unbemerkt in Arthurs Arbeitszimmer zu gelangen. Noch dazu wusste ich nicht genau, wo ich suchen sollte beziehungsweise wonach. Was auch immer es war, das Arthur vor mir verbarg, ich würde es herausfinden, das schwor ich mir. Ich würde nach jedem Strohhalm greifen, der mich meiner Familie näher brachte, und ich würde nicht eher damit aufhören, bis ich wusste, was mit ihnen geschehen war. Um meinen Plan, bei Arthur rumzuschnüffeln, in die Tat umsetzen zu können, würde ich Vincents Hilfe brauchen. Er kannte seinen Großvater und das Haus besser als ich. Ohne ihn wäre ich aufgeschmissen. Langsam reifte in meinem Kopf ein Plan heran. Vincent würde Arthur ablenken oder zumindest an der Tür Wache halten müssen. Später, wenn er vorbeikam, würde ich ihm von dem Gespräch mit Arthur berichten und ihn in meinen Plan einweihen.

***

Der leichte Nieselregen störte mich nicht. Ich zog mir die Kapuze über den Kopf und heftete meinen Blick auf den Boden. Ich trabte meine übliche Runde im Englischen Garten und genoss die frische Luft. Kleine Pfützen auf dem Weg übersprang ich einfach und den größeren wich ich geschickt aus. Die Bäume waren fast vollständig entkleidet und wirkten seltsam nackt und ungeschützt. Die Blätter lagen als brauner Matsch auf den Wiesen und dem Weg. Es waren kaum Leute im Park, was angesichts des Wetters und der Jahreszeit nicht weiter verwunderlich war. Erst auf dem Rückweg fiel mir auf, dass sich nur ein einziger Jogger ebenso durch den Regen quälte wie ich. Er lief mit gut fünfzig Metern Abstand hinter mir her. Als ich an meinem Ausgangspunkt ankam, machte ich noch ein paar Dehnübungen. Aus den Augenwinkeln sah ich, wie der Jogger an mir vorbeilief und hinter der nächsten Biegung verschwand. Erst jetzt merkte ich, dass ich erleichtert aufatmete, und wunderte mich über mich selbst. Seit wann war ich so paranoid, dass mich ein Mensch, der einfach nur hinter mir herlief, nervös machte? Ich streckte meine Arme nach oben und atmete zum Abschluss tief ein und aus. Dabei prasselten ein paar Regentropfen auf mein Gesicht. Ich legte den Kopf in den Nacken und genoss das kühle Nass. Sommerregen hatte ich schon immer gemocht, aber mir war noch nie aufgefallen, wie angenehm ein Schauer im Herbst sein konnte. Ich schloss die Augen und fühlte jeden einzelnen Tropfen, der mit einem schmatzenden Geräusch auf mein Gesicht klatschte. Welch eine Erfrischung auf meiner erhitzten Haut.

»Geht es Ihnen gut?«, fragte eine besorgte Frauenstimme.

Widerwillig öffnete ich meine Augen. Vor mir stand eine Frau um die dreißig mit einem Regenschirm, den sie über ihren Kopf hielt und nun automatisch ein bisschen nach vorne schob, um uns beide vor der Nässe zu schützen.

»Ja, alles bestens«, versicherte ich ihr.

Skeptisch betrachtete sie mein Erscheinungsbild. Ihr Blick blieb an meiner völlig durchweichten Kleidung hängen. Erst jetzt wurde mir bewusst, dass ich bis auf die Knochen durchnässt war und die Hose unangenehm an meiner Haut klebte.

»Sind Sie sicher, dass alles in Ordnung ist? Wenn ich irgendetwas für Sie tun kann ...«

»Das ist sehr nett von Ihnen, aber sehen Sie, ich wohne gleich dort vorne.« Ich deutete die Straße entlang. »Und jetzt mache ich mich besser auf den Heimweg, um an trockene Kleidung zu kommen.«

Die Frau wirkte noch immer unschlüssig, nickte jedoch zögerlich. »Gut. Tun Sie das. Sie holen sich sonst noch eine Erkältung. Auf Wiedersehen.«

Sie lief den Weg weiter entlang durch den Englischen Garten und ich schickte mich an, nach Hause zu kommen.

Ich versuchte unauffällig in mein Zimmer zu flitzen, als Maras Zimmertür aufging und Tobi heraustrat. Beinahe prallte ich gegen ihn. Tobias stand wie erstarrt da, dann fing er lauthals an zu lachen.

»Was ist denn so komisch?«, rief Mara aus ihrem Zimmer, ehe sie kam, um selbst nachzusehen, weshalb Tobi sich unter einem Lachanfall krümmte.

»Ja, das würde ich auch gerne wissen«, sagte ich patzig.

»Du ... haha ... du siehst aus wie ein begossener Pudel. Nicht, dass ich schon mal einen gesehen hätte. Aber der könnte auch keinen schöneren Anblick abgeben als du.« Er prustete erneut los.

»Ja, danke für das reizende Kompliment.«

Mara stand kichernd an den Türrahmen gelehnt. »Tut mir leid, Caro, aber Tobi hat Recht.« Sie holte tief Luft, um sich zu beruhigen, dabei zitterten ihre Nasenflügel. »Warum um alles in der Welt gehst du bei so einem Wetter joggen?«

»Weil es mich nicht stört, wenn ich ein bisschen nass werde«, antwortete ich gereizt. »Schließlich bin ich nicht aus Zucker.«

»Dafür aus Wasser«, scherzte Tobi und schaute auf den nassen Fleck am Boden, der sich um meine Füße gebildet hatte.

»Keine Sorge, ich wische das noch auf«, entgegnete ich möglichst würdevoll. »Lässt du mich jetzt durch?« Tobias trat bereitwillig einen Schritt zur Seite.

»Nein, lass mal. Ich mach das schon. Zieh du dich mal lieber um.« Mara sprintete in Richtung Bad, um einen Lappen zu holen.

Ohne ein weiteres Wort ging ich in mein Zimmer, zog ein Handtuch aus meinem Kleiderschrank und wischte mir übers Gesicht, dann wrang ich meine Haare damit aus. Ich entkleidete mich und wunderte mich dabei, dass es mich gar nicht störte, wie der nasskalte Stoff an meiner Haut klebte. Ich trocknete mich ab, nur um zu dem Schluss zu kommen, dass eine heiße Dusche nicht schaden konnte. Geschickt wickelte ich das feuchte Handtuch um den Körper und huschte ins Bad.

Ich verrückte den Stiftebecher auf meinem Schreibtisch um einen halben Zentimeter nach rechts, dann ging ich zum Bett und strich zum x-ten Mal die Bettdecke glatt. Vincent würde gleich kommen und nachdem ich sein superordentliches Zimmer gesehen hatte, hatte ich den Drang verspürt, mein – wie ich es liebevoll nannte – kreatives Chaos zu beseitigen. Die von mir vorhin in die Ecke gepfefferten Schuhe standen ordentlich im Flur und meinen Blazer sowie diverse andere Kleidungsstücke hatte ich aufgesammelt und in meinem Schrank verstaut. Dabei war mein Blick auf meinen heiß geliebten Kapuzenpulli gefallen und ich hatte lange mit mir gerungen, um ihn nicht anzuziehen. Er war so bequem, aber gleichzeitig wollte ich ja hübsch aussehen. Also hatte ich schweren Herzens den Kapuzenpulli nicht angerührt und stattdessen ein gestreiftes Longsleeve angezogen. Rumgammeln konnten wir zwei später immer noch, wenn wir uns länger kannten. Wobei ich mir Vincent in einer ausgeleierten Jogginghose nicht wirklich vorstellen konnte.

Endlich ertönte die Türklingel. Ich sprintete zum Türöffner und drückte auf den Knopf. Dann riss ich die Tür auf und lehnte mich lässig in den Rahmen. Dabei kam ich mir jedoch ziemlich albern vor. Schnell stellte ich mich wieder ganz normal hin, gerade rechtzeitig, denn in diesem Moment bog Vincent um die Ecke. Sein Anblick zauberte mir sofort ein strahlendes

Lächeln ins Gesicht und auch er beschleunigte seine Schritte, als könne er nicht schnell genug bei mir sein. Auf der Schwelle verweilte er einen Moment zögernd, dann trat er ein und zog seine Jacke aus, auf der ein paar Wassertropfen glitzerten, und auch seine Haare glänzten vor Nässe.

»Bist du allein?«

Ich schüttelte den Kopf. »Mara und ihr Freund Tobi sind auch noch da.«

Ein bedauernder Ausdruck huschte über sein Gesicht. Ich wusste, was er jetzt dachte. Er hätte mich lieber für sich allein gehabt.

Ich griff nach seiner Hand und führte ihn in mein Zimmer. Etwas peinlich war es mir schon, nachdem ich seine Wohnung gesehen hatte, aber dann dachte ich mir, was soll's. Mir gefielen meine vier Wände und das war schließlich das Einzige, was zählte.

»Gemütlich.« Vincents Blick fiel auf mein Bett. »Das sieht nach einem heißen Kandidaten für die Wahl zu meinem Lieblingsplatz aus.« Er grinste schelmisch und mir wurde ganz heiß. Wie schaffte er es nur immer wieder, mich mit simplen Bemerkungen innerlich zum Glühen zu bringen?

»Das kannst du doch ohne Probeliegen gar nicht wissen«, neckte ich ihn.

»Hm.«

Völlig unerwartet packte Vincent mich um die Taille und ich quiekte überrascht auf. Dann warf er sich mit Schwung aufs Bett und riss mich mit sich. Wir lagen quer auf der Matratze, seine Arme hielten mich gefangen und ich legte meinen Kopf auf seine Brust. Ich roch den Duft seiner Haut und spürte seinen Atem auf meinem Hinterkopf.

»Also, mir gefällt's hier.«

So lange Vincent bei mir war, würde ich es vermutlich sogar auf einem Nagelbett traumhaft finden.

»Das Mittagessen war doch gar nicht so schlimm, wie du befürchtet hattest, oder?«, fragte Vincent unvermittelt.

»Hm«, machte ich ausweichend. »Das Anwesen ist wirklich riesig. Findet Arthur es nicht zu groß für eine Person?«

»Es ist natürlich sehr weitläufig, aber Arthur würde es nie hergeben, schließlich ist es schon seit Generationen im Familienbesitz.«

»Warum sind deine Eltern denn ausgezogen? Ich meine, es wäre ja genügend Platz gewesen ...«

»Mein Vater ... Er fühlt sich nicht so wohl in Arthurs unmittelbarer Umgebung und meine Mutter hatte ebenfalls nichts gegen einen Umzug einzuwenden gehabt. Mein Großvater hat nur so lange darauf bestanden, dass wir alle zusammenleben, bis Max und ich volljährig waren.«

Ob Vincent wusste, dass sein Großvater enttäuscht darüber war, dass Robert und nicht Philip das Phönix-Gen geerbt hatte?

»Ist dir jemals in den Sinn gekommen, Arthur könne nicht ganz glücklich darüber sein, dass nur Robert ein Phönix ist?«, formulierte ich es möglichst vorsichtig.

Er runzelte die Stirn. »Du hast eine bemerkenswerte Beobachtungsgabe.«

»Das heißt also ja?«, hakte ich nach.

»Philip ist Großvaters Liebling, das ist ein offenes Geheimnis. Für gewöhnlich lässt sich Arthur nur nicht so schnell in die Karten blicken und spielt die Rolle des liebenden Vaters vor den Augen Außenstehender perfekt. Woran hast du es gemerkt?«

»Er hat da so eine Bemerkung fallen lassen, als wir von Sarah, meiner Mutter, sprachen. Und, na ja, Arthur hat dabei angedeutet, dass er enttäuscht darüber war, als er feststellte, dass Philip kein Phönix ist.«

»Es wäre besser, wenn es andersherum gewesen wäre. Mein Vater ist für dieses Leben nicht geeignet. Wenn du ihn mal siehst, wirst du wissen, was ich meine«, sinnierte er. Plötzlich hellten sich seine Gesichtszüge auf. »Deine Mutter heißt Sarah. Dann hast du also endlich ihren Namen herausgefunden. Was hast du sonst noch erfahren?«

»Nicht sehr viel. Arthur war äußerst zurückhaltend mit seinen Informationen.«

»Zurückhaltend? Wieso das?«

»Das frage ich mich auch. Als ich mich nach meinem Vater erkundigt habe, hat er sich geweigert, mir seinen Nachnamen zu verraten. Stell dir das mal vor! Was ist schon groß dabei, mir seinen Familiennamen zu sagen? Ich weiß nur, dass er Thomas heißt.« Ich ballte meine Hand zur Faust und schlug frustriert auf die Matratze.

»Das verstehe ich nicht. Wenn er etwas weiß, das dir irgendwie weiterhelfen könnte, dann hätte er es dir sagen müssen.«

»Vincent?« Ich sah ihn flehend an. »Würdest du mir denn helfen, wenn du könntest?«

»Natürlich. Wieso?« Ein misstrauischer Unterton schwang in seiner Frage mit.

Der Zeitpunkt, Vincent in meinen Plan einzuweihen, war gekommen. Aber ich hatte ein wenig Angst, mit der Sprache herauszurücken. Was, wenn ihn mein Vorschlag, Arthurs Arbeitszimmer zu durchsuchen, schockierte? Oder er wütend wurde, weil es einem Vertrauensbruch gleichkam?

»Weil ich glaube, dass Arthur mehr weiß, als er zugeben wollte. Ich wette, er hat Informationen über meine Eltern, die mich auf eine Spur zu ihnen bringen könnten.«

Mein Herz schlug laut gegen meine Rippen und ich hielt den Atem an, während ich auf seine Reaktion wartete.

»Du meinst, er weiß etwas über ihren Verbleib?«

»Das wäre eine Option. Auf jeden Fall hat er mir eine entscheidende Information vorenthalten, da bin ich mir sicher.«

»Warum sollte er das tun?«

»Ich weiß es nicht. Ich weiß nur, dass Arthur die Verbindung zu meinen Eltern ist, nach der ich so lange gesucht habe.«

»Und was sollen wir deiner Meinung nach tun? Noch mal mit Arthur sprechen?«

»Nein, das würde nichts bringen. Ich glaube nicht, dass er seine Meinung ändert und mir noch etwas verrät. Ich hatte gehofft, wir ...« Ich holte tief Luft und dann sprudelten die Worte aus mir hervor: »Also wir könnten sein Arbeitszimmer nach Informationen durchsuchen. Nach Dokumenten oder Fotoalben, was weiß ich. Mein Gefühl sagt mir, er hält dort etwas versteckt.«

Ich traute mich nicht, ihn anzusehen. Stattdessen starrte ich auf das Muster der Bettdecke. Einige endlos lange, quälende Sekunden vergingen, bis

Vincent sprach. »Du bittest mich, bei meinem Großvater einzubrechen und dir bei dem Diebstahl von Keine-Ahnung-Was zu helfen?«

»Also *einbrechen* ist ein ziemlich hartes Wort, findest du nicht? Wir könnten ihn einfach noch mal besuchen. Dann entschuldige ich mich, sage, dass ich das Bad aufsuchen muss, und schleiche mich in sein Arbeitszimmer. Natürlich lasse ich alles, wo es war, und nehme auch nichts mit. Es würde Arthur mit Sicherheit auffallen, wenn etwas fehlt. Ich bräuchte nur jemanden, der mir in der Zwischenzeit den Rücken freihält.«

Vincent fuhr sich mit drei Fingern übers Kinn und dachte nach. Hatte ich Vincent wirklich gerade vorgeschlagen, in sein ehemaliges Zuhause einzubrechen und seinen Großvater zu hintergehen? Meine Finger umkrampften nervös die Bettdecke. Es schien eine halbe Ewigkeit zu vergehen, ehe er endlich antwortete. »In Ordnung. Tun wir's.«

Ich glaubte, mich verhört zu haben. Er stimmte mir zu? Ohne jegliche Diskussion? Erleichterung durchströmte mich. »Danke, Vincent. Vielen, vielen Dank. Du hast keine Ahnung, wie viel mir das bedeutet.«

Ich bedeckte sein Gesicht mit kleinen Küssen und es war mir egal, dass meine Lippen taub wurden von seinem rauen Bart. Den Mund hob ich mir für den Schluss auf.

»Was bedeutet es dir denn noch, außer dass du dich gezwungen fühlst, mir deine körperliche Zuneigung zu beweisen?« Seine Augen blitzten spöttisch.

»Gezwungen. Pah.« Da fielen mir bessere Adjektive ein, um meine Gefühle zu beschreiben. Glücklich, berauscht, hingezogen zu ihm.

»Also?«

»Es bedeutet, du vertraust meinem Urteil und du unterstützt mich, egal wie gering die Erfolgsaussichten auch sein mögen.«

»So was mache ich nicht für jeden«, sagte er, strich mir zärtlich eine Haarsträhne aus dem Gesicht und blickte mich aufrichtig an.

»Das will ich dir auch geraten haben. Schließlich mache ich so was auch nicht mit jedem.« Ich beugte mich zu ihm vor und küsste ihn.

Nur widerwillig lösten wir uns voneinander, als Mara mit einem Telefon und der Speisekarte in der Hand zu uns kam und fragte, ob wir auch eine Pizza bestellen wollten. Ich sah Vincent fragend an

»Ich könnte schon was vertragen«, meinte er.

Durch das Joggen war ich ebenfalls hungrig geworden und nahm die Speisekarte entgegen, die sie uns reichte. Die Vorstellung, Vincent Pizza essend auf meinem Bett sitzen zu sehen, war beinahe absurd. Ich war mir nicht einmal sicher, ob er schon jemals Pizza aus einem Karton gegessen hatte. Dieses Klischeedenken wollte ich mir doch abgewöhnen! Wie hatte ich es gehasst, wenn ich als Waise von anderen mitleidig angesehen wurde und wusste, dass mein Gegenüber mich gerade gedanklich in die Schublade *unglücklich* steckte. Denn das war ich nicht gewesen. Ich hatte durchaus eine glückliche Kindheit gehabt, was ich vor allem Carmen zu verdanken hatte. Weder Liebe noch Zuneigung hatte sie mich vermissen lassen. Sie hatte immer ein offenes Ohr für meine Probleme gehabt und mir gesagt, ich könne alles schaffen, wenn ich es nur genügend wollte.

Beschämt starrte ich auf die Liste mit Pizzen, ohne etwas zu lesen. Nur weil Vincent aus guten Verhältnissen stammte, durfte ich ihn nicht als *verwöhnt* abstempeln.

Schließlich gab ich Mara die Karte zurück und orderte bei ihr eine Pizza Margherita, ohne die Alternativen gelesen zu haben.

Während sie in den Flur ging, wählte sie die Nummer des Pizzaservices.

»Wo ist eigentlich deine andere Mitbewohnerin, die, die nicht mit ihrem vollständigen Namen angesprochen werden möchte?«

»Keine Ahnung.« Ich machte ein ratloses Gesicht. »Doro unternimmt bestimmt etwas mit ihren Kommilitonen. Sie sehen sich samstags oft Vernissagen an.«

»Kunststudentin?«, riet Vincent.

»Fast. Kunstgeschichte.«

»Das hätte mir auch immer gefallen.«

»Wirklich?« Das überraschte mich. Als Kunstliebhaber hätte ich ihn nun nicht gerade eingeschätzt.

»Ja, ich liebe das Malen. Ich weiß nicht, ob du dich an das Bild im Wohnzimmer erinnerst? Das ist von mir.«

Fast hätte ich »Du meinst das Gekritzel?« gefragt, biss mir aber gerade noch rechtzeitig auf die Zunge. Ich verstand zwar nicht viel von Kunst, aber das Gemälde hatte für mich teuer ausgesehen, was immerhin bedeuten musste, dass Vincent Talent besaß.

»Nicht schlecht. Und wieso studierst du dann Politikwissenschaft?«

»Rate mal.«

»Wegen Arthur?«

Er nickte. »Mit Politik erreicht man einflussreiche Positionen. Mit Kunst hingegen kann man kaum etwas verändern.«

»Du wärst bestimmt gut darin. Ich fand das Bild sehr ausdrucksstark.«

Er strahlte. »Ich mag es auch sehr.«

»Malst du dann noch andere Dinge, außer diesem … modernen Zeugs?« Das Wort »Gekritzel« lag mir schon wieder auf der Zunge.

»Du meinst Porträts?«

Ich nickte bedächtig. »Zum Beispiel.«

»Das bringt mich auf eine Idee. Ich werde dich einmal malen.«

Ich verzog das Gesicht. »So hatte ich das nicht gemeint. Du könntest hübsche Dinge malen. Landschaften oder so.«

»Du bist hübsch.«

»Danke, sehr schmeichelhaft«, scherzte ich verlegen, »aber ich finde, Fotos von sich selbst an der Wand hängen zu haben wirkt schon ziemlich selbstverliebt.« Na toll, da hatte ich ihn ja auf eine Spitzenidee gebracht.

»Das finde ich gar nicht. Wenn man so hübsch ist wie du, kann man das ruhig zeigen. Außerdem würdest du mir eine große Freude machen, wenn du mir erlaubst, ein Porträt von dir zu malen.« Seine Augen leuchteten erwartungsvoll und er lächelte schief.

So ein Mist! Wenn er mich mit diesem Blick um etwas bat, konnte ich es ihm unmöglich abschlagen.

»Dauert das lange?«, grummelte ich.

Er wusste, dass er seinen Willen bekommen würde, und sein schiefes Lächeln verwandelte sich in ein breites Strahlen, bei dem ich mich von den

1-a-Leistungen seines Kieferorthopäden überzeugen konnte. »Überhaupt nicht. Vielleicht zwei, drei Stunden.«

Drei Stunden stillsitzen. Innerlich stöhnte ich. »Kannst du nicht ein Foto von mir abzeichnen?«

»Tut mir leid, aber ein Live-Model ist schon etwas ganz anderes als eine zweidimensionale Fotografie«, sagte er ohne das geringste Bedauern.

»Na schön. Aber irgendwann muss ich auch mal wieder etwas für die Uni tun.« In letzter Zeit hatte ich das Studium sträflich vernachlässigt, weshalb mich von Zeit zu Zeit mein schlechtes Gewissen plagte. Das wurde dann mit der Ausrede, das Üben mit Vincent sei viel wichtiger, verdrängt.

»Dann kommst du morgen Vormittag zu mir, solange das Licht noch einigermaßen gut ist, und am Nachmittag lasse ich dich in Ruhe lernen.« Seine Miene war triumphierend. Seine Freude darüber, mich malen zu dürfen, belustigte mich.

Die Türklingel schrillte. »Pizza ist da«, hörte ich Mara laut in den Flur rufen.

»Wir kommen gleich«, rief ich zurück. In normaler Lautstärke fragte ich: »Oder willst du lieber hier essen?«

»Nein. Außerdem scheint mir Mara einen sehr netten Eindruck zu machen und in guter Gesellschaft isst es sich doch gleich viel besser.«

»Gut.« Im Aufstehen zog ich Vincent hinter mir her in den Flur, wo Mara gerade das Wechselgeld vom Pizzaboten entgegennahm. Tobias stand neben ihr, einen Stapel Pizzakartons auf den Händen balancierend. Ungeschickt machte ich Vincent und ihn miteinander bekannt.

»Tut mir leid, Kumpel. Ich würde dir ja die Hand geben, aber ...« Er schielte auf den Stapel Pizzakartons.

»Soll ich dir was abnehmen?« Ich streckte meine Hände bereits nach der obersten Schachtel aus.

»Ach was, die fünf Meter bis in die Küche sind doch ein Klacks«, wehrte er ab.

»Na schön. Aber wenn du meine Pizza fallen lässt, will ich mein Geld zurückhaben.«

Tobias ging lachend voraus und wir folgten ihm. Er stellte die Schachteln auf dem Esstisch ab und lüftete die Deckel, um zu sehen, wer welche Pizza bekam.

»Schon irgendwelche Pläne für heute Abend?«, fragte Mara.

Tobi schob mir meine Margherita entgegen und der Geruch nach Käse, Tomaten und Basilikum stieg mir in die Nase.

»Nicht wirklich. Wir wollten es uns daheim gemütlich machen.«

Mara warf uns einen enttäuschten Blick zu. »Seid ihr sicher? Ich hatte gehofft, wir könnten zu viert zum Bowling gehen.«

Und schon ging es los. Die Pärchenaktivitäten. Sie hatte ihr Versprechen wirklich schnell erfüllt.

»Könnt ihr zwei da nicht alleine hingehen?« Ich biss in den knusprigen Teig und zog dabei lange Käsefäden. Ein paar wickelte ich um den Finger, um sie von dort in den Mund zu befördern.

»Och, zu zweit bowlen ist doof. Es macht doch erst mit mehr Leuten Spaß. Kommt schon, es ist Samstagabend und wir sind jung. Wir müssen rausgehen und uns amüsieren.« Sie schob bittend ihre Unterlippe hervor.

Ich lachte. »Du hörst dich schon an wie Doro.«

»Ich weiß«, grinste sie zurück. Dann seufzte sie und starrte bekümmert auf ihre Pizza. »Einen Versuch war es jedenfalls wert.«

Tobi legte ihr einen Arm um die Schulter. »Ist doch nicht so schlimm, wenn die beiden heute eben keine Lust haben. Dann verschieben wir das Ganze halt.«

»Aufgeschoben ist nicht aufgehoben«, bekräftigte ich.

»Wenn ich depressiv und melancholisch werde, ist das eure Schuld.« Sie deutete mit zwei Fingern auf mich und Vincent. »Na schön, Schatz. Dann sehen wir uns eben eine langweilige Castingshow im Fernsehen an.« Sie lehnte ihren Kopf an Tobis Schulter.

Dieser küsste sie auf den Scheitel. »Nicht traurig sein.«

Unauffällig verdrehte ich die Augen in Vincents Richtung. So viel Drama war ich von Mara gar nicht gewöhnt. Demnach musste ihr wirklich etwas an diesem Pärchenabend liegen. »Hättest du Lust auf Bowling?«, raunte ich.

Sofort ruckte Maras Kopf nach oben.

Vincent zuckte die Achseln. »Wieso nicht?«

»Lass mich raten, du bist ehemaliger Jugendmeister im Bowling?«, neckte ich ihn. Insgeheim rechnete ich fast schon damit, dass er meine Aussage bestätigte.

»Natürlich nicht.« Er blickte mich belustigt an. »Aber ich habe acht Pokale im Kegeln.«

Wie bitte? Gab es eigentlich irgendetwas, in dem der Mann nicht gut war? Wieso hatte ich die Pokale bei ihm daheim nicht bemerkt? Schämte er sich etwa dafür, dass er nur Auszeichnungen im Kegeln erhalten und keinen ersten Platz bei »Jugend forscht« vorzuweisen hatte?

Jetzt war es an ihm, die Augen zu verdrehen. »Ich habe kein besonderes Talent im Kegeln und auch nicht im Bowling.«

»Ach so.« Erleichterung durchströmte mich. Ich würde mich heute Abend nicht blamieren. Im Bowling war ich gar nicht mal so schlecht. Eigentlich sogar ganz gut für einen Amateur.

»Das war nicht fair. Woher hätte ich das bitteschön wissen sollen? Es ist ja nicht so, als wärst du in allen übrigen Bereichen gänzlich untalentiert«, rügte ich Vincent.

»Du hättest mal dein Gesicht sehen sollen«, kicherte er.

Ich boxte ihm in die Rippen.

»Also, dann ist ja alles geklärt.« Mara klatschte in die Hände und unterbrach damit unser Geplänkel. »Drückt mir die Daumen, dass sie noch eine Bahn frei haben.« Mara griff nach ihrem Handy und wählte.

17. Kapitel

»Der Bowlingbahnbetreiber meinte, wir haben großes Glück, weil eben jemand abgesprungen ist und somit eine Bahn um zweiundzwanzig Uhr frei wird«, jubelte Mara.

»Super«, meinte Tobi und auch ich begann mich langsam auf den Abend zu freuen. Klar, eigentlich hatte ich Vincent für mich alleine haben wollen, aber der Abend mit Mara und Tobi versprach lustig zu werden.

Als ich gerade bei der Hälfte meiner Pizza angelangt war, erstarrte Vincent plötzlich zur Salzsäule. Aus seinem Gesicht war alle Farbe gewichen und er starrte ins Nichts. Sachte berührte ich seinen Unterarm. »Vincent, was ist los?«

Er reagierte nicht und meine Besorgnis wurde größer. Seine Züge waren vollkommen unbewegt. Seine Haut schien aschfahl. Was war los mit ihm?

»Vincent, was hast du?«, fragte ich ängstlich.

Er blinzelte, sein Blick wurde klar, aber er sah mich nicht an. »Entschuldigt mich bitte. Ich muss mich kurz um etwas kümmern. Ich bin gleich wieder zurück«, sagte er seltsam steif und erhob sich.

»Warte.« Ich hielt ihn am Arm zurück. »Wo willst du hin?«

Ohne darauf zu reagieren, ging er in den Flur. Ich sprang auf und folgte ihm. Mara und Tobi beäugten die Szene skeptisch. Vincents Verhalten war mehr als beunruhigend. Er machte mir wirklich Angst.

Hastig schlüpfte er in seine Schuhe. »Vincent, rede bitte mit mir«, beschwor ich ihn.

Die Angst steigerte sich zu Panik, als er unbeirrt fortfuhr, sich anzuziehen.

An der Wohnungstür drehte er sich kurz zu mir um. Sein Gesichtsausdruck war hart. Jegliche Wärme war aus seinen Augen verschwunden. Ich hätte nie gedacht, dass sein Anblick mich einmal zum Frösteln bringen würde. »Wenn ich dich darum bitten würde, hier auf mich zu warten, würdest du mir den Gefallen tun? Ich muss nur kurz etwas klären.«

»Ich verstehe nicht. Wieso soll ich hier warten? Und wo gehst du hin?«

Seine Stimme war eindringlich, fast flehend. »Bitte, Caro. Hör auf mich, nur dieses eine Mal, und folge mir nicht. Kannst du das für mich tun?«

Ich nickte benommen und er öffnete die Tür.

»Aber«, setzte ich an, doch da hatte er sich schon umgedreht und seine schnellen Schritte hallten durchs Treppenhaus.

Wie betäubt schloss ich die Haustür, tapste zurück in die Küche und wich den fragenden Blicken von Mara und Tobi aus. Was hätte ich auch sagen sollen? Ich kannte selbst nicht den Grund für Vincents Verhalten – was ihn dazu bewogen hatte, überstürzt die Wohnung zu verlassen. Irgendetwas musste er gespürt haben, aber was sollte das sein? Der Appetit war mir gründlich vergangen. Mir fiel einfach keine vernünftige Erklärung ein und je mehr Zeit verstrich, desto nervöser wurde ich. Besorgt schaute ich auf die Uhr. Inzwischen waren schon zehn Minuten vergangen und er war immer noch nicht zurück.

»Er kommt bestimmt gleich wieder. Vielleicht wollte er sich nur mal eben die Beine vertreten«, meinte Mara ohne rechte Überzeugung.

»Oder er googelt eben mit dem Handy ein paar Bowlingtricks, um nicht völlig gegen uns zu versagen«, versuchte Tobias die Stimmung aufzuheitern.

Mara kicherte kurz, war dann aber sofort wieder still, als sie meinen Blick auffing.

»Mach dir doch nicht so viele Gedanken, Caro. Es wird schon nichts passiert sein.«

Maras Worte konnten mich nicht trösten, denn ich hatte ein äußerst ungutes Gefühl bei der Sache.

Mittlerweile war Vincent schon beinahe eine halbe Stunde fort. Unter »kurz etwas klären« verstand ich etwas anderes. Entschlossen schob ich den Stuhl zurück.

»Ich sehe mal nach Vincent«, murmelte ich und sprintete in den Flur.

In Windeseile hatte ich mir Sneakers und Jacke angezogen, dann rannte ich die Treppen in Rekordzeit hinunter. Als ich auf die Straße trat, empfing mich ein leichter Sprühregen. Vincent war nirgends zu sehen und es war bereits dunkel. Im Licht der Laternen spiegelten sich die zarten Regentropfen. Himmel! Wo konnte er nur sein? In welcher Richtung sollte ich nach ihm suchen? Kurz entschlossen rannte ich nach links, bis ich an der Straßenecke ankam, von wo es nicht mehr weit bis zur U-Bahn-Station war. Von Vincent war keine Spur zu sehen. Am liebsten hätte ich mit dem Kopf an den nächsten Laternenpfahl gehauen. Warum war mir die Idee nicht schon früher gekommen? Wenn ich ihn nicht mit meinen Augen finden konnte, dann musste ich ihn eben aufspüren. Das sollte eigentlich kein Problem darstellen, schließlich war es Vincent, der mich ganz zu Anfang auf diese Weise gefunden hatte. Ein älterer Herr mit Regenschirm drängte sich unwirsch an mir vorbei. Ich lehnte mich an die nächste Hauswand, um nicht mehr im Weg zu stehen, und schloss die Augen. Ich musste einen merkwürdigen Eindruck auf die vorbeieilenden Passanten machen, aber das war mir egal. Die meisten starrten ohnehin auf den Boden, um nicht in eine der vielen Pfützen zu treten. Schaudernd zog ich die Jacke enger um mich, dann konzentrierte ich mich darauf, meine Fühler in alle Himmelsrichtungen auszustrecken. Die Sorge um Vincent spornte mich an und ich fand seine Aura wesentlich schneller als sonst. Heute wogte sie nicht sanft hin und her, sondern bewegte sich seltsam ruckartig, als würde Vincent springen. Aber warum sollte er das tun? Ich musste herausfinden, wo er sich befand. Ich erhöhte meine Anstrengungen, versuchte seinen Aufenthaltsort zu ermitteln. Plötzlich nahm ich etwas wahr. Eine Art Faden, der zwischen uns gespannt war und der mich in die richtige Richtung zog. Ich folgte ihm in die entgegengesetzte Richtung. Ich lief die Straße zurück, vorbei an unserem Haus und weiter die Straße entlang. Den Blick hatte ich fest auf den Boden gerichtet. Ich konzentrierte mich ausschließlich auf die Verbindung zu Vincent und trat dabei in die eine oder andere Pfütze. Dass meine Füße langsam feucht wurden, bemerkte ich fast gar nicht. Ich passierte den Eingang zum Englischen Garten, wandte mich nach links und folgte zunächst dem breiten Hauptweg, bis sich ein kleiner Trampelpfad abzweigte, der quer über die Wiese verlief. Hier war es stockdunkel und ich konnte nur hoffen, dass ich mir nicht den Fuß verstauchte. Nasse Grashalme streiften meine Hose, während ich immer weiter dem schmalen, kaum sichtbaren Pfad folgte. Meine Augen gewöhnten sich langsam an die dichte Dunkelheit, durch die dicken Wolken drang kaum ein Lichtstrahl auf die Erde. Undeutlich nahm ich die Schemen der Büsche in der Ferne war. Sie wurden kontinuierlich höher und die Hecken dichter. Vor der Wand aus Zweigen und Ästen blieb ich stehen und konzentrierte mich noch einmal auf Vincents Aura, um ganz sicherzugehen, dass ich auch wirklich richtig war. Es konnte nicht mehr weit sein. Ich tastete nach den Zweigen, um einen Durchgang zwischen dem dichten Gestrüpp zu finden. Er war hier hineingegangen, nur wo? Plötzlich erstarrte ich in der Bewegung. Was war das gewesen? Ich tastete erneut nach dem, was ich eben gespürt hatte. Noch mehr Auren. Vincent war nicht allein. Jetzt, wo ich schon so nah war, konnte ich sie ganz deutlich spüren. Diese Auren kannte ich nicht. Wer konnte das sein? Ich hatte mindestens drei gespürt. Allerdings war ich zu unerfahren, um die genaue Zahl zu sagen. Was hatte das alles zu bedeuten? Wenn ich sie spüren konnte, dann mussten die anderen ebenfalls Phönixe sein. Was machte Vincent dort? Oder vielmehr: Was machten diese anderen Phönixe dort? Und warum hatte Vincent mir nicht von dem, was hier vor sich ging, erzählen können? Und es drängte sich vor allem die Frage in meine Gedanken: Wieso war er deswegen so besorgt gewesen? Ich verstand das alles nicht und der Nieselregen weichte langsam, aber sicher meine Kleidung auf. Meine Haare klebten bereits an meinem Kopf. Plötzlich beschäftigte mich noch eine ganz andere Frage: Weshalb fühlte sich die Aura dieser anderen Phönixe so völlig anders an als Vincents? Nicht warm und vertraut, sondern eiskalt. Darüber kannst du dir später noch Gedanken machen, jetzt ist Vincent wichtiger, sagte ich mir. Ich zwang mich, aus meiner Erstarrung zu erwachen und weiter nach einer Öffnung in der Hecke zu tasten. Endlich fanden meine Finger ein breites schwarzes Loch und ich schlüpfte hindurch. Auf der anderen Seite wurde der Weg wieder breiter, war jedoch links und rechts umgeben von dichten, hohen Büschen. Der Trampelpfad war eine Abkürzung gewesen, wie ich jetzt sah. Aus der Ferne vernahm ich Stimmen. Sie waren allerdings noch zu weit weg, als dass ich etwas hätte verstehen können. Was ich deutlich wahrnahm, war der heftige Tonfall. Jemand klang zornig. Ich beeilte mich.

Bitte lass es Vincent gut gehen, flehte ich in Gedanken. Ich stolperte ein, zwei Mal über eine Baumwurzel. Die Stimmen wurden lauter. Ein Mädchen zischte: »Dazu hattest du kein Recht!«

»Ich sagte doch schon: Ich wusste es nicht! Hört mir hier vielleicht mal irgendjemand zu?«

Vincent! Seine mühsam beherrschte Stimme erkannte ich sofort. Mein Herz machte einen Satz und ich rannte los. Ungeachtet der Tatsache, dass ich jeden Moment gegen einen Baum prallen könnte. Der Weg mündete in einer Biegung und ich kam kurz ins Straucheln.

»Blödsinn!«, schnitt ihm eine Männerstimme das Wort ab. »Warum sonst hättest du das tun sollen? Natürlich wolltest du sie vor uns verstecken!«

»Zum letzten Mal, damit auch du es kapierst: Ich hatte *keine* Ahnung! Aber in einem Punkt stimme ich dir zu: Hätte ich es gewusst, hätte ich genauso gehandelt. Niemals werde ich sie euren dreckigen Händen ...«

»Genug!«, kreischte das Mädchen und im selben Moment stöhnte Vincent gequält auf.

Nein! Was auch immer da los war, er steckte in Schwierigkeiten. Und ich musste ihm helfen! Ich hatte noch nie einen so schmerzerfüllten Laut vernommen. Blindlings bog ich um die Ecke, ohne zu wissen, was mich dort erwartete. Abrupt hielt ich inne, als ich Vincent mit dem Rücken zu mir auf seinen Knien sitzend sah. Seinen Arm hielt er in einem unnatürlichen Winkel von sich weg gestreckt. »Vincent!«, rief ich panisch und hatte damit sofort ihre Aufmerksamkeit.

Drei fremde Augenpaare starrten mich überrascht an, aber ich achtete nur auf Vincent, der langsam den Kopf drehte und mich ebenfalls erstaunt und voller Pein ansah. Dann verschwand der Ausdruck und Verzweiflung lag darin.

»Hört auf! Ihr tut ihm weh!« Ich hatte keine Ahnung, was sie taten, denn keiner von ihnen fasste Vincent an, aber ich wusste, sie waren für seine Qualen verantwortlich. Darüber, dass ich mit meiner vorherigen Einschätzung von drei weiteren Phönixen richtiggelegen hatte, konnte ich mich nicht freuen. Ich stürzte zu Vincent, ließ mich vor ihm auf die Knie fallen und versuchte herauszufinden, woher seine Schmerzen kamen. Das ungute Gefühl, den anderen drei den Rücken zuzudrehen, versuchte ich zu ignorieren. Mein plötzliches Auftauchen musste sie aus dem Konzept gebracht haben, denn was immer es war, mit dem sie Vincent Schmerzen zufügten, sie hörten schlagartig damit auf. Ich legte schützend meine Hände auf seine Schultern. »Vincent, ist alles in Ordnung?« Meine Stimme klang selbst in meinen Ohren panisch.

»Mach dir keine Sorgen. Es geht schon wieder«, keuchte er.

Mein Blick fiel auf seinen Arm, der in einem seltsamen Winkel völlig verkrampft von seinem Körper abstand. Seine Jacke verdeckte das Meiste, nur seine Hand war frei und bei deren Anblick sog ich scharf die Luft ein. Seine Finger waren von einer bläulich-schwarzen Färbung, als hätte er schlimme Erfrierungen. Aber das war unmöglich. Wir hatten Oktober und es war weder besonders kalt noch lag irgendwo Schnee.

»Was tust du hier? Du solltest doch nicht herkommen. Kannst du nicht einmal auf mich hören?« Er klang wie jemand, der kurz vorm Ersticken war.

Seine Schmerzen mussten schlimmer sein, als er mir weismachen wollte. Mühsam rappelte er sich auf und ich griff ihm stützend unter die Arme. Er blickte aus zusammengekniffenen, hasserfüllten Augen über meinen Kopf hinweg. Undeutlich wurde ich mir der Anwesenheit der anderen Phönixe bewusst und ich drehte mich hastig um. Schützend breitete ich meine Arme vor Vincent aus. »Was wollt ihr von ihm?«

Mit seinem gesunden Arm schob Vincent mich hinter sich. »Caro, nicht. Lass mich das regeln«, sagte er so leise, dass nur ich ihn verstehen konnte.

Ich spähte an seiner Schulter vorbei und hatte zum ersten Mal Zeit, mir die anderen drei genauer anzusehen. Ein Junge stand in der Mitte, flankiert von zwei Mädchen. Sie bildeten eine Art Dreieck. Ich schätzte sie alle in meinem Alter, vielleicht ein bisschen älter. Ihre Ähnlichkeit war verblüffend. Alle drei hatten hellblondes Haar, blaue Augen und eine blasse, fast weiße Hautfarbe. Das rechte Mädchen sah mich freundlich an, der Junge guckte spöttisch und das andere Mädchen blickte finster zu Vincent.

»Sieh an, wen wir da haben«, sagte der Junge an das finster dreinblickende Mädchen gewandt. Dabei verzog er den Mundwinkel zu einem höhnischen

Grinsen. »Unsere liebe Schwester ist gekommen. Allerdings dreht sich mir der Magen um, wenn ich sehe, wie sie dieses Feuerblut zu beschützen versucht.« Er spuckte die Worte förmlich aus.

»Ganz ruhig, Pat«, sagte das Mädchen, das als Einzige noch kein Wort gesprochen hatte. »Du erschreckst sie nur. Ich bin sicher, sie weiß noch nichts von uns.«

»Natürlich weiß sie nichts«, schnaubte das andere Mädchen verächtlich, »er wäre eher gestorben, als dass er ihr von uns erzählt hätte.«

Ich blinzelte verwirrt. Ich hörte ihre Worte, verstand aber nicht deren Bedeutung. Aber das war auch egal. In mir machte sich das dringende Gefühl breit, dass Vincent und ich schleunigst von hier verschwinden sollten. Er konnte mir hinterher die Situation erklären.

»Wir gehen.« Meine Stimme war leider nicht so fest, wie ich es gerne gehabt hätte. Hoffentlich hatten sie das Zittern nicht bemerkt.

»Nichts da!«, rief der Junge, dessen Name offenbar Pat war. »Er darf gerne verschwinden«, er deutete auf Vincent, »aber du kommst mit uns mit.«

»Nein!«, rief Vincent entschieden, noch immer keuchend, und ich sagte zornig: »Einen Teufel werde ich tun!«

Ich wollte es nicht gerne zugeben, aber ihre kühle Gelassenheit hatte etwas Furchteinflößendes.

»Da spricht das Feuer aus ihr.« Das Mädchen bedachte mich erneut mit dem finstersten Blick, den ich in meinem ganzen Leben gesehen hatte. »Das gefällt mir nicht.« Sie hob ihren Arm, doch Pat hielt ihn in der Bewegung fest und drückte ihn entschieden nach unten.

»Valentina, sie ist unsere Schwester und wir werden ihr nicht wehtun.«

Erneut nannte er mich seine Schwester. »Was meinst du damit? Ich bin bestimmt nicht eure Schwester«, fuhr ich ihn an.

Pat warf mir einen prüfenden Blick zu, ehe er sich zu einer Erklärung herabließ. »Du bist eine von uns, ein Phönix. Vic hat heute Mittag deine Aura wahrgenommen. Sie fiel beinahe aus allen Wolken, als sie dich spürte. Wir kennen alle unsere Mitglieder. Aber du, du kamst völlig unerwartet. Du hast deine Kräfte heute zum ersten Mal eingesetzt und dadurch wurdest du für uns sichtbar.«

»Hört auf, ihr diesen Unsinn zu erzählen! Caroline ist keine von euch. Das kann nicht sein!« Seine Stimme klang nicht mehr vor Schmerz, sondern vor Wut verzerrt. Wenigstens seinem Arm schien es langsam besser zu gehen. Die Hand nahm allmählich eine normale Farbe an.

»Wieso bist du so wild darauf, sie vor uns zu verstecken? Du kannst uns nicht ausstehen! Du solltest uns dankbar sein, wenn du sie los bist!«, kreischte Valentina.

»Das kann nicht stimmen. Ich habe meine Kräfte schon öfter benutzt.« Verwirrt blickte ich zu den drei Phönixen uns gegenüber.

Vincent streckte beschützend seinen Arm vor meinem Bauch aus und schob mich erneut hinter seinen Rücken.

»Da hört ihr es. Sie entzündet schon seit Wochen Feuer, aber auf mich wollt ihr ja nicht hören! Und nun werden wir gehen.«

»Nicht so schnell.« Pat sah ebenso verwirrt aus, wie ich mich fühlte. »Sie kann Feuer entfachen? Aber wie? Das ist unmöglich. Was Vic gespürt hat ...«

»... war Eis«, vollendete Vic seinen Satz und sah mich fragend an. »Du hast heute etwas erfrieren lassen.«

»Ich habe was? Das ist doch völlig absurd. Ich habe ganz sicher nichts ...« Ich stockte. Plötzlich drängte sich mir das Bild vom Reif am Fenster von Arthurs Arbeitszimmer vor meine Augen. Ich hatte gedacht, ich hätte es mir nur eingebildet, aber was, wenn nicht? »Der Reif«, murmelte ich.

»Siehst du«, sagte Vic zu Pat. »Genau das meinte ich.« Dann fixierten mich ihre in der Dunkelheit mitternachtsblauen Augen und sie sagte mit ruhiger Stimme: »Du brauchst keine Angst zu haben. Den Reif hat der Phönix in dir entstehen lassen und wir können dir zeigen, wie du deine Kräfte unter Kontrolle hältst.«

Hatte ich nicht fast den gleichen Satz schon einmal gehört? Es war noch gar nicht lange her, da hatte Vincent etwas Ähnliches zu mir gesagt. Ich kam mir vor wie in einer Zeitschleife. Ich spürte seinen Blick auf meinem Gesicht, doch ich konnte meine Augen nicht von Vic lösen. »Ihr könnt Reif entstehen lassen?«

»Ich wusste, dass er ihr nichts von uns erzählt hat.« Valentina seufzte schwer.

»Wir sind Eisphönixe«, sagte Vic sanft, »so wie du.«

»Nein, Caro ist nicht wie ihr!« Vincent klang verzweifelt.

Nun sah ich ihn doch an. Verzweiflung, Angst und Abscheu lagen in seinen goldenen Augen. Es brach mir beinahe das Herz. Ich wünschte, ich könnte diesen Ausdruck mit einer Handbewegung aus seinem Gesicht wischen. »Sag es ihnen, Caro. Sag ihnen, dass du kein Eis entstehen lassen kannst«, flehte er mich an.

Ich wollte diese Worte Vincent zuliebe so gerne sagen, aber ich konnte es nicht. Ich brachte sie nicht über die Lippen, denn tief in mir drin wusste ich, dass es nicht die Wahrheit wäre. Etwas schlummerte in mir, Kräfte, von denen ich bisher nichts geahnt hatte.

»Ich verstehe nicht.« Und das stimmte, ich verstand wirklich nicht. »Heißt das, ich kann Feuer und Eis entstehen lassen? Wieso hast du mir das verschwiegen, Vincent? Wieso hast du mir nicht beigebracht, wie man ...«

»Weil ich es nicht kann«, unterbrach er mich.

»Du kannst kein Eis entstehen lassen?« Noch während ich die Frage formulierte, schüttelte er den Kopf.

»Aber was bedeutet das?«

»Es bedeutet«, sagte Val, als schockiere sie meine Kombinationsgabe, eins und eins zusammenzuzählen, »dass du zur Hälfte Feuer- und zur Hälfte Eisphönix bist.« Sie verzog das Gesicht, als fände sie diese Vorstellung ekelhaft.

»Dann ist es also wahr«, flüsterte Vic.

»Offensichtlich.« Die Kälte in Vals Stimme erschütterte mich.

Auch Vincent hatte den Arm nicht mehr schützend um mich gelegt, sondern war einen Schritt von mir zurückgewichen, mit einem Ausdruck, als sähe er mich gerade zum ersten Mal. In seinen goldenen Augen lagen Schmerz und Enttäuschung, aber seine Hände waren zu Fäusten geballt.

»Wir haben immer gewusst, dass der Tag kommen würde.« Pat klang bedauernd. »Und wir haben strikte Anweisungen erhalten, wie wir mit ihr verfahren sollen.«

»Ihr habt es gewusst?«, fragte Vincent ungläubig.

»Hat dich dein lieber Großvater etwa nicht eingeweiht? Tja, anscheinend vertraut er dir nicht so sehr wie du ihm«, sagte Pat ätzend.

Vincent spannte sämtliche Muskeln an. Sein Gesicht war starr vor Wut. Von Schmerz und Enttäuschung war nichts mehr zu sehen, dafür lag unverhohlene Abscheu in seinem Blick. Aus zusammengebissenen Zähnen stieß er hervor. »Natürlich wusste ich, dass sie etwas Besonderes ist, aber ich hätte nicht gedacht, dass die Besonderheit darin besteht, dass sie mit Abschaum wie euch blutsverwandt ist.«

Ich zuckte neben ihm zusammen.

»Hey, Vorsicht, Feuerblut, wir wollen doch nicht den Englischen Garten abfackeln. Das wäre wirklich zu schade.« Obwohl Pats Stimme vor Spott triefte, beäugte er jede von Vincents Reaktionen aus zusammengekniffenen Augen.

Ich wich einen weiteren Schritt von Vincent zurück und stand nun völlig ungeschützt zwischen den Fronten. Er schien seine brutalen Worte zu realisieren und sah mich bestürzt an. »Caro, so habe ich das nicht gemeint.«

»Abschaum?« Meine Stimme zitterte, aber ich verbot mir, in Tränen auszubrechen. Ich ballte meine Hände zu Fäusten und bohrte meine Fingernägel in meine Handflächen. Der Schmerz half mir, nicht völlig durchzudrehen.

»Da siehst du es«, meinte Valentina völlig ungerührt mit ihrer schrillen Stimme. »Er mochte dich nur, solange du ein Feuerblut warst.«

»Val«, sagte Vic vorwurfsvoll.

»Was denn? Ist doch wahr.« Sie blitzte Vic an.

Vincent ignorierte sie und streckte einen Arm nach mir aus, doch ich wich noch weiter zurück. Inzwischen stand ich näher bei den anderen als bei Vincent. »Ich würde dich nie für Abschaum halten. Das weißt du doch. Caro, bitte ...«

»Nein, Vincent, das weiß ich nicht. Alles, was ich weiß, ist das, was du mir gesagt hast. Und das war nicht sehr viel. Wieso hast du mir verschwiegen, dass es noch andere Phönixe gibt? Dass ich zur Hälfte eine von ihnen bin?«

»Weil ich es nicht wusste. Caro, ich schwöre dir, ich hatte nicht die leiseste Ahnung, dass deine Besonderheit darin besteht, dass du zur Hälfte ein Eisphönix bist.«

»Ich weiß nicht, ob ich dir noch glauben kann. Du warst nicht ehrlich zu mir … Und ganz offensichtlich verabscheust du die Eisphönixe.«

»Können wir später darüber reden? Lass uns erst mal gehen. Bitte.« Er sah mich flehend an.

Ein Teil von mir wollte zu ihm hingehen, sein Gesicht in beide Hände nehmen und ihn trösten, aber der andere, viel größere Teil war viel zu enttäuscht und wütend darüber, dass er einen Teil von mir als Abschaum bezeichnet hatte. Und dass es noch einen anderen Teil gab, war mir plötzlich sehr klar.

»Komm her.« Vic breitete tröstend ihre Arme aus. »Wir würden dir nie so etwas antun«, sagte sie zärtlich. »Vincent mochte nur den Teil von dir, der ihm ähnlich ist. Deine andere Hälfte wird er nie akzeptieren können. Dafür ist sein Hass zu groß.«

Vincent sah aus, als wäre er kurz davor, Vic an die Gurgel zu springen. Automatisch machte ich noch einen Schritt von ihm weg. Die Wahrheit, die in Vics Worten lag, drang allmählich in mein Bewusstsein. Vincent hatte, wenn überhaupt, nur meine Feuerhälfte geliebt. Die Erkenntnis schlang ihre kalten Klauen um mein Herz und drückte zu. Sie schnürte mir die Luft ab und war schmerzhafter als alles, was ich jemals gefühlt hatte. Es war, als grüben sich lange Fingernägel in mein Herz und bohrten viele kleine Löcher hinein. Wie viel Schmerz konnte ein Mensch ertragen, ehe er daran zerbrach? Wenn ich jetzt keinen Schlussstrich zog, dann würde es mich innerlich zerreißen. »Sie hat Recht. Du könntest nie den Eisphönix in mir lieben. Dafür verabscheust du sie viel zu sehr. Das kann ich spüren.«

»Caro, bitte.«

»Nein, Vincent. Spar dir das. Ich will es nicht hören.«

Sein gequälter Blick war Eingeständnis genug. Es war ihm unmöglich, mich zu lieben, nach allem, was er erfahren hatte. Was auch immer der Grund war, weswegen er die Eisphönixe hasste, dieser Grund stand unserer Liebe im Weg. Die Klaue packte mein Herz noch fester. Mir wurde die Ironie des Ganzen bewusst. Ich hatte ein zerbrechendes Herz immer für die metaphorische Beschreibung besonders dramatisch veranlagter Lyriker gehalten und doch war es genau das, was den Vorgang in meinem Herzen am besten beschrieb. Es zerbrach, ohne dass es jemand mitbekam, in zwei Hälften. Der Schmerz ließ mich taumeln und Vic machte einen Satz nach vorne, um mich aufzufangen. In diesem Moment wäre ich dankbar gewesen, wenn ich das Bewusstsein verloren hätte. Doch die erlösende Schwärze kam nicht und so musste ich den unsäglichen Schmerz in meiner Brust weiter ertragen. Ein gebrochenes Herz, das bei jedem Schlag stolperte und Wellen stechenden Schmerzes durch meinen ganzen Körper sandte. Wieso schlug es überhaupt noch? Ein kaputtes, verstümmeltes Ding sollte überhaupt nicht mehr funktionieren. Aber es schlug unerbittlich weiter. Stolpernd und völlig aus dem Takt geraten, aber es schlug. Meine Beine fühlten sich schwach an. Mein ganzer Körper war kraftlos. Wenn Vic mich nicht gestützt hätte, wäre ich sicherlich zu Boden gesunken.

»Kommt, lasst uns gehen. Wir haben hier nichts mehr verloren.« Vic berührte sanft meine Schulter und Pat streckte seine Arme nach mir aus. Kurz bevor er mich berührte, zögerte er.

»Darf ich?«, fragte er sanft.

Ich nickte schwach. Auch mein Kopf fühlte sich an, als gehörte er nicht mehr zu meinem Körper. Pat schlang seine kräftigen Arme um mich und hob mich auf. Gerade noch rechtzeitig, bevor mich meine letzten Kräfte verließen. Mein Kopf lehnte schlaff an Pats Brust und ich konnte über seine Schulter einen letzten Blick auf Vincent erhaschen. Sein hübsches Gesicht ähnelte ihm kaum noch, denn es war von einer Maske aus Kummer und Wut verzerrt. Ich hatte keine Zeit, mir darüber länger Gedanken zu machen, denn endlich umfing mich die erlösende Dunkelheit, die mich von meinem Schmerz befreite. Dankbar ließ ich mich von ihr einhüllen und je tiefer ich hinabsank, desto leichter wurde mir ums Herz. Mein Schmerz wurde nebensächlich, alles wurde nebensächlich. Vincent, Mara, Doro, ich. Selbst wenn mein Herz aufhören würde zu schlagen und ich nie wieder aus diesem Nichts auftauchen würde, so wäre ich dankbar. Alles war besser, als mit einem gebrochenen Herzen leben zu müssen.

Ende von Band 1

Danksagung

Mama, du hast als Erste an Vincent und Caro geglaubt und ihre Geschichte geliebt und dafür danke ich dir von Herzen.

Lena, du liest alle meine Manuskripte in der Rohfassung und das ist wirklich nicht einfach, denn ich weiß, dass da noch etliche Tippfehler drin sind. Danke, dass du immer die Zeit findest, sie zu lesen.

Kristin, nachdem du begeistert nach der Fortsetzung von *Feuerphönix* gefragt hattest, weil du unbedingt wissen wolltest, wie es weitergeht, hätte ich am liebsten Luftsprünge vor Freude gemacht. Die Auszeichnung als beschte Kommilitonin ever ist dir schon mal sicher!

Lena, du schaffst es immer, mich zum Lachen zu bringen, egal, wie mies der Tag auch gelaufen sein mag, und das ist eine ganz großartige Eigenschaft! Ich bin wirklich froh, dich als Mitbewohnerin zu haben, denn sonst wären mir viele tolle Gespräche entgangen, die mich zu ein paar der Unterhaltungen zwischen Caro, Mara und Doro inspiriert haben.

Zum Schluss ein herzliches Dankeschön an meine beiden Lektorinnen Nicole und Ricarda, die mich so toll bei der Entstehung von »Feuerphönix« unterstützt haben.

© Kristin Vogelsang

Julia Zieschang, fand man schon als kleines Mädchen oft hinter einem Buch versteckt vor. Damals waren es noch Märchenbücher, heute liest sie am liebsten romantische Fantasy. Wenn sie nicht gerade mit dem Lesen oder Schreiben von Geschichten beschäftigt ist, befindet sich eine Spiegelreflexkamera vor ihrem Gesicht, denn das Fotografieren ist ihre andere große Leidenschaft.

Nicht genug bekommen?

Leseprobe aus Johanna Danningers »Secret Elements: Im Dunkel der See«, dem ersten Band der »Secret Elements-Serie«.

232 Seiten
E-Book 3,99 €
ISBN 978-3-646-60241-8
Softcover 12,99 €
ISBN 978-3-551-30073-7

Entdecke die Welt, die im Verborgenen liegt …

Die 17-jährige Jay hält sich nur an ihre eigenen Regeln. Sie gilt als aufmüpfig und unkontrollierbar, versteckt ihr feuerrotes Haar und ihre blasse Haut unter schwarzen Klamotten und schlägt sich als Barkeeperin heimlich die Nächte um die Ohren. Bis ihr eine fremde Frau ein antikes Amulett überreicht, das kostbarste Geschenk, das sie je bekommen hat. Fatalerweise kann sie es, einmal angelegt, nicht mehr ablegen und befindet sich plötzlich in einem Geflecht aus übermenschlichen Agenten und magischen Bestimmungen. Dabei soll sie ausgerechnet der arrogante Lee, der Menschen grundsätzlich für schwach hält, beschützen. Wenn er nur nicht so unglaublich gut aussehen würde …

KAPITEL 1

Der Himmel war gespickt mit bauschigen Kuschelwölkchen. Wie eine Herde Lämmer tollten sie über den hellblauen Hintergrund. Unter ihnen wiegten sich Bäume mit jungem Blattwerk in einer sanften Brise und reckten sich der Frühlingssonne entgegen. Die Szenerie erstrahlte in perfekter Harmonie und Heiterkeit.

Und ich saß auf einem quietschenden Holzstuhl, der an Unbequemlichkeit kaum zu überbieten war, und durfte den beinahe kitschigen Anblick draußen durch eine mit fettigen Fingerabdrücken übersäte Fensterscheibe betrachten. Meine Hände strichen unablässig über die Tischkante vor mir. Der Lack hatte sich an den Ecken bereits gelöst und an einer Stelle sah es so aus, als hätte ich voller Frust in das Holz gebissen – was gar nicht so abwegig war.

»Jessica, könnten Sie bitte in eigenen Worten zusammenfassen, auf welchen Grundsätzen Georges Cuviers Evolutionstheorie beruht?«

Na toll, was soll das denn jetzt?, dachte ich genervt.

Ich blickte betont langsam auf. »Ja, das könnte ich.«

Der Typ war neu an der Schule und vertrat seit einigen Tagen unseren alten Biologielehrer, der sich beim Skifahren ein Bein gebrochen hatte.

Das war ein echtes Problem. Solche unerfahrenen Aushilfslehrer brauchten nämlich immer einige Zeit, bis sie herausgefunden hatten, dass alle Beteiligten hier ein glücklicheres Leben führen konnten, wenn sie mich einfach in Ruhe ließen. Außerdem war es im Allgemeinen nicht ratsam, mich mit meinem richtigen Namen anzusprechen. Ich hasste das.

»Also? Würden Sie uns freundlicherweise aufklären?«, fragte der Aushilfslehrer nach einer kurzen Pause.

Mir lag ein freches »Immer mit der Ruhe« auf der Zunge, doch ich seufzte nur gelangweilt.

»Cuvier war Verfechter des Katastrophismus«, erklärte ich. »Dieser Theorie nach vernichteten im Laufe der Erdgeschichte immer wieder riesige Katastrophen einen Großteil der Lebewesen und in den darauffolgenden Phasen entstand neues Leben. Cuvier glaubte angeblich, dass Gott die Welt nach jeder Katastrophe neu erschaffen habe, doch diese Behauptung lässt sich nicht in seinem Werk belegen.«

Der Lehrer forschte einen Moment nach Fehlern in meiner Zusammenfassung. Er war sichtlich überrascht, keine zu finden, und überspielte seine Enttäuschung mit einem dümmlichen Lächeln. »Die These der göttlichen Schöpfung lassen wir lieber außen vor. Schließlich brauchen meine theologischen Kollegen auch noch etwas, worüber sie unterrichten können.«

Unterstützendes Glucksen erklang aus den Reihen der Schleimer und Streber. Das taten sie immer, sobald sie glaubten, ein Lehrer hätte einen Witz gerissen. Wirklich armselig.

»Hey, Blacky«, flüsterte Gustav, der hinter mir saß, »ich hab auch eine Theorie – nämlich dass du von einem Raben abstammst.«

Ich kippte mit meinem knarrenden Holzstuhl zurück und antwortete leise: »Würde ich Gustav heißen, würde ich mich bezüglich Federvieh-Theorien lieber zurückhalten.«

Er verstummte. Vermutlich würde er eine Weile brauchen, bis er meine Anspielung auf die berühmte Gustav-Gans-Comicfigur überhaupt verstanden hatte. Zufrieden knarrte ich mit dem Stuhl wieder nach vorne.

Meine Finger fanden wie von selbst zurück an die Tischplatte und knibbelten an dem Lack herum. Das Schwarz meiner lackierten Nägel bildete dabei einen krassen Kontrast zu dem Weiß, das es zu beseitigen galt.

Eigentlich mochte ich Farben. Selbst das Kotzgrün, das irgendein Spinner für die Innentüren unserer Schule gewählt hatte. Trotzdem war ich schon vor Jahren dazu übergangen, mich ausschließlich in dunkle Klamotten zu hüllen. Vorwiegend schwarze. Inklusive schwarzer Mütze, unter der ich meine auffällig roten Haare verbarg. Wenn man nicht gerade vor dem knallig bunten Hundertwasserhaus stand, hatte diese Art von Kleidung nämlich einen entscheidenden Vorteil – man fiel nicht besonders auf. Und ich hatte gelernt, dass mein Leben dadurch um einiges leichter wurde.

Okay, das mit dem Unauffälligsein funktionierte bei mir nicht immer. In der neunten Klasse versenkte ich meinen Mitschüler Steffen Grübers mit dem Kopf voran in einer Mülltonne. Dass er eine Jahrgangsstufe über mir und noch dazu dreißig Zentimeter größer war als ich, spielte dabei keine Rolle. Dass er mir meine Mütze vom Kopf gerissen hatte, allerdings schon. Da hörte der Spaß nun mal auf.

Das Gute daran war, dass ab diesem Zeitpunkt die ganze Schule erkannte, dass man sich lieber nicht mit mir anlegen sollte. Das Schlechte – jeder kannte nun das schwarzgekleidete Mädchen mit den feuerroten Haaren und zerriss sich das Maul darüber.

Doch das Getratsche störte mich kaum. Es hatte durchaus Vorteile, dass ich als sozial gestörte Außenseiterin entlarvt worden war. So machten alle meist einen weitläufigen Bogen um mich und beschränkten sich auf dümmliche Kommentare à la Gustav Gans.

Im Großen und Ganzen hatte ich in der Schule also meine Ruhe. Die unverhohlenen Blicke, die mich ständig durch das Gebäude begleiteten, hatte ich zu ignorieren gelernt. Alle warteten mit Spannung darauf, eines Tages wieder einen totalen Ausraster von mir zu erleben, während sich gleichzeitig keiner traute, mich zu provozieren. Doch ich wollte den Sensationsgierigen sowieso keine Show mehr bieten. Ich konnte mir einen weiteren Fehltritt schlichtweg nicht erlauben. Besonders nach dem letzten Vorfall im Sportunterricht, bei dem ein Volleyball und die blutige Unterlippe von Veronika Glas eine nicht unerhebliche Rolle gespielt hatten. Damals hatte der Direktor klare Worte an mich gerichtet: »Wenn ich Sie noch ein einziges Mal in mein Büro zitieren muss, fliegen Sie von der Schule!«

Eine Ansage, die mich durchaus schockierte. Jetzt von der Schule zu fliegen, hätte alles zerstört. Ich steckte mitten in der zwölften Klasse, das Abitur war in greifbarer Nähe – mein Fahrschein in die Zukunft. In ein Leben, in dem ausschließlich ich selbst bestimmen konnte, was ich mit ihm anstellen wollte.

Als Vollwaise hatte ich mich siebzehn Jahre lang den Entscheidungen von Sozialämtern und irgendwelchen Erziehern beugen müssen. Im kommenden Herbst würde ich endlich achtzehn werden. Der erste Schritt in die Unabhängigkeit. Aber bis zu meinem Schulabschluss durfte ich noch die staatliche Obhut des Waisenheims genießen. Vielen Dank auch.

Doch ich wollte nicht unfair sein. Das Angebot meiner Heimleitung, dass ich bis zum Abitur dort wohnen durfte, kam mir eigentlich ganz recht. Ich konnte weiterhin Geld sparen und mich voll und ganz auf die Vorbereitungen für mein Studium konzentrieren.

Ich blickte wieder aus dem Fenster und betrachtete die kitschigen Schäfchenwolken, die über den Horizont tollten.

Nicht mehr lange und ich würde ebenso frei sein.

***

Mein Alltag war in der Regel unspektakulär. Auch an diesem Tag trottete ich nach der Schule artig zurück ins Heim, genoss das matschige Mittagessen, das aus mysteriösen Gründen immer nach Karotten schmeckte, und begab mich in die nachmittägliche Hausaufgabenbetreuung.

Wirklich betreut wurde hier selten jemand. Im ganzen Raum herrschte ein heilloses Durcheinander, das von einem bunt zusammengewürfelten Haufen Teenager veranstaltet wurde, die nicht im Mindesten an Hausaufgaben interessiert waren. Bis auf einige wenige, ich eingeschlossen. Und diese wenigen mussten zusehen, wie sie inmitten des Tohuwabohus klarkamen. In einer Ecke saß zwar durchaus eine Erzieherin, doch die betrachtete ihre Aufgabe bereits als zufriedenstellend erledigt, wenn niemand ernstlich verletzt wurde.

Vielleicht sollte ich erwähnen, dass ich in einem Heim für »schwierige Fälle« wohnte.

Schwierige Fälle waren so ein Mittelding zwischen »normal« und »schwer erziehbar«. Das Heim beherbergte also Jugendliche, die keiner haben wollte, die für die Justizvollzugsanstalt allerdings nicht genügend Straftaten begangen hatten. Dazu kamen noch die Kids aus sozialen Brennpunkten, die es hier bestimmt besser hatten als bei ihren drogensüchtigen Eltern, diesen Umstand jedoch noch nicht erkannten. Und die psychisch Gestörten, die es aus verschiedenen Gründen immer wieder schafften, einer Zwangseinweisung in die geschlossene Abteilung einer Klinik zu entgehen.

Ich selbst war wohl eine Mischung aus allem. Wobei ich nicht wusste, ob meine Eltern drogensüchtig waren, denn niemand kannte sie. Ich war ein sogenanntes Findelkind.

Früher hatte ich die romantische Vorstellung gehabt, in einem Weidenkorb einen Bach hinabgeschwommen zu sein. Hineingebettet von meiner Mutter, die mich vor einer großen Bedrohung schützen wollte und mir bittere Tränen nachweinte, während ich ins Ungewisse davontrieb.

Die nüchterne Wahrheit bestand allerdings darin, dass ich als Neugeborenes durch eine Babyklappe geschoben worden war, weil meine Mutter mich nicht haben wollte. Warum auch immer.

Ich fragte längst nicht mehr danach. Es konnte mir ja doch keiner eine Antwort darauf geben und inzwischen war ich mir sicher, dass ich die auch gar nicht wissen wollte. Immerhin war es besser, keine Familie zu haben, als eine wie die meiner Mitbewohner.

Ein Papierflieger traf auf meinen Kopf. Ohne von meinem Mathebuch aufzusehen, zerknüllte ich ihn mit einer Hand und ließ ihn zu Boden fallen. Gelächter ertönte neben mir, begleitet von einem »Sorry, Jay!«.

Ich akzeptierte die Entschuldigung, indem ich kurz meinen Mittelfinger hochstreckte, dann konzentrierte ich mich wieder auf mein Schulbuch.

Im Heim wurde ich nicht so sehr gemieden wie in der Schule. Die Jugendlichen hier waren keine verhätschelten Kinder aus wohlhabendem Haus, die Konflikte durch Petzen beim Lehrer austrugen. Sie fochten ihre Kämpfe selbst aus, verbal oder körperlich. Und meine Mitbewohner fürchteten sich nicht vor mir, sondern respektierten mich. Obwohl ich auch im Heim als Außenseiterin galt, weil ich grundsätzlich die Gesellschaft anderer mied, wurde ich von allen als ihresgleichen akzeptiert und als jemand, der in Auseinandersetzungen selten den Kürzeren zog.

Kaum hatte ich meine Hausaufgaben erledigt und in meinen abgewetzten Rucksack gepackt, sah ich im Augenwinkel Dennis zu mir herüberschlendern. Ich stöhnte leise.

Nicht der schon wieder!

Dennis war ein ganzes Jahr jünger als ich und er war der verqueren Meinung, der Justin Bieber unseres Heims zu sein. Tatsächlich himmelten die meisten Mädels ihn an und bettelten geradezu, auf seine sogenannte »*Bitch-Liste*« aufgenommen zu werden. Diese Liste gab es wirklich, und als wäre das nicht schon bescheuert genug, hatte es sich dieser Pseudo-Mini-Gangster vor einiger Zeit auch noch in den Kopf gesetzt, mir einen Ehrenplatz darauf einzuräumen. Was ich von seinem Plan hielt, hätte ihm spätestens nach dem blauen Auge klar werden müssen, das ich ihm vor kurzem verpasst hatte. Das Veilchen war kaum verheilt, und er hatte die Botschaft offensichtlich immer noch nicht verstanden.

Ich war gerade im Begriff, mich von meinem Lernplatz zu erheben, als Dennis auch schon neben mir stand und mir den Weg versperrte.

»Hey, du«, begrüßte er mich in gewohnt säuselndem Tonfall, der wohl erotisch klingen sollte. »Na? Bist du endlich fertig mit büffeln?«

»Wow!«, staunte ich. »Bist du da etwa selbst drauf gekommen? Ich bin beeindruckt.«

Mein Sarkasmus prallte wirkungslos an Dennis ab.

»Was machst du heute noch so?«, wollte er wissen.

»Nichts, was irgendwie mit dir zusammenhängen könnte.«

»Hm.« Er fuhr sich durch seine dunkelblonde Topfschnittfrisur. »Hast du vielleicht Bock, mit mir in die City zu gehen? Ich kenne da ein cooles Café, das ...«

»Verzieh dich einfach«, unterbrach ich ihn und ballte demonstrativ eine Faust. »Oder muss ich es dir noch einmal erklären?«

»Komm schon, Jay. Wir hatten einen schlechten Start. Lass uns doch einfach noch mal von vorn anfangen.«

Unglaublich!

Ich stand auf und richtete mich zu meiner vollen Größe auf, so dass ich den säuselnden Wicht immerhin um eine Handbreit überragte. Mit zusammengekniffenen Augen fixierte ich sein Milchgesicht. »Wenn du mich noch einmal anquatschst, wird sich bei dir noch was ganz anderes blau färben als dein Auge. Glaub mir …« Ich schulterte meinen Rucksack. »Und jetzt geh mir aus dem Weg, bevor ich dich noch aus Versehen ankotze.«

Sein Selbsterhaltungstrieb brachte ihn wohl dazu, zur Seite zu treten. Die anderen Triebe in seinem unterbelichteten Gehirn ließen ihn dämlich grinsen. »Glaub mir, Süße, du verpasst etwas ganz Gewaltiges.«

Der hat doch echt einen an der Klatsche!

Es war nie klug, eine Rauferei unter den Augen einer Erzieherin anzuzetteln. Immerhin waren die ausschließlich dafür verantwortlich, dass so etwas eben nicht passierte. Ich hielt mich daher lieber zurück und sparte meine Kräfte für ähnliche Situationen in den unbeobachteten Fluren des Gebäudes.

Statt Dennis also einen kräftigen Tritt in die Eier zu geben, wandte ich mich an eine seiner Verflossenen, die leider erst im Nachhinein von der »Bitch-Liste« erfahren hatte. »Kathrin, was sagst du dazu? Ist der denn wirklich so gewaltig, den der liebe Dennis da mit sich rumschleppen muss?«

»O ja! Mir sind beinahe die Tränen gekommen, so gewaltig klein war der!«

Perfekt. Die Gehässigkeit eines gebrochenen Herzens war eben nicht zu unterschätzen.

Alle Anwesenden gackerten lauthals los, während Dennis augenblicklich puterrot im Gesicht wurde. Mit einem hämischen Grinsen schritt ich an ihm vorbei und hörte das Gebrüll des darauffolgenden Streits noch weit durch den Flur hallen.

KAPITEL 2

Es war Samstag. Noch dazu ein wunderschöner. Der April machte ja bekanntlich, was er wollte, und an diesem Tag wollte er sich offenbar von seiner besten Seite zeigen.

Ich freute mich unbändig darüber, weil ich den stickigen Hallen des Heims bei dem herrlichen Wetter gut entkommen konnte. Pflichtbewusst hatte ich mich am Vormittag bei der Heimaufsicht abgemeldet, mit dem Versprechen, zum Abendessen wieder zurück zu sein. Nach einem Abstecher zur Stadtbibliothek war ich schließlich im botanischen Garten gelandet. Die große Parkanlage war schon immer mein persönlicher Zufluchtsort gewesen.

Ich hatte fast mein ganzes Leben in der Großstadt verbracht und hasste diesen abgasverseuchten Betondschungel. Der Geräuschpegel war konstant hoch, die Menschen ständig in Hast und an jeder Straßenecke stank es nach Pisse.

Inmitten des botanischen Gartens hatte ich das Gefühl, endlich wieder frei durchatmen zu können. Man hörte den Straßenverkehr zwar weiterhin, aber das Rauschen der hohen Bäume, die rund um den Park standen, ließ mich Motorenlärm und Hupkonzerte schnell vergessen. Gepflegte Fußwege durchzogen die gesamte Anlage. Gesäumt von duftenden Blumenrabatten und exotisch aussehenden Stauden, führten sie sternförmig zum Herzen des Parks, das ein wunderschöner Springbrunnen aus weißem Stein bildete.

Auf einer Bank vor dem Brunnen ließ ich mich im Schneidersitz nieder. Ich schloss für einen Moment genießerisch die Augen. Auch wenn ich nicht allein hier war, da das schöne Wetter viele Menschen in den Park lockte, wiegte mich das Plätschern des Wasserspiels und das Zwitschern der Vögel für einen Augenblick in wohltuender Ruhe. Alles erschien harmonisch und ausgewogen, so wie es nur die Natur zu Stande brachte. Mit tiefen Atemzügen sog ich die Luft ein. Sie schmeckte warm und erdig, ein wenig nach dem

Sommer, der bereits an die Tür klopfte. Ich konnte das klare, frische Wasser des Brunnens förmlich riechen. Eine leichte Brise ließ eine Haarsträhne tanzen, die sich unter meiner Mütze hervorgestohlen hatte. Sie kitzelte mich an der Wange, doch ich gönnte ihr den kleinen Tanz mit dem Wind.

Mit einem Mal erschien mir mein Dasein weniger frustrierend. Solche glücklichen Momente im Park zeigten mir immer wieder, dass das Leben mehr zu bieten hatte.

Ich öffnete die Lider und gab ein leises Seufzen von mir. Dann holte ich meine neueste Errungenschaft aus der Bibliothek hervor und schlug sie in meinem Schoß auf. Keine Minute später war ich komplett in meine Lektüre vertieft.

Zwischen den Seiten eines interessanten Buches verlor man schnell jedes Zeitgefühl, darum konnte ich nicht sagen, wie lange es dauerte, ehe ich bemerkte, dass sich jemand neben mich gesetzt hatte – und mich auch noch ziemlich unverfroren anstarrte.

Mit grimmiger Miene wandte ich den Kopf zu dem ungebetenen Gast auf meiner Bank, doch meine Züge entspannten sich gleich darauf wieder. Neben mir saß kein Kerl, der mich anbaggern wollte, sondern nur eine harmlose alte Frau. Sie lächelte mich freundlich an und schien überhaupt nicht peinlich berührt zu sein, dass ich sie beim Beobachten erwischt hatte.

Ich erwiderte ihr Lächeln. Die Frau strahlte eine derartige Herzlichkeit aus, dass keine andere Reaktion möglich schien. Obwohl ich sie noch nie gesehen hatte, spürte ich sofort aufrichtige Sympathie für sie. Sogar mehr als das. Ich wusste ohne den geringsten Zweifel, dass ich dieser alten Frau vertrauen konnte. Und genau das erstaunte, ja erschreckte mich zutiefst. Denn wenn ich in meinem Leben etwas gelernt hatte, dann war es, dass man mit Vertrauen sparsam umgehen musste. Zu oft hatte man mir ebenjenes gebrochen, so dass ich inzwischen nur noch mir selbst vertraute.

Gewissermaßen durcheinander musterte ich die Frau, deren Lächeln kein bisschen nachließ. Bei genauerer Betrachtung wirkte sie gar nicht mehr so alt. Ihr schneeweißes Haar ließ zwar auf ein hohes Alter schließen, doch es wallte so dicht und kräftig über ihre Schultern, wie es bei über Siebzigjährigen wohl selten vorkam. Die helle Haut ihres runden Gesichtes war glatt und gleichzeitig von feinen Fältchen durchzogen. Vor allem ihre Mund- und ihre Augenpartie schienen von vielen, vielen Jahren des Lachens geprägt. Inmitten der Lachfältchen stachen ihre Augen ganz besonders hervor. Nie zuvor hatte ich solch durchdringend hellblaue Augen gesehen. Voller Kraft und Energie, wie das Leben selbst. Je länger ich die Frau betrachtete, umso weniger konnte ich ihr Alter schätzen. Es war äußerst merkwürdig.

»Eine seltsame Lektüre für eine solch junge Dame«, bemerkte die Frau.

Ich brauchte eine Sekunde, um mich zu sortieren.

»Ähm. Na ja, ich interessiere mich eben sehr für das Thema«, erklärte ich.

»Quantenfeldtheorie?«

»Ja. Überhaupt finde ich Teilchenphysik ungemein spannend.« Ich rutschte umständlich in eine andere Sitzposition. »Vor allem weil es immer noch so viele Dinge gibt, die wir nicht verstehen.«

Die Fremde legte ihren Kopf leicht schräg. »Falls Gott die Welt geschaffen hat, war seine Hauptsorge sicher nicht, sie so zu machen, dass wir sie verstehen können.«

»Das ist ein Zitat von Albert Einstein!«, stellte ich überrascht fest.

Sie nickte bestätigend.

»Ich bewundere Einstein«, sagte ich. »Er ist so was wie mein Held. Ihn hätte ich unheimlich gerne einmal kennengelernt.«

»Ja, Einstein war ein bewundernswerter Mann«, bestätigte die Frau in einem Tonfall, als hätte sie den Physiker persönlich gekannt. »Die Menschheit hat ihm viel zu verdanken.«

»Allerdings.«

Die Fremde strich eine weiße Haarsträhne aus ihrer Stirn. »Wie heißt du, Liebes?«

Ich war kurz davor, ihr meinen verhassten richtigen Namen zu nennen, besann mich jedoch schnell eines Besseren.

»Jay.«

»Jay«, wiederholte sie. »Ein ungewöhnlicher Name.« Sie hielt mir eine Hand entgegen. »Mein Name ist Danu.«

»Auch ein ungewöhnlicher Name«, erwiderte ich schmunzelnd und ergriff die mir dargebotene Hand.

Bei der Berührung verspürte ich ein seltsames Kribbeln. Angenehme Wärme kroch von meinen Fingerspitzen den ganzen Arm hinauf. Verwundert sah ich Danu an, doch die lächelte nur weiter ihr unerschütterliches Lächeln und löste langsam ihre Hand aus meiner.

Was, bitte schön, war das denn gerade?

»Hat mich sehr gefreut, dich kennenzulernen«, sagte sie nur und stand auf. »Leider muss ich jetzt gehen, aber ich wünsche dir noch eine angenehme Zeit zwischen Teilchen und Materie.«

»Danke, die werde ich bestimmt haben«, antwortete ich höflich und beäugte die seltsame Kleidung, die Danu trug und die mir bislang gar nicht aufgefallen war. Ihr Kleid sah so ähnlich aus wie ein Sari, das traditionelle Wickelgewand der Inderinnen. Nur nicht so reich verziert und bunt, sondern einzig aus schlichtem Leinen. Der Stoff reichte bis ganz zum Boden hinab, doch als Danu aufgestanden war, glaubte ich kurz, ihre nackten Füße gesehen zu haben.

Die Frau schien meine Verwunderung über ihr Outfit nicht zu bemerken. Sie winkte fröhlich und wandte sich zum Gehen.

Da erregte ein Glitzern neben mir meine Aufmerksamkeit. Auf der Sitzfläche der Bank lag eine silberne Kette. Hastig ergriff ich das Schmuckstück und sprang auf.

»Warten Sie!«, rief ich laut. »Sie haben etwas verloren!«

»O nein, ganz im Gegenteil«, antwortete Danu geheimnisvoll. Sie zwinkerte mir zu. »Das ist ein Geschenk für dich.«

Sprachlos starrte ich auf die Kette in meiner Hand. Ein rundes, antikes Amulett war daran befestigt. Es sah sehr alt aus. Das Material war nicht Silber, wie ich im ersten Augenblick gedacht hatte. Was es wirklich war, vermochte ich allerdings nicht zu sagen. Es war dunkelgrau und reflektierte mit einem samtigen Schimmern das Licht der Sonne.

Ich schüttelte den Kopf und hielt Danu die Kette hin. »Das kann ich nicht annehmen.«

»Wieso denn nicht?«

»Das Amulett ist bestimmt sehr wertvoll.«

»Nun, wertvoll ist es ganz sicher. Doch aus welchem Grund solltest du es nicht annehmen können?«

»Aber wir kennen uns doch gar nicht!«

Danu schnalzte tadelnd mit der Zunge. »Willst du etwa die Entscheidung einer alten Frau bezweifeln? Jetzt nimm es an und pass gut darauf auf.«

Wieder schüttelte ich den Kopf. »Aber ...«

»Gern geschehen«, sagte Danu nachdrücklich. Dann überlegte sie kurz. »Im Übrigen hat Einstein auch einmal gesagt: ›Phantasie ist wichtiger als Wissen, denn Wissen ist begrenzt.‹ Merk dir diesen Satz, meine Liebe, denn man kann wahrlich nicht alle Wunder dieser Erde mit mathematischen Formeln erklären. Mach's gut, Jessica!«

Damit ließ sie mich stehen. Ein antikes Schmuckstück in der Hand und fassungslose Falten auf der Stirn. Und mit der aufkeimenden Frage, woher sie plötzlich meinen echten Namen wusste. Allerdings war Danu bereits hinter einer Wegbiegung verschwunden, ehe ich diese Tatsache überhaupt bemerkte.

»Danke«, flüsterte ich und schloss meine Finger um das sicher kostbarste Schmuckstück, das ich jemals besessen hatte.

***

Am Abend saß ich in meinem Zimmer und hatte das geheimnisvolle Amulett neben mir auf meine Bettdecke gelegt.

Meine Zimmergefährtin Birgit war bereits beim Abendessen. Besser gesagt, sie tat so, als würde sie essen. Birgit litt nämlich unter einer besorgniserregenden Essstörung. Ich war also allein in unserem Zimmer und völlig in den Anblick des Amuletts versunken.

Es hatte einen Durchmesser von ungefähr fünf Zentimetern. Vier verschiedene Symbole waren darin eingraviert. Sie erinnerten an Runen, wirkten dafür aber viel zu verschnörkelt. Filigrane Blütenblätter umgaben diese Symbole in symmetrischer Anordnung, was als Gesamtmotiv wie eine hübsche Blume aussah.

Fasziniert strich ich mit dem Zeigefinger über das fremdartige Metall. Obwohl ich mir inzwischen gar nicht mehr sicher war, ob es sich bei dem Material überhaupt um Metall handelte. Es fühlte sich eher wie eine Art Stein an. Prüfend wog ich das Schmuckstück in meiner Hand.

Nein, ein Stein dieser Größe wäre um einiges schwerer.

Vom Flur her drang schallendes Gelächter durch meine Zimmertür. Hastig steckte ich das Amulett in die Bauchtasche meines Pullovers und behielt es dort, bis sämtliche Geräusche um mich herum verstummt waren.

Danu hatte gesagt, ich solle gut auf das Schmuckstück aufpassen, und genau das wollte ich auch tun.

Wie gut, dass ich mir schon vor Jahren einen provisorischen Tresor geschaffen hatte, in dem ich mein mühsam erspartes Bargeld aufbewahrte. Er bestand aus einer alten Keksdose, die genau in ein Loch unter einer losen Fußbodendiele passte, auf der mein Nachtkästchen stand. Es war nicht leicht gewesen, diese Holzdiele ohne vernünftiges Werkzeug herauszuhebeln, und mit Sicherheit war es in gewissem Maße auch gesundheitsgefährdend, das staubige Etwas darunter herauszukratzen, das vor Jahrzehnten jemand mal als Isolierung bezeichnet hatte.

Die Mühe hatte sich definitiv ausgezahlt und das Amulett an diesem sicheren Ort zu wissen, ließ mich in aller Ruhe hinunter in den Speisesaal marschieren.

Nach dem Essen hatte ich leider keine weitere Gelegenheit, das Schmuckstück aus seinem Versteck hervorzuholen, denn Birgit machte keine Anstalten, unser Zimmer an diesem Abend wieder zu verlassen. Nicht einmal, um noch ein zweites Mal kotzen zu gehen. Dabei malträtierte sie sich schon wieder seit einer Weile selbst mit einem dieser abartigen Modemagazine, in denen kein Model auch nur annähernd vierzig Kilo wog.

»Warum schaust du dir diesen Schund immer wieder an?«, wollte ich von ihr wissen, während ich meine Jacke überstreifte. »Diese dürren Weiber sehen doch total beschissen aus.«

Birgit schürzte beleidigt die Lippen. »Entweder hast du keinen Sinn für Ästhetik oder du bist einfach nur neidisch.«

Na klar …

»Neidisch?« Ich schnaubte. »Auf diese Knochengerüste? Nee, wirklich nicht. Ich bin froh darüber, dass ich Brüste und einen Hintern hab. So erkennt man nämlich, dass ich eine Frau bin.«

Ich zog den Reißverschluss hoch, der in den oberen Regionen deutlich spannte, und deutete zum Beweis auf den entsprechenden Bereich. »Na, wo hast du denn deine versteckt?«

Okay, für jemanden, der sich meistens in Kleidung hüllte, die man gemeinhin als figurumspielend bezeichnete, klopfte ich gerade ganz gewaltige Sprüche.

»Halt die Schnauze, Jay«, zischte Birgit. »Sonst mach ich hinter dir heute einfach mal zu!«

»Du weißt, dass mich das nicht aufhalten würde«, meinte ich gelassen und öffnete das einzige Fenster im Raum. Kühle Nachtluft schlug mir entgegen. Ich setzte mich auf das Sims und schwang die Beine herum, so dass sie vom zweiten Stock herunterbaumelten.

»Ehrlich jetzt!«, beharrte Birgit wütend. »Ich hab keinen Bock, immer bei offenem Fenster zu schlafen, nur weil du illegal anschaffen gehst! Was, wenn hier mal ein Verbrecher einsteigt? Wenn du nicht bald damit aufhörst, erzähl ich es der Heimleitung!«

Genervt wandte ich mich nochmals zu ihr um. Es hatte schon beinahe etwas Nostalgisches, wie meine Bettnachbarin da im geblümten Nachthemd zwischen ihren Kissen zeterte, nur weil ich ein bisschen die Hausregeln brach.

»Erstens gehe ich nicht *anschaffen,* sondern arbeite einfach hinter einer Bar. Zweitens – wie du mir, so ich dir. Wenn du mich verpfeifst, wird mir wohl das Versteck deiner Abführmittel-Sammlung herausrutschen.«

Birgit öffnete den Mund.

»Spülkasten, dritte Toilette von links«, sagte ich nur, was sie augenblicklich von einer Erwiderung abhielt. »Und drittens … Was sollte ein Verbrecher denn von dir wollen? Du hast ja nicht einmal Titten.«

Mit diesen zugegebenermaßen ziemlich fiesen Abschiedsworten stieß ich mich mit einer routinierten Drehung vom Fenstersims ab und landete mit einem leisen »Dong« an der alten Regenrinne, die direkt neben unserem

Fenster nach unten führte. Ich kletterte daran hinunter und erreichte schneller als über jede Treppe den Hinterhof des Heims. Diesen Ausgang hatte ich schon so oft benutzt, dass ich jeden Handgriff auswendig konnte. Wirklich praktisch, so ein Metallrohr.

Der hohe Maschendrahtzaun, der das Gelände des Jugendheims umgab, hielt mich nicht davon ab, unentdeckt in die nächtliche Stadt zu gelangen. Seit jemand einige Maschen des Zauns durchtrennt hatte, so dass er sich an dieser Stelle wie ein Vorhang auf- und zuklappen ließ, konnte man meinen geheimen Fluchtweg fast schon als komfortabel bezeichnen.

Das Lokal, in dem ich arbeitete, lag nicht weit vom Heim entfernt. Zumindest nicht, wenn man Schleichwege und Abkürzungen kannte, wie ich es tat. Sie führten über den Hinterhof einer Bäckerei, an den Garagen eines Wohnblocks entlang und durch zwei enge Nebengassen. Alles recht unangenehme Örtlichkeiten für eine Siebzehnjährige, die nachts allein durch einen Stadtteil unterwegs war, der in der Drogenszene als wichtiger Umschlagplatz galt. Doch ich fürchtete mich nicht, denn ich war davon überzeugt, mit allem und jedem fertigzuwerden. Außerdem war die Dose Pfefferspray in meiner Jackentasche auch nicht ganz zu verachten.

Nach meinem kurzen Fußmarsch erreichte ich das *Green Goose*. Birgit hatte nicht ganz Unrecht mit ihrer Behauptung, dass ich illegal dort arbeitete. Allerdings profitierten der Barbesitzer und ich gleichermaßen von diesem Arbeitsverhältnis, das durch keinerlei Vertrag festgehalten war. Ich konnte ihm verschweigen, dass ich noch minderjährig war, und er konnte verschweigen, dass er eigentlich für einen weiteren Angestellten Sozialversicherung löhnen müsste.

»Hi, Karl, alles klar?«, begrüßte ich den schwarz gekleideten Hünen neben der Eingangstür.

»Jay«, sagte er nur mit einem Kopfnicken.

Mehr war auch nicht zu erwarten. Karl war kein Mann der großen Worte. Seine Oberarme sprachen meist für sich.

Das Wummern von Bässen begrüßte mich im Flur neben der Garderobe. Ich bezweifelte, dass sich um diese Zeit schon Gäste hier befanden, darum war die Lautstärke extrem übertrieben. Wahrscheinlich hatten wir wieder einmal einen neuen DJ, der so aus dem Häuschen über seine heroische Aufgabe war, dass er jede Minute davon auskosten wollte.

Die Tür des vorderen Lagerraums schwang auf und eine große Pappschachtel quetschte sich durch den Rahmen. Dahinter kam der braune Lockenkopf meiner Ausschankkollegin Sina zum Vorschein. Sie mühte sich sichtlich mit dem großen Karton ab und ich eilte ihr schnell zu Hilfe.

»Danke, Jay«, schnaufte sie. »Das Zeug ist schwerer, als ich dachte.«

Mit vereinten Kräften schleppten wir den Karton in den Hauptraum und wuchteten ihn auf den Tresen.

»Was ist da drin?«, schrie ich. Die Musik war einfach abartig laut.

Sina holte erklärend eine Handvoll Bierdeckel aus der Schachtel hervor. Sie waren knallrot und wie ein Kussmund geformt, mit der Werbung eines neuen Alkopop-Getränks darauf.

»Das Zeug schmeckt total beschissen«, sagte ich.

»Was?«

»DAS ZEUG ... ach, warte kurz.«

Ich stapfte quer über die Tanzfläche. Mein Ziel war das DJ-Pult, hinter dem wie vermutet ein mir unbekannter Jüngling hockte. Einer von der Sorte, die tagsüber ihre Ausbildung zum kaufmännischen Fachangestellten in der Küchenabteilung eines Möbelhauses absolvierten und nach Sonnenuntergang glaubten, sie könnten einen auf Turntable-Gottheit machen, um Weiber aufzureißen.

Der Bursche sah tatsächlich hocherfreut aus, dass sein erstes Groupie bereits im Anmarsch war. Allerdings wirkte er ziemlich entsetzt, als das Groupie an seinem erhöhten Podest vorbeimarschierte und mit einem Ruck den Stromstecker des Hauptverteilers herauszog.

»Ey! Was soll das?«, mokierte er sich durch die wohltuende Stille hindurch.

Vom Tresen erklang Sinas amüsiertes Kichern.

»Siehst du hier irgendwelche Gäste?«, fragte ich den Kerl, dem die pubertären Pickel noch überdeutlich auf der Stirn sprossen.

Er sah sich kurz um und schüttelte leicht den Kopf. »Noch nicht.«

»Dann hör gefälligst auf, uns dermaßen zu beschallen! Vor elf Uhr brauchst du ohnehin noch nicht auszuflippen. Wenn die Leute hier ankommen, wollen sie sich nämlich noch eine Weile unterhalten können. Also, dreh die verdammte Lautstärke runter!«

»Hättste ja auch normal sagen können.«

Ich ignorierte sein Gejammer und ging zurück zu Sina, um ihr beim Verteilen der neuen Untersetzer zu helfen. Als würde die hier jemals einer benutzen ... Das *Green Goose* war keine Nobellounge und kein Szeneclub. Es war eine etwas groß geratene Kneipe, die zwar eine Tanzfläche besaß, in der man sich jedoch hauptsächlich gepflegt einen hinter die Binde kippte. Die Möbel waren abgenutzt und aus dunklem Holz. Ebenso dunkel war auch die schummrige Beleuchtung des Lokals.

»Wie ist denn deine Chemie-Arbeit gelaufen?«, wollte Sina wissen, während wir Kussmundhäufchen auf den Stehtischen platzierten.

Ich winkte ab. »Na ja, zwei Aufgaben hab ich sicher verpatzt. Ich könnte mich eh schon wieder in den Arsch beißen. Das waren reine Flüchtigkeitsfehler.«

»Sei nicht so streng mit dir. Es wird doch sowieso wieder eine Eins.« Sie grinste.

»Mal sehen.«

Sina war die Einzige im Lokal, die mein wahres Alter kannte. Und sie war auch die Einzige, die mehr über mich wusste als meinen bloßen Namen. Die Beziehung zwischen ihr und mir war etwas, das einer Freundschaft wohl ziemlich nahekam. Und das, obwohl wir uns noch nie außerhalb unseres Jobs getroffen hatten. Schon an meinem ersten Arbeitstag waren wir ins Gespräch gekommen und hatten uns sofort gut verstanden. Nicht nur weil Sina Physik studierte, also genau das tat, wovon ich selbst träumte, sondern auch weil wir einen ähnlichen Musik- und Filmgeschmack hatten und überhaupt ziemlich oft der gleichen Meinung waren. Spätestens als sie einmal einen aufdringlichen Gast am Kragen gepackt und ihm eine unsanfte Kopfwäsche mit Spülwasser verpasst hatte, war Sina mir sympathisch geworden.

Der Turntable-Gott des heutigen Abends hatte inzwischen den Stecker wieder in die Buchse gesteckt und hielt sich brav an meine Vorgaben bezüglich der Lautstärke.

»Okay, ich denke, das reicht fürs Erste«, sagte Sina, als wir etwa die Hälfte des Kartoninhalts verteilt hatten. Sie stopfte die Schachtel unter den Tresen und tauchte mit zwei Pilsflaschen wieder auf.

Der Chef sah es zwar überhaupt nicht gerne, wenn seine Bardamen sich seiner kostbaren Alkoholika bedienten, doch das war Sina und mir herzlich egal. Es war sogar zu einer Art Ritual für uns geworden. Immer vor Beginn des nächtlichen Chaos und nach seinem Ende, wenn Karl die letzten Partywütigen hinausverfrachtet hatte, machten wir es uns gemütlich und stießen an.

Mein Blick fiel auf die Tätowierung an Sinas rechtem Handgelenk. Sie hatte dieses Tattoo schon immer und ich kannte es längst. Ich hatte mich oft gefragt, ob es nicht extrem schmerzhaft war, sich die feine Haut über den Pulsadern derart misshandeln zu lassen. Doch an diesem Tag erregte das Motiv aus anderen Gründen meine Aufmerksamkeit. Das verschlungene Symbol mit den feinen Linien kam mir nämlich äußerst bekannt vor.

»Was ist das eigentlich für ein Tattoo?«, fragte ich, bevor ich einen Schluck von dem herben Bier nahm.

Sina blickte auf die Innenseite ihres Handgelenks, als müsste sie erst nachsehen, welches Tattoo ich denn meinte.

»Ach das.« Sie zuckte mit den Schultern. »Keine Ahnung. Das Zeichen hing beim Tattoo-Studio aus und hat mir einfach gefallen.«

»Hast du dich nie gefragt, was es bedeutet?«

»Nee. Wahrscheinlich ist es ein Eigenentwurf des Tätowierers.«

Ich wiegte den Kopf. »Oder es ist Tibetanisch und heißt übersetzt: ›Dumme Nuss‹.«

Sina lachte, während ich fast ein wenig enttäuscht war. Ich war mir nämlich ziemlich sicher, dass dieses Zeichen den Symbolen auf meinem Amulett ähnelte. Aber vielleicht hatte ich mich auch getäuscht.

Die restlichen Bardamen trudelten nach und nach ein und mit ihnen die ersten Gäste. Der Abend nahm seinen gewohnten Lauf und ließ mich nicht länger über fremde Zeichen und Symbole nachdenken. Eine ganz normale Samstagnacht im *Green Goose* begann.

Ende der Leseprobe

Tauch ein in romantische Geschichten.
HOL DIR BITTERSÜSSE STIMMUNG AUF DEINEN E-READER!
E-BOOKS VON IMPRESS HIER: CARLSEN.DE/IMPRESS
im.press
impress IST DAS DIGITALE LABEL DES CARLSEN VERLAGS FÜR GEFÜHLVOLLE UND MITREISSENDE GESCHICHTEN AUS DER GEHEIMNISVOLLEN WELT DER FANTASY.